Für Alexandra

Sie lachen mich aus, weil ich anders bin.
Ich lache über sie, weil sie alle gleich sind.

Heath Ledger

Prolog

»Mein lieber Freund,

ich weiß nicht, wohin man kommt, wenn man tot ist. Auch als Biologe ist mir das immer ein Rätsel geblieben. Was ich aber weiß, ist, dass mir die Diskussionen mit dir fehlen werden. Wir haben uns immer verstanden. Ist dir das auch aufgefallen? Ich glaube, es liegt daran, dass wir beide anders sind.

Wenn ich am Pausenhof einer Schule vorbeigehe, was heute selten mehr vorkommt, schaue ich, ob irgendwo ein Kind alleine herumsteht. Ich finde immer eines. Abseits verdrückt es eine Banane oder ein Sandwichbrot und gehört nicht dazu. Warum? Ich bleibe stehen und beobachte, was passiert. Manchmal kommt ein Lehrer, erkennt die Situation und kümmert sich um den Solitär. Er spricht mit dem Kind und führt es zu einer Gruppe Schüler, die ausgelassen und fröhlich miteinander spielen. Das Kind lächelt den Lehrer dankbar an und freut sich. Innerlich schließe ich dann eine Wette mit mir selbst ab, dass der Versuch scheitern wird, dass am nächsten Tag alles wieder beim Alten ist.

Es gibt Leute, zu denen geht man nicht hin, wenn sie alleine an einem Tisch sitzen. Insbesondere dann nicht, wenn man ihnen schon von Weitem ansieht, dass sie anders sind. Es ist ein interessantes Phänomen, das ich seit meiner Kindheit beobachte. Menschen sind nicht wie Magnete, deren unterschiedliche Pole sich anziehen. Bei uns ist es umgekehrt: gleich und gleich. Seit einigen Jahren hat sich diese Tendenz verstärkt, denke ich. Was vordergründig als Toleranz und Offenheit daherkommt, mit Homo-Ehe, Multikulti-Verständnis und einer ausufernden Gender-Diskussion, ist in Wirklichkeit nur eine brüchige Tapete von Lippenbekenntnissen. Das Andersartige bleibt fremd – und es wird zunehmend fremder. Und wenn es stört, versucht man es leise loszuwerden. Die heutige Gesellschaft ist wieder dazu übergegangen, anders Denkende auszuschließen. Der Mainstream setzt sich durch, und das hat verheerende Folgen.

Wer von der Herde ausgestoßen wird, ist leichte Beute. Bei den Tieren ist das gut zu beobachten; sie werden gerissen und sterben, als Opfer eines Kollektivs, das bemüht ist, seine Stärke nicht preiszugeben. Bei der menschlichen Spezies funktioniert dieser Aussonderungsmechanismus anders. Wir sind zivilisiert, die Ausgestoßenen überleben. Verletzt und gekränkt verschwinden sie in Verstecken jenseits gesellschaftlicher Kontrollen. Einige von ihnen kommen wieder an die Oberfläche, landen in den einschlägigen Karteien der Polizei – oder sie werden tot gefunden, irgendwo an einem dunklen Ort, mit einer Überdosis Crystal Meth oder einer Kugel im Kopf.

Das ist schrecklich.

Richtig gefährlich ist es allerdings deshalb, weil die meisten von ihnen nirgends mehr auszumachen sind. Sie scheinen wie vom Erdball verschwunden zu sein. Bis sie es in die Schlagzeilen schaffen, eine Kalaschnikow in der Hand, oder sie rasen, verrückt geworden durch den Schmerz und den Hass, den ihre einsamen Seelen hervorgebracht haben, mit einem Lastwagen durch eine Fußgängerzone.

Das ist es, was uns wirklich Sorgen bereiten sollte. Der Verrat ihrer Sippe lässt sie zum Spielball radikaler Strömungen werden.

Schlafende Hunde unserer Zeit.

Ich denke oft daran, wie wir uns zum ersten Mal begegnet sind.

Geht es dir auch so, dass die Erinnerung mit zunehmendem Alter an Klarheit gewinnt? Schwierig zu sagen, weshalb das so ist. Viele sagen, es habe mit der Distanz zu tun, die man über die Jahre gewinnt. Manche sagen, es sei die Erfahrung. Vielleicht ist es auch nur selektives Vergessen. Das hieße aber, dass wir einer Täuschung aufsitzen. Die Dinge erscheinen uns einfacher, als sie wirklich sind. Das mögen wir. Einfache und klare Zusammenhänge, die wir ohne Weiteres verstehen können. Rasch gewöhnen wir uns daran. Wenn wir uns die Fernsehnachrichten ansehen oder die Zeitung lesen, treffen wir eine entsprechende Auswahl: Wir glauben das, was sich mühelos in unser Weltbild fügt. Immer mehr vom Gleichen kommt hinzu, und wir sehen uns bestätigt in unserer Gedankenwelt.

Aber ist es wirklich meine Welt, oder hat sie jemand anders für mich zusammengestellt? Mein Online-Buchladen kennt mich, er trifft für mich eine Vorauswahl. Er spricht Empfehlungen aus in der Hoffnung, dass ich die Bücher kaufe. Mit dem Internet ist mein Konsum-, Lese- und Wahlverhalten öffentlich geworden. Mein Denkverhalten auch.

Wer kennt mich besser als ich mich selbst?

Vereinfachungen machen die Dinge aber nicht richtiger oder wahrer. Komplexität hat seinen Reiz, als Biologen können wir ein Lied davon singen. Das Pflanzen- und Tierreich hat über Äonen diffizile Strukturen und Hierarchien aufgebaut, und die Wechselwirkungen, die sie erzeugen, sind schwer zu durchschauen. Das ist genauso beeindruckend wie problematisch. Denn die Flexibilität des Systems ist begrenzt. Geringfügige Änderungen haben fatale Folgen. Fällt die Lebensgrundlage einer Gattung weg, stirbt sie aus. So einfach ist das. Und es ist geradezu typisch für unsere Zeit, dass sich die Arten auf unserem Planeten in noch nie da gewesenem Maße dezimieren.

Die Klimaforscher meinen, die Ursache zu kennen, und malen Schreckensbilder an die Wand, fordern den Menschen auf, sich zu ändern.

Hier beginnt der Schwachsinn.

Der Mensch ändert sich nicht. Warum auch? Er ist als siegreiche Spezies aus der Evolution hervorgegangen. Das ist eine erhebliche Leistung. Dass er selbst ein Egoist ist, hat ihm dabei mehr genützt als geschadet. Dessen ist er sich bewusst. Wie kein anderes Lebewesen versteht er es, sich anzupassen. Das ist sein eigentlicher Vorteil. Der Mensch kann sein Land verlassen, aber auch unliebsame Herrscher stürzen und Systeme verändern. Er kann Kriege führen und sich die Welt untertan machen. Und wenn am Ende alles zerstört ist, dann kann er zu den Sternen fliegen und das Universum erschließen. Daran glaubt er. Und er ist ein Meister darin, andere für sich einzunehmen. Das ist sein Steckenpferd. In seinem tiefsten Kern ist der Mensch ein Manipulator.

Es ist vielleicht ungewöhnlich, das zu sagen, aber es ist die Wahrheit. Und ich glaube, ich bin zu dem geworden, der ich bin, weil ich als Biologe gescheitert bin.

Informationen sind mein wahres Gebiet.«

Der Mann drückte auf den Knopf seines Diktiergeräts und legte den Apparat auf das kleine Tischchen neben sich. Ein paarmal atmete er tief durch. »Ich mache gleich weiter«, sagte er.

»Nehmen Sie sich Zeit«, sagte die Frau. Sie war Anfang vierzig, klein und kräftig, und hatte weiche Gesichtszüge. Mit einem Lächeln setzte sie sich auf die Kante des ungewöhnlich kurzen Bettes und tupfte ihm mit einem Stofftaschentuch die Schweißperlen von der Stirn.

1

Alfred Nobel zum Dritten

AUKTIONSHAUS CHRISTIE'S,
NEW YORK, 3. DEZEMBER – 8.34 PM

Als der Auktionator Christopher Madson jr. am Donnerstagabend den Hammer zum dritten Mal auf die kleine Metallunterlage sausen ließ, war es für einen Moment still im Saal. Ein kurzes Raunen setzte ein, dann folgte donnernder Applaus.

Ein paar Leute erhoben sich begeistert von ihren Sitzen.

Was war geschehen?

Der anonyme Bieter, der telefonisch an der Versteigerung teilnahm, hatte sein Angebot auf vier Millionen und siebenhundertsechzigtausend Dollar erhöht. Vermutlich wäre er auch bereit gewesen, fünf Millionen zu zahlen. Aber es gab niemand anderes, der für die kleine vergoldete Medaille mit Alfred Nobels Kopf als Reliefprägung mehr bezahlen wollte.

»*It's a world record*«, rief Madson sichtlich gerührt, und als sich der Lärm im Saal wieder gelegt hatte, wiederholte er ein weiteres Mal den sagenhaften Betrag. Christie's habe mit maximal 3,5 Millionen gerechnet, gab er später in einem kurzen Interview mit der *New York Times* bekannt. Und es sei ein Novum in der Geschichte, denn noch nie habe ein Nobelpreisträger zu Lebzeiten seine Medaille verkauft.

Wenn jemand mit knapp neunzig Jahren die wichtigste Auszeichnung seines Lebens verkauft, wirft dies Fragen auf.

Wieso tut er das?

Natürlich gibt es verschiedene Gründe, weshalb Menschen tun, was sie tun. Zu diesem Thema wurde viel geforscht, und es wurde auch hochtrabend darüber philosophiert. Interessantes ist dabei herausgekommen: Wir tun Dinge aus innerer Überzeugung, aufgrund unseres Glaubens oder weil wir anderen helfen wollen. Das hört sich gut an. Aber die Wahrheit ist es nicht, nicht immer. Wir sind wahre Meister, wenn es darum geht, unsere wirklichen Beweggründe zu vertuschen. Wir möchten geliebt werden und besser sein, als wir eigentlich sind. Das ist es, was uns antreibt. Und vieles tun wir einzig des Geldes wegen. Das ist so unschön wie wenig überraschend.

Die wirklich schwierigen Entscheide hingegen ist der Mensch nur dann bereit zu fällen, wenn er in existenzieller Not ist. Was uns schmerzt, tun wir nicht aus freien Stücken. Es liegt nicht in unserem Naturell. Darin unterscheidet sich der Mensch nicht vom Tier.

Ewald Lenz hörte den Applaus, der durch die Muschel seines altertümlichen Telefonapparats an sein Ohr drang, schüttelte kurz den Kopf und legte auf. Er mochte das schwarze alte Ding mit der Drehscheibe, das er seit den Siebzigerjahren besaß und für verschlüsselte Anrufe speziell hatte umrüsten lassen. Innen fix und außen nix – das gefiel dem bald Siebzigjährigen, der oberhalb von Zürich eine alte Mühle bewohnte.

Nachdem er ein paarmal paffend an seiner Bruyèrepfeife gezogen und den Rauch zur Decke geblasen hatte, wählte er erneut.

»*Four million and seven hundred and sixty thousand dollars*«, sagte die Männerstimme am anderen Ende der Leitung. Und in nicht ganz akzentfreiem Englisch fuhr sie fort: »Ich hab's gehört. Es ist nun doch etwas mehr geworden, als Sie gedacht haben.«

»Ja, ich weiß. Verrückt, nicht wahr?«

»Allerdings«, sagte die Stimme.

»Ist das ein Problem?« Lenz wurde plötzlich unsicher. »Ich meine, ich kann unmöglich …«

»It's okay«, sagte der Mann und lachte. »Ihre Freundin hat mich darum gebeten. Es ist eine gute Sache. Und was Christie's angeht, die haben eine Deckungszusage. Ich werde den Betrag heute noch überweisen.«

»Danke«, sagte Lenz. »Jetzt warten wir ein paar Tage, dann melden Sie sich mit dem Statement.«

»Wie wir es besprochen haben«, sagte der Mann. »*BBC News* am Samstagabend. Schauen Sie es sich doch an.«

»Werde ich«, sagte Lenz. Noch einmal bedankte er sich bei dem Mann.

»You're welcome, Mr Lenz. Cheers.«

»Cheers.«

Der greisenhafte Mann, dem die Medaille über fünfzig Jahre lang gehört hatte, saß in der zweiten Reihe. Er hatte den Mund weit offen, als der Auktionator den Preis in die Menge rief. Seine Frau und die beiden Söhne, die ihn an diesem Abend begleitet hatten, umarmten ihn. »Paps«, sagte sein Ältester, der rechts von ihm saß und den Arm um seine Schulter gelegt hatte. »Glaub mir, es ist gut so. Du bist frei und hast keine Sorgen mehr.«

»Frei, tatsächlich?« Der alte Mann sah seinen Sohn an, seine verbitterten Gesichtszüge hellten sich für einen Moment auf, und er lächelte: »Dann sollen sie sie doch haben … Ich brauche sie nicht mehr.«

Dann versank er wieder in Schweigen. Als junger Zoologe hatte seine Aufmerksamkeit den Kleinsten der Kleinen gegolten – den Viren und Bakterien. Er verfasste eine viel beachtete Doktorarbeit über Bakteriophagen. Das war 1950. Eine erste Anerkennung als Wissenschaftler folgte in Form eines Stipendiums, das ihn ein Jahr später ans Cavendish-Laboratorium der Universität Cambridge brachte. Ein verdammt renommiertes Institut für einen, der gerade dreiundzwanzig geworden war.

Alles ging sehr schnell. Die Doppelhelix – seine Jahrhundertentdeckung – und der Nobelpreis, den er in Stockholm entgegennehmen durfte, zusammen mit seinen zwei Kollegen. Dreiunddreißig war er damals gewesen.

Über Geld hatte er nie nachgedacht. Und jetzt, da er ein Star war, erst recht nicht.

Es war ihm wichtig gewesen, unabhängig zu sein – frei in seinen Gedanken und in dem, was er sagte. Sein Ruhm, der Nobelpreis und seine Professur an der Harvard University würden ihm diese Freiheit geben, dachte er. Aber das war ein Irrtum. Das pure Gegenteil war der Fall. Seine Abhängigkeit wuchs proportional zu den Mitgliedschaften in den wissenschaftlichen Akademien und mit der Übernahme der Ämter, mit denen er sich schmückte.

Zuoberst ist die Luft dünn – und jeder Schritt führt nach unten. Darüber hatte er nie wirklich nachgedacht. Wer einmal auf den Sockel gehoben worden war, musste stillhalten, sonst fiel er. Das *Time Magazine* zählte ihn zu den einhundert einflussreichsten Persönlichkeiten des 20. Jahrhunderts. Jetzt war er nur noch ein alter Narr, den man von Weitem belächelte und mit dem seine früheren akademischen Freunde nichts mehr zu tun haben wollten.

»Ja, ich bin mit dem Ergebnis zufrieden«, sagte er dem Reporter der *New York Times*. Und bevor er sich mit seiner Familie auf den Heimweg machte, ergänzte er noch, er werde einen Teil des Betrags wohltätigen Organisationen und der Forschung zukommen lassen.

* * *

Fünf Tage nachdem bei Christie's in New York ein anonymer Bieter die Nobelpreismedaille ersteigert hatte, saß Ewald Lenz bei Kommissar Eschenbach auf der Couch.

Weil Lenz selbst kein Fernsehgerät besaß, hatte er seinen alten Freund gefragt, ob er sich bei ihm die Abendsendung von *BBC News* ansehen könne.

Wann war das schon einmal vorgekommen, dass Lenz ihn, Eschenbach, besuchte? Der Kommissar freute sich. Er hatte bewusst keine Fragen gestellt, sondern etwas Käse, Bündnerfleisch und Brot aufgetischt. Lenz mochte es einfach.

Anscheinend hatte die bevorstehende Sendung mit jenen wenigen aufreibenden Tagen im Sommer zu tun, über die sie so viel gesprochen hatten. Ein Abschluss, wie Lenz gemeint hatte. Eschenbach war neugierig.

Auf dem Bildschirm erschien das Logo von *BBC News*. Der Sprecher, ein adretter junger Mann mit übertrieben britischem Akzent, erklärte, dass sich im Zusammenhang mit dem Verkauf der Nobelpreismedaille von James Watson überraschend der russische Oligarch Alisher Usmanov zu Wort gemeldet hatte. Er bestätigte, dass er der anonyme Käufer der Medaille sei. »Ich war sehr betrübt, als ich hörte, dass er wegen finanzieller Probleme seine Medaille verkaufen musste«, bekundete er. »Dass ein derart herausragender Wissenschaftler diese Medaille, die ihn für seine Entdeckung der DNA-Struktur auszeichnet, verkaufen muss, ist meiner Auffassung nach inakzeptabel. James Watson ist einer der größten Biologen in der Geschichte der Menschheit. Diese Nobelpreismedaille gehört einzig und allein ihm. Ich werde sie ihm zurückgeben.«

Lenz und Eschenbach sahen sich schweigend an. Und jeder für sich dachte daran, wie alles mit einem Anruf angefangen hatte.

2

Nur einen Gefallen

ZÜRICH, SAMSTAG, 28. JULI – 21:45 UHR

Lenz erkannte den Anrufer, die hohe, leicht metallene Stimme. Sie telefonierten regelmäßig in größeren Abständen. Trotzdem beschlich ihn ein seltsames Gefühl, denn normalerweise war er es, Lenz, der anrief, und nicht umgekehrt. »Bist du's?«, fragte er deshalb etwas unsicher.

»Ja, warum ... störe ich?«

»Nein, natürlich nicht.« Lenz ließ sich auf seiner Chaiselongue nieder und wusste nicht recht, ob er sich nun freuen sollte oder nicht. Seltenes weckte bei ihm immer eine gewisse Skepsis. Was Lenz noch mehr verwunderte, war, dass ihn der Anrufer über das normale Telefonnetz kontaktierte. Seit sie miteinander telefonierten, hatten sie eine abhörsichere End-to-End-Verbindung benutzt.

»Ich weiß nicht, ob du dich an den Tag erinnerst, an dem wir uns das allererste Mal begegnet sind.«

»Ja, schon ...«, sagte Lenz zögerlich. Obwohl er über ein geradezu fotografisches Gedächtnis verfügte, sah er die Bilder ihres ersten Zusammentreffens nur verschwommen. »Das war an der ETH und ist schon sehr lange her.«

»Es war ein Donnerstag, morgens um zehn«, sagte die Stimme am Telefon. »Wir hatten eine Freistunde. In der Mensa, ganz hinten in der Ecke, bin ich gesessen, an meinem Tisch. Ich dachte jedenfalls, es wäre meiner, weil sich bis dahin niemand zu mir gesetzt hatte. ›Störe ich?‹, hast du gefragt. Ich habe sofort den Kopf geschüttelt. Wir haben beide gelacht. Wir haben miteinander gelacht, bevor wir richtig miteinander geredet haben. Das war im Frühling 1970.«

»Eine Ewigkeit ist das her.«

»Du sagst es.«

Eine Pause entstand.

Lenz wunderte sich. Wenn er den Mann anrief, ging es meistens um Informationen, die er, Lenz, im Zusammenhang mit kriminalpolizeilichen Ermittlungen brauchte. Der Anrufer war eine von Lenz' Quellen. Und wie seine anderen Quellen auch, hatte Lenz sie nie offengelegt. Auch nicht gegenüber seinem Freund Kommissar Eschenbach, dem Leiter der Zürcher Kriminalpolizei.

Oft hatten Lenz und der Mann auch über gesellschaftspolitische und philosophische Themen diskutiert, über Dinge, die sie beide interessierten. Manchmal hatten sie über Belangloses gesprochen. Selten zwar, aber es war vorgekommen. Nie jedoch war die Vergangenheit in ihren Gesprächen ein Thema gewesen.

»Ich möchte dich um einen Gefallen bitten«, sagte der Mann am anderen Ende der Leitung. »Du weißt ja, ich verlasse meine Wohnung nicht mehr. Ich meine, abgesehen von den Besuchen bei meinem Zahnarzt. Ich habe wirklich schlechte Zähne. Eine schlechte Milz auch, Lunge miserabel. Leber und Nieren zum Kotzen. Aber warum erzähle ich dir das überhaupt.«

Lautes Husten erklang.

»Eigentlich ist es ein Wunder, dass ich noch da bin«, fuhr die Stimme am Telefon fort. »Heute denke ich, dass mein Zahnarzt schuld daran ist. Wegen ihm muss ich mich bewegen, und das auch noch an der frischen Luft. Über eine Stunde brauche ich jedes Mal bis zu seiner Praxis an der Höschgasse, zu Fuß natürlich, und das mit meinen kurzen Beinen. Er weigert sich partout, zu mir zu kommen. Sturer Hund. Wegen seinen läppischen paar Geräten, sagt er. So ein Witz. Die paar Bohrer und Spritzen hätte ich auch noch anschaffen können. Ich habe ja auch sonst alles hier: Dialysegerät. Eine halbe Intensivstation ist es mittlerweile geworden. Du weißt ja, wie es bei mir aussieht.«

»Ja, weiß ich«, sagte Lenz. »Es geht um einen Gefallen, hast du gesagt. Also schieß los.«

Ein kurzes, helles Lachen erklang. »Ich bin heute ausschweifend und umständlich, stimmt's? Aber ich belästige dich nicht gern, drum habe ich ...«

»Hör auf«, unterbrach Lenz. »Du hast mir mehr als einen Gefallen getan.«

»Stimmt auch wieder«, erwiderte der Mann. »Meine Angestellte, Franziska, besorgt mir ja sonst alles, was ich brauche – erledigt das, wofür man selbst im Zeitalter der totalen Vernetzung noch aus dem Haus muss. Aber jetzt müssen wir hier räumen ...«

»Wer sagt das?«, fuhr Lenz dazwischen. »Es ist so gut wie dein Haus. Du kannst bleiben, solange du willst.«

»Ja, klar ...« Eine kurze Pause entstand. »Wir müssen nur etwas Platz schaffen, mehr nicht.«

»Die Wohnung ist riesig. Was willst du da Platz schaffen?« Lenz beschlich ein ungutes Gefühl. »Wenn du ins Krankenhaus musst ... Das würdest du mir doch sagen, oder? Ich könnte dich begleiten.«

»Jetzt mach mal halblang«, meinte der Anrufer. »Ich lebe in einem Krankenhaus, muss ich dir nicht erzählen. Es geht nur um etwas Kleines. Ein Päckchen. Ich wäre froh, wenn du für mich einen Botendienst erledigen könntest.«

»Kein Problem. Wohin soll das Päckchen gehen?«

»Nach Freiburg im Breisgau«, sagte der Mann. »Meinst du, das geht?«

»Klar geht das.«

»Es ist für Isabel. Ich weiß, dass du …« Der Mann beendete den Satz nicht. »Ich wäre dir wirklich sehr dankbar.«

»Isabel?«, murmelte Lenz erstaunt.

»Ja.«

»Ich weiß nicht …« Lenz hielt einen Moment inne. »Isabel und ich haben uns eine Ewigkeit nicht mehr gesehen.«

»Über vierzig Jahre«, sagte die Stimme am Telefon.

Eine Pause entstand.

»Sag mal«, meinte Lenz. »Kaust du gerade Fingernägel oder knackt es in der Leitung?«

Beide lauschten in die Stille.

»Lass uns auf Signal wechseln«, sagte der Anrufer.

»Okay.«

Ein paar Minuten später, mit einer sicheren End-to-End-Verschlüsselung, telefonierten sie weiter.

»Glaub mir, Isabel freut sich … Wirklich, das hat sie mir gesagt. Wir haben darüber gesprochen.«

Lenz schwieg.

»Es ist nur ein kleines Päckchen«, fuhr der Anrufer unbeirrt fort.

»Okay«, sagte Lenz leise. Nachdenklich strich er sich mit Daumen und Zeigefinger über den Schnurrbart. »Ich mach's dir zuliebe. Wann soll ich das Päckchen abholen?«

»Du musst es nicht abholen. Franziska bringt es vorbei. Morgen um neun ist sie bei dir.«

»Das geht jetzt aber rasant.«

»So ist es«, sagte der Anrufer. »Sie wird dich genau instruieren, wie es weitergeht. Wohin du das Päckchen bringen sollst und wann. Es ist wichtig, dass du dich genau an den Zeitplan hältst.«

»Wenn du meinst.«

»Und dann ist da noch etwas.«

»Ja?«

»Ich gebe Franziska auch noch eine Kassette mit ein paar

persönlichen Dingen mit. Ich wäre froh, wenn du sie für eine Weile an einem sicheren Ort verwahren könntest.«

Lenz biss sich nachdenklich auf die Unterlippe. Irgendetwas stimmte nicht. Er stand auf und ging ein paar Schritte mit dem altertümlichen schwarzen Telefonapparat. Er musste achtgeben, dass er nicht über das Kabel stolperte. »Das klingt alles ein wenig seltsam, findest du nicht? Bist du in Schwierigkeiten? Du kannst offen mit mir sprechen.«

»Ewald«, unterbrach ihn der Anrufer. Sein Tonfall war schärfer geworden. »Frag mir jetzt bitte keine Löcher in den Bauch. Tu's einfach.«

Eine Weile sagten beide nichts.

»Okay«, willigte Lenz schließlich ein. Mit einem Seufzer ließ er sich erneut auf die Chaiselongue fallen. »Ich mach's. Und die Sache mit der Kassette auch. Entschuldige, wenn ich ein wenig ungehalten war.«

»Kein Problem.«

»Ich werde ein hübsches Versteck dafür finden.«

»Sicher?«

»Absolut sicher.«

»Das Versteck meine ich.«

»Hab's schon verstanden«, grummelte Lenz. »Egal, was drin ist. Man wird es frühestens bei archäologischen Ausgrabungen finden. In tausend Jahren vielleicht.«

»Zweitausend Jahre wären besser«, sagte der Mann.

Am nächsten Morgen Punkt neun klopfte es an der Wohnungstür. Lenz hatte kaum geschlafen. Lange hatte er über das seltsame Telefongespräch nachgedacht, und es hing ihm am Gemüt wie ein dunkler Schatten. In aller Frühe war er aufgestanden, hatte einen kleinen Spaziergang unternommen und etwas Kleines gefrühstückt. Seit einer Stunde sah er immer wieder ungeduldig auf seine Uhr.

»Darf ich einen Moment hereinkommen?«, fragte die

Frau. Sie trug einen weißen Kittel, war klein und strotzte vor Energie. Ihr kurzes, dunkles Haar glänzte in der Morgensonne.

»Sehr gerne«, sagte er.

»Ich bin übrigens Franziska. Wir sind uns noch nie begegnet, nicht wahr?«

Lenz schüttelte den Kopf. Er führte den Besuch in die große Wohnstube, die direkt an die offene Küche grenzte und auch als Esszimmer diente. »Hier lebe ich«, sagte er mit einem Achselzucken.

»Sehr schön.« Franziska hievte die Einkaufstüte, die sie mitgebracht hatte, schwungvoll auf einen der Esstischstühle und begann sie auszupacken: Eine Metallkassette mit Vorhängeschloss kam zum Vorschein, ebenso ein weißer, luftgepolsterter Umschlag, Größe DIN-A5, wie man ihn in jeder Poststelle kaufen konnte. »Das sind die Sachen, die Herr Habicht erwähnt hat.«

»Ich seh's«, sagte Lenz. »Das Kleine kommt mit nach Freiburg, das andere an einen sicheren Ort.«

»So, wie Sie es mit Herrn Habicht abgemacht haben«, meinte Franziska zufrieden. Sie zog als Letztes eine kleine runde Blechbüchse aus der Einkaufstüte. »Sie rauchen doch Pfeife, nicht wahr?«

»Hat er Ihnen das erzählt?«

»Sie hätten bestimmt eine Tabakdose, hat er gemeint.« Franziska hob die Büchse hoch und lächelte. »*Early Morning*. Das ist doch Ihre Sorte, oder?«

Lenz grinste. »Allerdings.«

»Ist es Ihnen recht, wenn ich den Tabak gleich einfülle?«

»Absolut.« Lenz deutete in die andere Ecke der Wohnstube. »Die Tabakdose ist dort drüben. Wenn Sie mögen, mache ich uns inzwischen einen Kaffee.«

»Gerne«, sagte Franziska. Sie ging zur Chaiselongue und füllte den Tabak in das hübsch verzierte Behältnis aus Holz auf dem Beistelltisch daneben. »Nun sind die Vorräte wieder auf Höchststand.«

»Sehr gut«, rief Lenz aus der Küchenecke und bedankte sich.

Beim Kaffee, den Franziska nur kurz und im Stehen trinken wollte, gab sie Lenz Walter Habichts Instruktionen weiter.

»In einer Woche geht es los«, sagte sie. »Frau Cron wartet am Sonntag um zwei Uhr im *Hotel Colombi* in der Lobby.«

»In einer Woche erst?«, fragte Lenz erstaunt.

»Ist das für Sie denn ein Problem?«

»Nein, das nicht ...« Lenz schüttelte den Kopf. »Es hat nur so geklungen, als sei die Sache dringend. Aber wenn es nun Zeit hat, umso besser.«

»Es ist wichtig«, fuhr Franziska fort. »Heute in einer Woche also. Sie nehmen die Strecke über Bad Zurzach, fahren bis Koblenz und passieren den Zoll. Zwischen zehn und elf Uhr wird man Sie dort durchwinken. Bitte halten Sie sich genau an diesen Zeitplan. Schreiben Sie nichts auf und erzählen Sie niemandem davon.«

»Okay.«

»Soll ich Ihnen alles nochmals wiederholen?«, fragte Franziska etwas unsicher.

»Ich glaube, ich kann es mir merken«, sagte Lenz.

»Entschuldigen Sie.« Franziska griff sich an die Stirn. »Ich hätte Sie das nicht fragen sollen. Dass Sie über ein phänomenales Gedächtnis verfügen, ist auch mir zu Ohren gekommen.«

Nachdem der Besuch gegangen war, hing Lenz seinen Gedanken nach. Er hätte Franziska gerne begleitet und seinem Freund einen Besuch abgestattet. Aber die kleine stämmige Frau mit den imposanten Oberarmen war stur geblieben. »Vielleicht ein andermal«, hatte sie ihn vertröstet. Sie habe die klare Anweisung, niemanden zu ihm zu lassen.

Lenz, für jede Ablenkung dankbar, sah sich in aller Ruhe die Metallkassette an. Sie war kaum größer als ein Schuhkarton. Bis zum Anbruch der Dunkelheit ging Lenz im Geiste alle möglichen Verstecke durch, dann begab er sich in hohen Gummistiefeln mit Spitzhacke und Schaufel in den Garten und vergrub die Kassette. An einem hübschen Ort, so, wie er es versprochen hatte.

Nach getaner Arbeit schmerzten Lenz die Gelenke. Er nahm ein Bad, legte sich anschließend ins Bett und lauschte erschöpft dem Regen, der auf das Vordach prasselte. Hie und da rüttelte eine Windböe heftig an den Fensterläden. Der Himmel hatte seine Schleusen geöffnet. Lenz war es recht, denn so wurden auch die letzten Spuren, die zu dem Versteck führen könnten, für immer verwischt.

Bereits um sechs Uhr stand Lenz wieder auf und machte sich Frühstück. Entgegen den Anweisungen von Franziska entschied er sich, den edlen Spender des Tabaks noch einmal anzurufen und ihm persönlich seinen Dank auszusprechen.

»Ist nicht der Rede wert«, sagte dieser am Telefon. »Es wird dich vermutlich über die Runden bringen.«

Lenz lachte. »Das hoffe ich doch. Hast du gut geschlafen?«

»Ich schlafe nur noch stundenweise«, sagte die metallene Stimme am Telefon. »Schaue zu, wie der Tag langsam seine Stunden abstottert und die Nächte immer länger werden.«

»Hm«, machte Lenz mit einem Stück Toast im Mund.

»Hab ich dich eigentlich jemals gefragt, wie du zu dieser Stelle bei der Kantonspolizei gekommen bist?«

Lenz nahm einen Schluck Kaffee und spülte den letzten Bissen hinunter. Erneut eine der höchst seltenen Fragen zur Vergangenheit. »Betreuung des Archivs«, sagte Lenz leise und dachte daran, wie er sich damals beworben hatte. Er räusperte sich. »Das war, nachdem du in die USA gegangen warst. Ich glaube, ich war der Einzige, der sich für diese Stelle überhaupt interessiert hat.«

»Kunststück«, kam es lachend. »Untergeschoss, kein Tageslicht, keine Menschen. Nur Regale, mit staubigen Akten vollgestopft.«

»Und eine Kaffeemaschine«, sagte Lenz. »Die hatte ich allerdings selbst mitgebracht. Aber was soll's. Für mich war es ein Glücksfall. Nur konnte ich denen das dort nicht gleich auf die Nase binden. Außerdem gab's einen Eignungstest.«

Schallendes Gelächter am anderen Ende der Leitung. »Wann war das noch mal, Mitte der Siebziger? Die Tests damals waren großartig, finde ich. Warst du auch ein Teamplayer?«

»Nein«, sagte Lenz. »Was diesen Punkt angeht, war ich ehrlich. Das passte ja auch zu dem Stellenprofil. Bis auf einen einzigen Menschen hat mich niemand bei der Kantonspolizei je für mehr gehalten als für diesen verschrobenen und etwas unterbelichteten Typen im Archiv.«

»Das war Kommissar Eschenbach, oder?«

Lenz schwieg.

»Und was ist mit Rosa und Jagmetti?«

»Okay. Am Ende waren es drei«, sagte Lenz. »Drei in über vierzig Jahren.«

»Bei mir war es James Watson«, sagte der Anrufer. »Hat mich gleich *Zwerg* genannt. Das hat vorher noch niemand getan – außer ein paar Kindern. Aber die sagen sowieso geradeheraus, was sie denken. Ich habe mich damals gefragt, ob Watson auch ›Neger‹ zu mir gesagt hätte, wenn ich schwarz gewesen wäre.«

»Vermutlich schon«, meinte Lenz und lachte. »Gibt es eigentlich auch schwarze Zwerge?«

»Haha. Sehr lustig.«

»Warum bist du eigentlich nicht bei der Biologie geblieben?«, fragte Lenz. »Mit Watson hattest du eine Ikone der Forschung als Mentor. Du hättest Professor werden und Karriere machen können.«

»Auf Kosten der Freiheit«, sagte die Stimme. »Ich habe erlebt, was es bedeutet, wenn man Teil der akademischen Welt ist. Watson ist am Ende auch nicht glücklich geworden. Verbittert war er zum Schluss. Ich solle lieber zurück in den Zirkus, hat er mir einmal geraten – in den richtigen Zirkus. Da wäre man wenigstens frei.«

Die beiden unterhielten sich noch eine Weile. Ein paarmal versuchte Lenz den alten Geschichten auszuweichen und mehr über die gegenwärtige Situation des Mannes, den Hintergrund seiner ungewöhnlichen Bitte herauszufinden. Aber der Anrufer wich ihm geschickt aus:

»Ich werde dir später alles erzählen, keine Sorge. Ich melde mich wieder.«

»Sicher?«

»Absolut.«

»Was ich dich noch fragen wollte«, sagte Lenz langsam. »Das Päckchen, das ich Isabel bringen soll ...«

»Was drin ist, meinst du?«

»Genau. Es interessiert mich.«

»Und ich habe mich schon gewundert, warum du nicht danach gefragt hast. Es sind ein paar *Luxemburgerli* von *Sprüngli* und Pentobarbital.«

»Jetzt machst du Witze, oder?«, fragte Lenz kopfschüttelnd.

»Du kannst ja nachsehen, wenn du willst.«

3

Wieder zurück

ZÜRICH, MONTAG, 6. AUGUST – 09:15 UHR

Kommissar Eschenbach hatte sich seine Rückkehr anders vorgestellt.

Nicht dass er einen roten Teppich erwartet hätte, das nicht. Öffentliche Empfänge waren ihm ein Gräuel. Auf Blaskapellen (auch die der Polizei) reagierte er allergisch. Einfach nur ruhig und beschaulich, das wäre schon gut gewesen. Noch einmal richtig ausschlafen, ein gemütliches Frühstück bei *Sprüngli* und ein anschließender Morgenspaziergang ins Büro. Das hätte ihm gepasst, und eigentlich wäre es auch mehr als recht gewesen, nach einer Auszeit von über drei Monaten.

»Sind Sie schon wach, Kommissario?«

»Es geht«, antwortete er und sah auf das Display seines Handys. Null-Neun-Fünfzehn stand dort, in digitalen Lettern. Aber was bedeutete das schon? AM oder PM – Tag oder Nacht?

Am Nachmittag zuvor war er in Zürich gelandet, in einem Flugzeug der Swiss, auf dem Sitz Nummer 48 in der Holzklasse. Mit halbtauben Beinen hatte er sich danach in die S2 gezwängt und war, zusammen mit einem Heer von verschwitzten rückkehrenden Urlaubern, Tagesausflüglern und jugendlichen Mitgliedern eines Fußballvereins, bis zum Hauptbahnhof gefahren. Erst in der Bahnhofstrasse, den schweren Rollkoffer vor sich herschiebend, hatte er realisiert, dass es ein wunderschöner Tag war, auch in Zürich, an diesem Sonntag Anfang August.

»Frau Köhler hat mir eigentlich verboten, Sie anzurufen«, sagte Rosa Mazzoleni zögerlich am Telefon. »Aber jetzt sage ich zuerst einmal: Herzlich willkommen zu Hause.«

»Danke.«

»Weil ... also.« Rosa räusperte sich. »Frau Köhler hat gemeint, die Sache sei so sonnenklar, dass Claudio sie nun zügig abschließen solle.«

»Welche Sache?«

»Die am Kreuzplatz ...« Rosa zögerte einen Moment. »Ich habe es Ihnen doch geschrieben.«

»Geschrieben?«

»Per E-Mail.«

Eschenbach schwang seine Beine aus dem Bett und stand auf. »Ich bin erst gestern gelandet«, grummelte er.

»Gestern?«

»Aus Los Angeles, Frau Mazzoleni ...«

»Das weiß ich doch«, unterbrach sie ihn. »Aber wir dachten, Sie wären schon seit Donnerstag wieder hier?«

»Dann hätte ich mich doch gemeldet.«

Eine Pause entstand.

Der Kommissar ging ins Wohnzimmer, zog die Vorhänge auf und blinzelte. Eine strahlende Augustsonne wärmte sein Gesicht. Was für ein herrlicher Morgen, dachte er und fuhr sich mit der Hand durchs dunkle Haar. »Es tut mir leid, Frau Mazzoleni. Blöd, saublöd ... ich hätte kurz anrufen sollen. Ich habe meinen Rückflug auf Sonntag verschoben. Also auf gestern. Weil Kathrins Studienprogramm an der UCLA, also sie hatte noch ihre Prämierung.«

»Ach so.«

»In Los Angeles.«

»Ja.«

»Sie hat übrigens mit *First Grade* bestanden. Und jetzt

macht sie noch ein paar Wochen Ferien mit zwei ihrer Kommilitonen.«

»*First Grade ...*«, sagte Rosa leise. »Das ist gut, nehme ich an.«

»Sehr gut.«

»Prima.«

»Ja.«

Wieder entstand eine Pause. Und weil Eschenbach inzwischen wach war und seine Sekretärin nur zu gut kannte, ahnte er, dass es im Präsidium alles andere als prima lief. »Ist es schlimm?«, fragte er.

»Was?«

»Wie's so läuft, meine ich.«

»Hier?«

»Wo denn sonst, Frau Mazzoleni.«

»Machen Sie sich selbst ein Bild«, sagte sie halblaut. »*First Grade* jedenfalls ist es nicht.«

»Und am Kreuzplatz«, hakte der Kommissar nach, »was ist dort?«

»Sie haben einen Toten gefunden ... und wie ich Ihnen geschrieben habe – egal.« Rosa seufzte. »Ein alter Mann ist es, auf jeden Fall. Der ist beziehungsweise war schon ein paar Tage dort gelegen. Suizid ... mein Gott, ich schreibe Ihnen eine ausführliche E-Mail, und jetzt muss ich das alles noch mal erzählen.«

»Ich schaue mir die Sache an«, sagte Eschenbach. Er hatte die Tür zur Terrasse geöffnet und trat in Unterhosen und mit einem weißen T-Shirt bekleidet ins Freie. »War es eigentlich die ganze Zeit so schön hier?«

»Wie meinen Sie das jetzt?«

»Schon morgens über zwanzig Grad ... ein Hammerwetter!«

»Ach, das.«

Eschenbach winkte einer Nachbarin zu, die schräg gegenüber auf ihrem Balkon Wäsche abnahm.

»Claudio hat die Spurensicherung aufgeboten«, sagte Rosa

und verfiel in einen seltsam unbeteiligten Ton, so als lese sie aus einem Telefonbuch vor. »Aber wissen Sie, weitere Abklärungen sind ja überhaupt nicht nötig ... darum hat die Köhler alles wieder abgeblasen. Ein alter Mann stirbt. Womöglich hat er sich selbst getötet, was weiß ich. Jedenfalls liegt er dann über Tage mitten in Zürich in einer Wohnung und wird zufällig gefunden, weil die Vermietung die Rollläden reinigen will. Die Rollläden, ist das nicht interessant? Und keiner merkt es. Ist ja auch normal. Nun ja ... was soll ich mich da aufregen. Völlig normal. Ich frage mich, was passiert wäre, wenn man ihn nicht gefunden hätte. Wie lange liegt man dann einfach so tot herum? Einen wunderschönen Tag, Kommissario ... genießen Sie die Sonne. Ist ja auch nirgendwo so schön wie hier in *bella Zurigo. Buongiorno.*«

Rosa hatte aufgelegt.

»Scheiße«, murmelte Eschenbach auf dem Weg in die Küche. Im Frigo fand er eine halb volle Packung Arabica-Bohnen und machte sich, nachdem die Espressomaschine die richtige Betriebstemperatur anzeigte, einen Kaffee. Nachdenklich trank er ihn, stehend, ohne Zucker und schwarz.

Was zum Teufel war los? Er hatte Rosa noch nie so erlebt. Seine Sekretärin mit ihrem lebhaften Temperament, normalerweise ein Ausbund an Heiterkeit, klang so, als würde eine Vinylscheibe nur noch mit halber Geschwindigkeit drehen. Und dies bei stark reduzierter Lautstärke wohlverstanden. Ein Jammer.

Eine Weile verharrte der Kommissar vor dem Strauß mit Sonnenblumen, den Rosa ihm auf den Küchentisch gestellt hatte, zusammen mit dem kleinen Kärtchen, auf das sie mit schwungvoller Schrift geschrieben hatte: *Benvenuto Kommissario.*

Er hatte sich noch nicht einmal bei ihr bedanken können. Alles ging so schnell. Plötzlich, wie aus dem Nichts, stand ein neuer Fall an – und schon hatte ihn alles wieder eingeholt. Der ganze Zürcher Polizeiapparat ging ihm auf die Eier, nervte gewaltig, obwohl er eigentlich noch gar nicht richtig angekommen war. Sollten Claudio und seine Stellvertreterin, diese Ivy Köhler, den Fall doch ohne ihn zu Ende bringen – wenigstens diesen einen, dachte Eschenbach. Er würde still an der Seitenlinie stehen und zusehen – und, je nach Ausgang, am Ende sogar applaudieren. *Bravissimo* – oder wie die Amerikaner riefen: *Well done!*

Einen Jetlag hatte er, das war Eschenbach klar: Seine Füße waren bereits da, der Kopf aber noch am Pazifik. So kurz vor knapp zurückzukommen war keine gute Idee gewesen. Aber Kathrin ging nun mal vor. Sein Neuanfang im Präsidium konnte also gar nicht in Harmonie beginnen. Ganz abgesehen davon, dass es damals im Mai auch nicht in Harmonie geendet hatte. Für den Kommissar war es klar gewesen, dass Claudio Jagmetti ihn während der drei Monate seiner Auszeit vertreten würde, doch die Polizeichefin war ihm reingegrätscht und hatte diese Ivy Köhler installiert.

Zwanzig Minuten stand er unter der Dusche, bevor er sich anzog und mit dem Telefon am Ohr seine Wohnung verließ.

»Mensch, Claudio«, sagte er, als er seinen Kollegen endlich erreicht hatte. »Hast du einen Moment Zeit? Ich würde mich gerne mit dir treffen ... am Klusplatz.«

»Wieso Klusplatz?«

»Die Sache mit diesem alten Mann. Rosa Mazzoleni hat mich kurz ins Bild ...«

»Kreuzplatz, meinst du.«

»Ja, klar.«

Claudio nannte ihm die genaue Adresse. »Habicht, Walter ... oberste Wohnung. Ich bin in dreißig Minuten dort.«

Das Haus war ein Betonbau aus den Siebzigerjahren. Nichts Besonderes. Im Treppenhaus roch es muffig, und in einer Ecke bemerkte Eschenbach einen großen Schimmelfleck, den jemand notdürftig mit heller Farbe überstrichen hatte. Insgesamt zählte er fünf Wohnungen: Im Erdgeschoss und in der ersten Etage befanden sich je zwei Wohnungen. Jene von Walter Habicht lag zuoberst.

»Sind Sie von der Polizei?«, fragte eine helle Stimme.

Überrascht drehte sich Eschenbach auf dem Treppenabsatz des ersten Stocks um. Er entdeckte eine spaltweit geöffnete Wohnungstür. »Ich … ähm, ja«, sagte er und lächelte.

»Haben Sie einen Ausweis?«

Eschenbach griff in die Hosentasche und zuckte danach mit den Schultern. »Komme direkt aus den Ferien«, meinte er. »Ich muss ihn wohl zu Hause liegen gelassen haben. Mein Name ist Eschenbach … ich bin der Leiter der Kriminalpolizei des Kantons.«

»So sehen Sie aber nicht aus.«

»Wie müsste ich denn aussehen?«

»Eine Uniform … wenigstens eine Krawatte.«

Der Kommissar lachte. »Und eine Pistole?«

»Haben Sie eine?« Der Türspalt wurde breiter, und ein kleiner Junge in einem ausgebeulten hellblauen Pyjama kam zum Vorschein. Er hatte krauses Haar und sah den Kommissar mit großen, dunklen Augen an. »Ich habe auch eine Pistole … eine BB-Gun. Willst du sie sehen?«

»Kerim!«, rief eine weibliche Stimme.

Eschenbach trat auf den Jungen zu, ging in die Hocke und meinte: »Ich glaub, deine Mama ruft dich.«

»Großmama«, erwiderte der Kleine.

»Chantal Weber«, sagte eine Stimme über ihm.

Eschenbach richtete sich auf und sah der großen blonden Frau direkt in die Augen. »Es tut mir leid, wenn ich störe.«

»Polizei?«

Er nickte.

»Immer noch wegen dem da?« Sie deutete mit dem Daumen nach oben.

Eschenbach nickte.

»Ich hab den nie gesehen«, sagte die Frau. »Müssen Sie wissen ... nie gesehen, obwohl ich oft hier bin und mich um den Kleinen kümmern muss. Irgendjemand muss sich ja um den kümmern, wenn die Männer Reißaus nehmen und die Tochter ... Ist eine Schande, das.«

»Absolut«, unterbrach der Kommissar den Redeschwall der Frau. »Und Ihre Tochter ...«

»Die arbeitet natürlich«, kam es prompt und wie aus der Pistole geschossen. »Jemand muss ja arbeiten.«

»Selbstverständlich«, warf Eschenbach ein und fragte die Frau rasch, ob sie denn nicht etwas bemerkt habe. »Ein voller Briefkasten, Besuch ... irgendetwas halt.«

»Ich weiß nicht«, sagte sie. »Aber ich glaube, der ist nie rausgegangen. Niemand im Haus hat den gekannt. Also, Sie könnten mir jetzt irgendein Foto zeigen, und ich müsste lügen. So ist das.«

»Alles klar.«

»Nein, klar ist das nicht«, meinte die Frau. Und nicht mehr in denselben Stakkato-Sätzen wie vorher, sondern leise und zögerlich sagte sie: »Es ist beängstigend, Herr Kommissar ... und irgendwie traurig. Das ganze Treppenhaus riecht wie ein Strauß Lilien, der längst hinüber ist. Aber nicht im Traum hätte ich gedacht, dass da oben eine Leiche liegt, die langsam vor sich hin modert wie ein totes Tier.«

»Ja.« Eschenbach schluckte. Er wusste nicht, was er dem noch hinzufügen sollte. Und als Claudio Jagmetti just in diesem Moment durch die Eingangstüre gestürmt kam, war er froh.

»Sorry«, rief Jagmetti durchs Treppenhaus und stieg dann, immer drei Stufen auf einmal nehmend, in den ersten Stock hoch. »Ging nicht früher«, schnaufte er, als er bei Eschenbach angekommen war.

Der Kommissar sah seinem Kollegen einen Moment in die Augen, dann umarmten sie sich.

»Mich braucht's dann wohl nicht mehr«, meinte die Frau. Sie wollte die Tür gerade schließen, als Jagmetti auf sie zutrat und ihr Eschenbach vorstellte.

»Ihr Chef also«, sagte Frau Weber.

Der Kommissar lächelte. »Machen Sie sich keine Umstände. Ich schaue mir jetzt die Wohnung an, und wenn noch etwas ist, melde ich mich bei Ihnen.«

Sie nickte kurz und schloss danach die Tür.

Die Wohnung von Habicht war groß und hell. Obwohl intensiv gelüftet worden war, wie Jagmetti erzählte, war noch immer ein feiner Geruch von Verwesung wahrnehmbar. Alles war aufgeräumt. Habicht musste ein ordentlicher Mensch gewesen sein, dachte der Kommissar, als er die Räume inspizierte. Zwei Schlafzimmer, Küche, Bad und ein riesiges Wohnzimmer mit Kamin. Alles picobello aufgeräumt. Und hochwertig eingerichtet, hochwertiger, als es das Haus von außen vermuten ließ.

»Habt ihr etwas Besonderes gefunden?«, fragte der Kommissar.

Jagmetti schüttelte den Kopf. »Viele Bücher ...« Er deutete auf die Regale, die überall entlang den Wänden standen. »Technische Literatur, Fachbücher über Zellbiologie, Physik, Mathe, Programmiersprachen, was weiß ich. Einige Ordner mit Vorlesungsunterlagen.«

»Hat der irgendwo unterrichtet?«, wollte Eschenbach wissen.

»Habicht war Assistenzprofessor an der ETH, Mitte der Siebzigerjahre«, sagte Jagmetti. »So viel haben wir in der kurzen Zeit herausgefunden. Soziobiologie irgendwas, so genau habe ich das nicht mehr im Kopf. Dann ist er für ein Forschungsjahr nach Amerika und anscheinend dortgeblieben. Das sagen die Leute von der ETH. Viel mehr wissen wir noch nicht.«

»Und wie lange ist es gegangen, bis man ihn gefunden hat ... hier in der Wohnung, meine ich?«

»Puh.« Jagmetti sah zur Decke. »Vier oder fünf Tage. So genau konnte das Salvisberg noch nicht sagen. Es ist Ferienzeit, da kann das schon passieren.«

»Ferienzeit?« Der Kommissar schüttelte den Kopf. »Hatte der denn keine Verwandten, Bekannte ... Freunde? Das ist doch nicht normal, dass so einer vor sich hin gammelt.«

»Tja ...« Eschenbachs Kollege verzog den Mund. »So kann es eben gehen.«

»Blödsinn«, sagte der Kommissar.

»Sei doch mal ehrlich.« Jagmetti sah Eschenbach an. »Wie oft hast du mich denn angerufen in den letzten drei Monaten?«

Der Kommissar sah Jagmetti eine Weile schweigend an. Der fünfunddreißigjährige Bündner hatte die dunklen, fast schwarzen Haare kurz geschnitten, die Koteletten waren weg. Unter den hohen Wangenknochen zeichnete sich ein feiner Schatten ab. »Hast du abgenommen?«, fragte der Kommissar schließlich.

»Fünf Kilo.«

Eschenbach nickte. »Ich habe nicht ein einziges Mal angerufen, wenn du das meinst.« Und leise fügte er hinzu: »Ich war fertig ... fertig und müde. Aber das ist keine Entschuldigung, ich weiß.«

»Schon gut.«

Auch wenn Claudio nun lachte und seine makellosen Zähne zeigte (in Hollywood hätte man ihm dafür vermutlich einen Oscar verliehen), so bekam Eschenbach doch eine Ahnung davon, wie traurig und frustriert sein Kollege war. Es musste im Präsidium einiges im Argen liegen.

»Die Wohnung wirkt irgendwie leer«, sagte der Kommissar und sah sich wieder um.

»Ist sie ja auch.«

»Das meine ich nicht ... Lass uns noch einmal alles durchgehen. Wie alt war der Mann?«

»Siebenundsechzig.«

»Eben.« Der Kommissar ging auf die Knie und warf einen seitlichen Blick über den Boden. »Der ist neu«, sagte er. »Frisch verlegtes Holzlaminat.«

»Der Boden?« Claudio klang ungeduldig.

»Ja.« Eschenbach erhob sich wieder. »Ist dir das nicht auch aufgefallen? Ich meine, der Mann ging gegen die siebzig. Alte Menschen bewahren in ihren Häusern ihr halbes Leben auf, stellen alles voll. Und hier ...« Eschenbach machte eine ausufernde Bewegung mit dem Arm. »In diesem Wohnzimmer könnte man Tennis spielen, auf blitzblankem Belag, wohlverstanden.«

Jagmetti, der neben dem Kommissar stand, steckte die Hände in die Hosentaschen. »Meinst du, jemand hat hier aufgeräumt?«

»Und ob.«

Jagmetti hob die Schultern. »Wir haben die ganze Nachbarschaft befragt. Wenn hier ein Boden verlegt worden wäre ... Ich kann mir das nicht erklären.«

»Habt ihr denn konkret danach gefragt?«

»Hör mal«, setzte Jagmetti an, sichtlich genervt, »meinst du, ich mach den Job zum ersten Mal? Wir haben die alle gelöchert ...«

»Und?«

»Nichts ... eben NICHTS!« Jagmetti hob die Hände in die Luft. »Die sagen alle das Gleiche. Dass sie nämlich den Bewohner gar nicht kannten. Nie gesehen, nix gehört. Verstehst du?«

»Nein«, sagte Eschenbach. »Das verstehe ich nicht.«

»Ach, leck mich doch.«

Schweigend gingen sie in die Küche.

»Rosa hat etwas von Suizid gesagt«, startete Eschenbach einen neuen Versuch. Er warf einen Blick in den Kühlschrank: Butter, Käse, Mozzarella, zwei unterschiedliche Konfitüren,

Salatfertigsoßen, eine Dose mit Rahmquark und so weiter. »Ist das sicher?«

»Überhaupt nicht«, meinte Jagmetti und beobachtete Eschenbach missmutig, der die Ablaufdaten der Lebensmittel kontrollierte. »Das Zeugs ist teilweise schon seit Wochen abgelaufen. Findest du alles in meinem Schlussbericht.«

»Hast du den schon fertig?«

»Nein.«

»Gut. Dann kannst du die Sache mit dem frisch renovierten Boden noch abklären. Frag bei der Hausverwaltung nach. Über das Fabrikat finden wir vielleicht auch die Handwerker, die ihn verlegt haben.«

»Kannst du vergessen«, sagte Jagmetti kopfschüttelnd. »Ich muss den Bericht bis Mittwochabend fertig haben.«

»Sagt wer?«

»Die Köhler.«

»Soso«, machte Eschenbach. »Und der Bericht von Salvisberg?«

»Kommt morgen.«

»Wollt ihr einen Geschwindigkeitsrekord aufstellen?« Der Kommissar schloss den Kühlschrank wieder. »Nimm dir bitte die Zeit, die du brauchst. Das geht mir alles ein wenig zu schnell.«

»Das gibt Ärger, glaub mir.«

»Dann ist das halt so«, meinte der Kommissar. Sein Blick fiel auf einen Kalender, der mit Magneten am Kühlschrank befestigt war. »Und was ist mit dem hier?«

»Was soll da schon sein?«

»Da steht überhaupt nichts drauf.«

»Eben.«

»Kein Name ... nicht ein einziger Eintrag.« Eschenbach löste das Papier, das ungefähr die Größe eines DIN-A3-Blattes hatte, vom Kühlschrank und hielt es gegen das Licht. »Kommt dir das nicht merkwürdig vor?«

Jagmetti wusste nicht, was er sagen sollte.

»Also, ich finde das komisch.«

»Wieso ist das komisch?«

»Ich habe exakt denselben Kalender zu Hause bei mir. Den hat es vor drei Jahren in meiner Apotheke gegeben.« Eschenbach deutete mit dem Kinn in Richtung Kalender. »Da steht sogar die Jahreszahl.«

»Und jetzt?«

»Da hängt sich einer diesen Kalender an den Kühlschrank und schreibt nichts rein.« Eschenbach schüttelte den Kopf. »Verstehst du? Trägt sich nichts ein. Über all die Jahre. Keinen einzigen Termin, keine Geburtstage, Hochzeitstage, was weiß ich. Saukomisch.«

»Okay«, kam es von Jagmetti.

Der Kommissar faltete das Blatt zweimal. »Ich nehme das jetzt einfach mit, darf ich schon, oder?«

»Von mir aus.« Jagmetti nickte, wobei der Kommissar ihm ansah, dass ihm nicht wohl dabei war.

4

Beginn einer Reise

ZÜRICH, SONNTAG, 5. AUGUST – 08:15 UHR

Während sich Eschenbach noch über dem Atlantik befand, mit Anflugziel Zürich, stieg Lenz in seinen alten Saab und fuhr in Richtung Freiburg los.

Der eine kam von einer Reise zurück, der andere trat die seine an. Und wenn Eschenbach und Lenz später auf die turbulenten Ereignisse der nun folgenden Tage zurückblickten, würden sie sich eingestehen, dass jeder für sich in dieser Zeit etwas fand, wonach er nicht gesucht hatte.

Lenz entschied sich, übers Central zu fahren und später auf die A51 einzuschwenken. Es war eine Route, auf der wochentags das reinste Chaos herrschte, die nun aber beinahe verkehrsfrei zu befahren war. Lenz kam weitaus schneller voran, als er gedacht hatte. Seinen Berechnungen zufolge war er sogar zu früh dran. Damit er den Zoll bei Koblenz in der ihm von Franziska genannten Zeitspanne passieren würde, musste er eine kurze Pause einlegen. In Bad Zurzach, ungefähr sieben Kilometer vor dem Grenzübergang, fuhr Lenz auf einen Parkplatz. Ein dunkelblauer BMW 530, der ihm wegen des Berner Kennzeichens schon in Zürich aufgefallen war, fuhr vorbei und verschwand hinter der nächsten Kurve.

War es möglich, dass man ihn überwachte? Während der Fahrt hatte Lenz ein paarmal daran gedacht und immer wieder in den Rückspiegel geschaut. Vielleicht war er auch nur paranoid geworden, seit dem Besuch von Franziska am letzten Sonntagmorgen und den seltsamen Anweisungen, die sie ihm gegeben hatte.

Nichts aufschreiben, mit keinem darüber sprechen.

Die ganze letzte Woche hatte ihn ein unangenehmes Gefühl verfolgt. Was hatte das alles zu bedeuten, und wie würde das Zusammentreffen mit Isabel sein, nach über vierzig Jahren?

Die Kassette war an einem sicheren Ort vergraben. Darüber zerbrach sich Lenz nicht mehr den Kopf. Was ihn mehr beschäftigte, war das kleine Päckchen. Ein paarmal war er drauf und dran gewesen, es zu öffnen. Da es mit rotem Siegellack verschlossen war, tat er es nicht. Er hatte sich aber fest vorgenommen, Isabel darauf anzusprechen: *Luxemburgerli* von *Sprüngli* und *Pentobarbital* – was für eine seltsame Kombination. Das eine waren federleichte Miniatur-Macarons, benannt nach dem Herkunftsland des Erfinders, der dem zarten Kleingebäck ursprünglich den Namen *Baiser de Mousse* gegeben hatte. *Schaumküsse* also – und genau wie solche schmeckten sie auch.

Was das Pentobarbital betraf, so kam auch dieses in der Natur nicht vor. Die Substanz wurde durch ein synthetisches Verfahren aus Harnstoff gewonnen. Die Firma Bayer hatte den Wirkstoff Anfang des vorletzten Jahrhunderts patentieren lassen. Lange Zeit wurde Pentobarbital als Schlafmittel verwendet. In höherer Dosis lähmte es das Atmungszentrum und führte zum Tod durch Ersticken. Weil das Medikament rasch eine psychische und physische Abhängigkeit bewirkte, wurde es später nicht mehr in der Humanmedizin eingesetzt. Pentobarbital fand lediglich noch Verwendung beim Einschläfern von Tieren und wurde zu einem gängigen Wirkstoff bei der Vollstreckung von Todesurteilen in den USA. Auch Sterbehilfeorganisationen benutzten das Medikament.

So köstlich, wie das eine schmeckte – so todbringend war das andere. Lenz war mehr als besorgt, nachdem er das alles recherchiert hatte.

Ein paar Minuten wartete Lenz noch, dann drehte er den Zündschlüssel und brachte den Saab zurück auf die Straße. Es war exakt zehn Uhr. Auf der langen Geraden, die von Bad Zurzach nach Rietheim führte, entdeckte Lenz den dunkelblauen BMW aufs Neue in seinem Rückspiegel. Berner Kennzeichen. Lenz beschleunigte. Der Wagen hinter ihm tat dasselbe. Als Lenz langsamer wurde, drosselte auch sein Verfolger das Tempo. In gleichbleibendem Abstand fuhren die Autos bis nach Koblenz.

Lenz versuchte ruhig zu bleiben. Als er das Städtchen erreichte, folgte er dem Wegweiser in Richtung Deutschland, passierte das Schweizer Zollhäuschen und überquerte die Brücke bis auf die andere Seite des Rheins. Zwei deutsche Zollbeamte in grünen Uniformen standen dort. Lenz bremste. Er hatte sein Seitenfenster bereits zur Hälfte geöffnet, als ihn der größere der beiden Grenzwächter mit einer lässigen Handbewegung durchwinkte.

Lenz beschleunigte wieder und atmete erleichtert auf. Es war genau so, wie Franziska es ihm gesagt hatte. Lenz warf einen Blick in den Rückspiegel. Auch der BMW hatte die Grenzkontrolle inzwischen erreicht. Einer der Beamten schien sich mit dem Fahrer des Wagens zu unterhalten. Lenz nutzte die Gelegenheit und trat aufs Gas. Einen Kilometer später erreichte er Waldshut. Er parkte in einer Nebenstraße, stieg aus dem Wagen und wartete, bis der BMW vorbeifahren würde.

Zehn Minuten vergingen, aber sein vermeintlicher Verfolger erschien nicht.

Mit einem unguten Gefühl, zweifelnd, ob er sich nicht doch alles eingebildet hatte, fuhr Lenz schließlich weiter. Während der folgenden eineinhalb Stunden sah er auf seinem Weg durch den Schwarzwald immer wieder in den Rückspiegel. Aber er konnte auf den gewundenen Straßen an grünen Wiesen, Tannen- und Fichtenwäldern vorbei nichts Beunruhigendes ausmachen.

Die Frau, die Lenz in der Lobby des *Hotel Colombi* entgegenkam, hatte langes weißblondes Haar. Es fiel ihr über die schmalen Schultern fast bis zur Hüfte. Es war ein ungewöhnliches Bild: diese Haare und das Gesicht einer älteren Frau. Normalerweise trugen Frauen über sechzig Kurzhaarfrisuren.

»Lange ist's her«, sagte sie zur Begrüßung.

Lenz blieb stehen. Eine Weile betrachtete er Isabel schweigend. Sie hatte sich verändert und erinnerte nur noch ansatzweise an die Frau von früher. Einzig ihre Augen waren noch dieselben: leicht mandelförmig, ein helles, zartes Blau, wie der Himmel an einem Morgen im Mai.

»Dreiundzwanzig Operationen«, sagte sie und hob die Schultern. »Im Gegensatz zu mir siehst du geradezu unverändert aus.«

Lenz nickte. Auf den zweiten Blick waren ihm die Narben aufgefallen. Isabel hatte sie mit Make-up gut kaschiert.

Kaschieren war etwas, das Isabel schon damals gut gekonnt hatte. Als junge Frau war sie wunderschön gewesen, mit blassen, ebenmäßigen Gesichtszügen und sinnlichen Lippen. Aber sie hatte ihr makelloses Antlitz immer versteckt – hinter strähnigen Haaren, die sie zu selten wusch. Sie sprach leise, als legte sie es darauf an, nicht gehört zu werden. Und weil sie groß gewachsen war, ging sie gebeugt. So bemerkte niemand, wie sehr sie aus der Masse herausragte.

Auf diese Weise hatte sie viele getäuscht.

Lenz hatte ihr wahres Potenzial bald entdeckt und vermutet, dass sie mit ihrem Verhalten das Ziel verfolgte, von allen unterschätzt zu werden.

»Ich mag nicht hier im Hotel rumhocken«, sagte Isabel mit einem Lächeln, das wegen einiger ihrer Narben etwas schief stand. »Wir könnten in die Innenstadt ... Ich kenne dort ein hübsches Restaurant. Du hast doch Zeit, oder?«

»Ja, klar.« Lenz sah ihr in die Augen und erkannte den alten Unternehmergeist in ihr wieder. Im Gegensatz zu früher war ihre Haltung gerade, eine selbstbewusste Frau stand vor ihm.

»Dann ab durch die Mitte.« Sie ging auf ihn zu und hakte sich ein.

Das *Restaurant Drexler* war gut besetzt. In einer Ecke im hinteren Teil fanden sie einen Tisch. Drei Japanerinnen waren gerade dabei, ihre Rechnung zu begleichen. Sie ließen sich von dem jungen Kellner den Wert der Münzen erklären. Einzeln und umständlich legten sie danach die Euros auf den Tisch und verabschiedeten sich etwas später kichernd und winkend.

Isabel und Lenz warteten geduldig, bis der Kellner den Tisch neu eingedeckt hatte. Wie ausgestellt standen sie da; Lenz fielen die verstohlenen Blicke der Gäste auf.

»Die Leute schauen mich immer dreimal an«, sagte Isabel, die Lenz' Gedanken erraten hatte. »Ist dir das auch aufgefallen? Zuerst sind es meine Haare ...« Sie schüttelte sie. »Wenn ich sie offen trage, sind die natürlich ein Eyecatcher. Im Normalfall führen solche Haare zu einem flüchtigen Blick. Da nun aber das Gesehene der Erwartung des Betrachters nicht entspricht, kommt noch ein Blick. Irritiert. Die Leute betrachten nun mein Gesicht, das sie zuvor nur unbewusst wahrgenommen haben. Ihnen wird klar, wie alt ich bin, und sie schauen verwundert weg, um mich gleich darauf ein drittes Mal anzusehen und zu denken: Was ist denn mit der los?« Isabel lachte. »So bleib ich denen in Erinnerung, verstehst du? Und das ist überhaupt nicht gut für meinen Job.«

Sie setzten sich.

»Wusstest du, dass die modernen Prinzipien der Werbung genau so funktionieren?« Isabel nahm die Speisekarte und gab sie Lenz. »Du musst die Erwartung des Betrachters enttäuschen, das ist der Trick. Nur so erreichst du die Aufmerksamkeit, die notwendig ist, um eine Botschaft nachhaltig im Hirn zu etablieren.«

»Vielleicht«, sagte Lenz. Er blätterte eine Weile in der Speisekarte und legte sie danach zurück auf den Tisch. »Mein Hirn funktioniert anders ... leider. Ich wäre sonst vermutlich ein glücklicher Mensch geworden.«

»Ach was.« Isabel zuckte mit den Schultern. »Glück wird überschätzt.« Sie nahm ein kleines Fläschchen mit Tropfen aus der Handtasche und begann sich diese in die Augen zu träufeln. »Was nimmst du?«

»Den Kalbsbraten.«

»Was gibt es sonst noch?«, fragte Isabel.

Ohne einen weiteren Blick auf die Karte zu werfen, nannte Lenz eine Reihe von Speisen. »Fleisch und Mehlspeisen lasse ich jetzt bewusst weg«, sagte er. »Die magst du ja nicht besonders, oder?«

»Weißt du das noch?«

»I-s-a-b-e-l«, sagte Lenz betont langsam. Danach nannte er aus dem Gedächtnis fünf Weine. »Die gibt es alle offen. Ein Glas für dich?«

»Du nicht?«

Lenz schüttelte den Kopf.

»Und die Preise?«, fragte sie.

Lenz lachte auf. »Soll ich sie dir auch noch runterbeten?«

»Wüsstest du sie noch? Ich meine, alle?«

»Ist das jetzt ein Test?«

Isabel schüttelte den Kopf. »Ich meine ja nur. Bei mir ist es so, dass ich langsam beginne, Dinge zu vergessen ... Meine Augen werden schlechter.«

»Meine Augen auch«, sagte Lenz. »Aber das hilft nichts, verstehst du? Es gibt Brillen ... und was ich sehe, bleibt mir im Gehirn hängen. Es klebt sich fest, wie Mehl an feuchtem Brotteig. Ich seh's vor mir ... und ich bring den ganzen Scheiß nicht mehr weg. Könnte dir jetzt die Geschichte von diesem Lokal erzählen, sie ist auf Seite drei abgedruckt, dann die Herkunftsländer von Geflügel, Fisch und Fleisch nennen, die werden ebenfalls angegeben. Seite fünf. Auch die Gerichte, die Gluten enthalten, dann die Winzer und Jahrgänge der insgesamt zwanzig Weine. Ach ja, drei Flecken hat es auf der Karte, zwei eher rötlich, einer braun. Seiten drei, vier und fünf. Alles auf chlorfrei gebleichtem Papier, versteht sich. Das steht ganz hinten, auf der Rückseite, nach der Liste mit den Spirituosen. Reicht das?«

Isabel applaudierte leise. »Hab ich dir eigentlich einmal gesagt, dass ich dich sexy finde?«

»Ich find's zum Kotzen«, sagte Lenz. »Und abgesehen davon treibt es mich immer wieder an den Rand des Wahnsinns.«

»Ich weiß«, sagte sie. »Und deshalb ersäufst du es im Alkohol.«

»Hin und wieder«, knurrte Lenz. »Ein wenig Linderung bringt's halt doch, aber die Leber geht drauf. Ich muss langsam aufpassen.«

»Und Sex?«

Lenz schwieg.

»Okay«, sagte sie. »Ich will dir nicht zu nahe treten.«

Der Kellner kam. Zur großen Überraschung von Lenz bestellte Isabel eine Lasagne al forno. »Die Zeiten ändern sich«, sagte sie. »Auch der Hackbraten ist vorzüglich. Ich habe ihn auch schon gegessen. Wenn ich in Freiburg bin, komme ich oft hierher.«

»Lebst du hier?«

Isabel schüttelte den Kopf. »In der Nähe. Aber noch lieber würde ich am Meer leben. Die feuchte, salzige Luft tut mir gut, meinen Schleimhäuten. Aber Deutschland ist ein wichtiger Markt geworden.«

»Markt für was?«, wollte Lenz wissen. »Du bist studierte Elektroingenieurin.«

»Allerdings.« Isabel lachte. »Nach unserer Trennung bin ich zu einem kleinen Unternehmen. Eine Reihe wichtiger Patente habe ich denen beschert. Danach haben sie mich rausgeworfen. Einfach so. Das war's. Ich hab mich zurückgezogen und später mein eigenes Ding gemacht.«

»Du hast denen die Hütte abgefackelt«, warf Lenz ein. »Es stand in allen Zeitungen.«

»Das war die reinste Lüge, Ewald. Aber ich kann dir gerne erzählen, wie es wirklich gewesen ist.« Isabel strich sich eine Haarsträhne aus dem Gesicht. »Ich habe oft nächtelang durchgearbeitet und mir deshalb ein Feldbett organisiert, um mich wenigstens ein paar Stunden hinlegen zu können. Und in jener Nacht ...« Isabel fuhr sich mit beiden Händen übers Gesicht. »Ich werde nie vergessen, wie mich der beißende Rauch aus dem Schlaf gerissen hat. Völlig benommen bin ich dagestanden, umgeben von einem Meer lodernder Flammen. Dann bin ich losgerannt, in Richtung Ausgang. Ich weiß nicht, ob ich wegen der Hitze ohnmächtig geworden bin, oder ob mich eine brennende Tür umgehauen hat ...« Sie hob die Schultern. »Ich kann mich nicht erinnern. Jedenfalls muss mich jemand von der Feuerwehr hinausgetragen haben. Im Balgrist, auf der Intensivstation, bin ich aufgewacht.«

»Entschuldige, aber dass es so war, wusste ich nicht«, murmelte Lenz.

»Keine Ursache, Ewald. *Tempi passati*. Ich wundere mich überhaupt, weshalb ich dir das erzähle.« Ein schiefes Lächeln folgte. »Damals habe ich zum ersten Mal erlebt, dass die Wahrheit manchmal eine andere ist als jene, die wir in der Zeitung lesen.«

»So ist es«, meinte Lenz.

»Die Firma, der es bis dahin nicht besonders gut ging, konnte sich dank einer horrenden Versicherungssumme sanieren. Mich hat man zum Sündenbock gemacht. So war es. Jetzt weißt du's.«

»Das tut mir unendlich leid, Isabel ...« Lenz hielt einen Moment inne. »Hast du versucht herauszufinden, wer den Brand gelegt hat?«

Sie schüttelte den Kopf. »Ich habe eine Ewigkeit gebraucht, um wieder auf die Beine zu kommen. Irgendwann hat es mich nicht mehr interessiert.«

Eine kurze Pause entstand.

»Ich habe an dich gedacht«, fuhr sie schließlich fort. »Ich habe mich gefragt, weshalb du dich nicht mehr gemeldet hast. Du warst einfach weg, von einem Tag auf den andern.«

»Ich bin da gewesen«, sagte Lenz leise. »Auf der Intensivstation. Aber da haben sie mich nicht zu dir gelassen. Und als man dich später in die Psychi* verlegt hat, bin ich auch dorthin gekommen und habe dich besucht. Ich weiß nicht, welche Medikamente man dir gegeben hat, du warst weg, irgendwo bei den Sternen, was weiß ich. Jedes Mal hast du durch mich hindurchgesehen, als ob es mich gar nicht gäbe. Und eines Abends, als ich dich wieder besuchen wollte, stand Walter bei dir. Ich habe euch einen Moment zugeschaut. Er hat deine Hand genommen. Auf den ersten Blick sah es seltsam aus, weil er viel kleiner ist als du, als begäbe sich ein Kind in den Schutz seiner Mutter. Aber dieser Eindruck täuschte. Es war genau umgekehrt. Walter hat dich geführt. Zu diesem grauen Sofa in der Ecke hat er dich gebracht. Ihr seid hingesessen, wie ein altes Ehepaar. Und auf einmal hast du gelächelt.«

»Walter? So ein Blödsinn.«

»Meinst du, weil er kleinwüchsig ist?« Lenz schüttelte den Kopf. »Das hat dir nie etwas ausgemacht, sei ehrlich. Ihr habt perfekt zueinandergepasst. Die Sache mit mir war ein Ausrutscher, mehr nicht. Ich war einfach derjenige, der nach Walters Weggang in die USA noch da war.«

Isabel sah Lenz schweigend an. Sie berührte mit der Hand

---

* Psychiatrische Uniklinik in Zürich, auch *Burghölzli* genannt.

seine Schulter, danach sein Kinn. »Walter hat mir nie etwas gesagt«, meinte sie. »Habt ihr euch denn nicht getroffen?«

»Erst viel später«, meinte Lenz. »Aber darüber gesprochen haben wir nie. Ich glaube, dass er wegen dir aus den Staaten zurückgekommen ist. Er konnte das, was mir verwehrt geblieben war ... dich wieder zum Lachen bringen. Ich hab's mit eigenen Augen durch eine Glastür gesehen, Isabel. An diesem Abend in der Psychi. Das Bild sehe ich heute noch vor mir.«

»Deshalb hast du dich auf diesen Posten gestürzt ... bei der Polizei.«

Lenz nickte. »Die Stelle im Archiv, genau. Am Anfang habe ich noch gedacht, ich würde dort an eine Pistole kommen, um mir eine Kugel durch den Kopf zu jagen. Aber dann habe ich mich beruhigt.« Lenz grinste. »Dieses staubige Loch war für lange Zeit mein Zufluchtsort.«

»Ich glaube, jetzt verstehe ich«, sagte Isabel. »Du hast es letzten Montag Walter erzählt, euer letztes Gespräch, nicht wahr?«

»Er hat mich danach gefragt.«

»Das ist schön.« Isabel wiegte nachdenklich den Kopf. »Wir hätten alle drei eine Universitätskarriere machen können. Du warst ein hervorragender Biologe.«

»Walter ist der bessere von uns gewesen«, sagte Lenz. »Und später, als ich wieder Boden unter den Füßen hatte, war die Uni kein Thema mehr für mich. Ich hatte das Umfeld gefunden, das ich brauchte. Ruhe und Ordnung. Niemand redete mir drein, und ich konnte der sein, der ich bin.«

Isabel schwieg eine Weile, dann meinte sie: »Du hast recht, Ewald. Ich glaube, genau darum geht es. Dass man sich findet. Mir ist das erst viel später bewusst geworden. Zu spät eigentlich. Und was die Universitäten angeht: Sie haben sich geändert. Es wird dort längst keine Wahrheit mehr gelehrt. Im Gegenteil. Sie spulen ihr Programm ab, werden infiltriert und am Ende von der Wirtschaft gekauft. Politiker machen sie geradezu mundtot. Langweilig sind sie geworden. Die Wahrheit findest du heute nur noch in den Archiven, sofern sie nicht gesäubert wurden, und in den Bibliotheken vielleicht. Du bist ein Glückspilz, Ewald.«

Der Kellner kam und brachte das Essen.

»Da ist noch etwas«, sagte Lenz etwas besorgt, bevor er den ersten Bissen zu sich nahm. »Dieses Päckchen …«

»Ach so.« Isabel tupfte sich mit der Serviette den Mund. »Das Pentobarbital, meinst du?«

Lenz nickte.

»Ein altmodisches Medikament. Es ist in Deutschland nicht zugelassen.« Sie zögerte einen Moment. »Ich brauche es, um durchzuschlafen.«

5

Ein Blick in die Runde

ZÜRICH, MONTAG, 6. AUGUST – 11:43 UHR

Eschenbach und Jagmetti verließen das muffige Treppenhaus und traten hinaus ins Freie.

Der Kommissar, der in den USA viel gelaufen war, wollte den Weg bis zum Präsidium an der Kasernenstrasse zu Fuß gehen. Jagmetti hielt dagegen. Sie einigten sich auf einen Kompromiss, fuhren mit der Tram bis zum Bellevue, ließen sich beim *Sternen-Grill* eine Bratwurst geben und setzten sich weiter vorne bei der Seepromenade an die Uferböschung.

»War Köhler eigentlich auch in der Wohnung?«, fragte Eschenbach.

Jagmetti schüttelte den Kopf. »Geht fast nie raus, die Frau.«

»Wirklich?«

»Ich bin mir nicht sicher, ob sie je einen Tatort aus der Nähe gesehen hat. Die oberste Führung der Kriminalpolizei habe dort nichts verloren, meint sie. Wachtmeister-Studer-Romantik sei das.« Jagmetti schüttelte den Kopf. »Völlig lächerlich. Es gebe schließlich Ermittler, Spürhunde, was weiß ich. Und natürlich Computersysteme.«

»Sie könnte ja auch eine Drohne fliegen lassen«, meinte der Kommissar kauend. Auch wenn er es anders hielt, ganz falsch war Köhlers Ansicht natürlich nicht. Eschenbach war sich längst darüber im Klaren, dass die modernen Kommandobrücken hinter Bildschirmen standen, nicht mehr im Freien – und dies nicht nur bei der Polizei. Excel-Spreadsheets und Computersysteme mit riesigen Datenbanken regierten die Welt. »Weißt du, Claudio«, sagte er. »Ich glaube, Ivy Köhler hat recht. Was wir hier tun, ist die reine Verschwendung von Steuergeldern.«

»Das ist jetzt nicht dein Ernst, oder?«

»Doch«, sagte Eschenbach und sah auf den See hinaus. »Wir tun es eigentlich nur noch deshalb, weil wir es im Büro nicht aushalten. Das Geschwafel in den Sitzungen, die E-Mails und Protokolle … der ganze Papierkram. Ich weiß nicht, wie es dir geht. Aber mich macht das müde.«

»Und mich erst«, sagte Claudio, der das letzte Stück Brot einem der Schwäne zuwarf. »Ich könnte nur noch schlafen.«

»Siehst du«, sagte Eschenbach. »Und den Schlaf brauchen wir ja nicht, weil wir müde sind.«

»Sondern?«

»Wir sind müde, weil wir schlafen wollen.«

»Und das ist natürlich nicht dasselbe«, folgerte Claudio, nicht ganz sicher, ob er Eschenbachs Gedankengang begriffen hatte.

Der anschließende Spaziergang durch das sommerliche Zürich tat beiden gut. Claudio erzählte, dass er seine Beziehung mit Anja Pepic von der Spurensicherung nach knapp einem halben Jahr wieder beendet habe. »Es hat einfach nicht funktioniert. Ich glaube, ich bin der geborene Single.«

Eschenbach hatte nichts dazu gesagt. Im Stillen aber fand er, dass kein Mensch ein geborener Single sei. Man wurde ja auch nicht einfach so abgeworfen, vom Himmel, irgendwo. Der Mensch werde – und dies wäre sein Kommentar gewesen, wenn er gefragt worden wäre – in ein soziales Gefüge hineingeboren, mit dem er auf diese oder jene Weise kutschieren müsse. Ja, kutschieren, das hätte er gesagt. Dieses altmodische Wort gefiel Eschenbach. Aber weil Jagmetti, von ausuferndem

Selbstmitleid gepackt, noch nicht bereit für eine Gegendarstellung war, hatte es der Kommissar bei einem Lächeln bewenden lassen. Bei einem Lächeln und bei einem freundschaftlichen: »Das kommt schon gut, Claudio.« Mehr brauchte es an diesem frühen Montagnachmittag nicht.

Deutlich mehr Worte machte Doktor Christine Saager in ihrer Begrüßungsrede ein paar Stunden später.

Das Großraumbüro im fünften Stock des Präsidiums hatte sich zunehmend gefüllt. Rosa hatte ihrem Chef gesteckt, dass zu dieser Feier schon vor über einer Woche eingeladen worden sei. »Eine Geheimsache«, hatte sie gemeint. Nebst Eschenbachs Mitarbeitern kamen auch Leute, mit denen der Kommissar nur gelegentlich zu tun hatte.

Die Polizeichefin war, wie sie gleich zu Anfang betonte, eigens wegen Eschenbach ins Präsidium gekommen: mit weißen Leinenjeans und leichter weißer Bluse. Sie hätte dem Verkündigungsengel Gabriel alle Ehre gemacht, wäre da nicht die Hornbrille gewesen und ihr von der Sonne etwas zu stark gebräunter Teint.

»Ein sonniges Fest ist das heute«, begann sie ihre Ansprache. »Und ebenso sonnig wie das Wetter ist auch der Anlass, weshalb ich heute extra hergekommen bin und zu Ihnen spreche.« Saager winkte Eschenbach zu, deutete ihm an, er solle nach vorne kommen.

Eschenbach winkte ab und sagte etwas lauter: »Später vielleicht.«

»Na gut«, fuhr die Polizeichefin fort. »Ein Mann, der sich lieber im Hintergrund hält. Bescheiden eben. Sie kennen ihn ja. Aber er ist der Grund für unser Fest heute ... unser sonnengebräunter Grund, wenn Sie erlauben, unser Kommissar, der nun endlich den Weg zurück zu seinen Wurzeln, zur Kriminalpolizei des Kantons Zürich gefunden hat – direkt aus dem sonnenverwöhnten Kalifornien.«

Was für ein furchtbares Geschwafel, dachte Eschenbach. Er hatte aufgehört zu zählen, wie oft Saager die Sonne in ihre Rede eingebaut hatte. Vielleicht hatten ihre Hirnzellen bereits Schaden genommen, mutmaßte er – wegen zu häufiger Bestrahlung von ebendieser. Aber außer ihm schien das niemanden zu stören. Dann hagelte es Superlative, und der Kommissar befürchtete schon, er müsse noch irgendeinen Preis entgegennehmen. Wenigstens sprach sie frei – das musste er ihr zugutehalten.

Tapfer ertrug er die Lobhudelei und war froh, als sich Saagers Schwall an Komplimenten an den Polizeiapparat im Allgemeinen richtete: an die Kantonspolizei, für die sie, Saager, schließlich zuständig war. Auch Ivy Köhler wurde als Frau der Stunde in himmlische Höhen gehoben.

Eschenbach stand zusammen mit Rosa etwas abseits am Fenster. Er hatte einen guten Überblick von dort. Unter den knapp fünfundzwanzig Kollegen, die zum Apéro gekommen waren, entdeckte er ein paar, mit denen er schon eine Ewigkeit zusammenarbeitete. Walter von Matt war einer von ihnen. Gleich zu Anfang hatten sie sich freundlich zugenickt. Der Leiter der Spurensicherung (neuerdings hieß die Abteilung kriminaltechnischer Einsatzdienst) war mit seiner erstaunlich attraktiven Stellvertreterin gekommen, Anja Pepic, die ganz nebenbei einen Doktortitel in forensischer Anthropologie besaß. Ihr dunkles Haar hatte sie zu einem Pferdeschwanz zusammengebunden. Eschenbach war nicht entgangen, dass sie Claudio Jagmetti bisher nicht eines Blickes gewürdigt hatte.

Auch Röbi Ketterer und Marcel Habertür waren anwesend. Sogar Professor Kurt Salvisberg weilte unter den Gästen. Der Gerichtspathologe stand hinter dem Buffet und hatte sich die Salamibrötchen vorgenommen. Eines nach dem andern steckte er sich in den Mund, wobei er sich immer wieder verstohlen umsah, um sich zu vergewissern, dass seine Fressattacke von niemandem bemerkt wurde.

Trotz der ungezwungenen Atmosphäre und der überschwänglichen Rede von Saager, die noch immer nicht zu Ende war, hatte Eschenbach die ganze Zeit das Gefühl, dass irgendwo der Wurm drinsteckte. Wie bei dem Telefonat mit Rosa am Morgen und seinem Gespräch mit Claudio in Walter Habichts Wohnung.

War Ivy Köhler der Auslöser für diese beinahe greifbare Dissonanz? Eschenbach sah die Frau, die weiter vorne, auf der gegenüberliegenden Seite stand, zum ersten Mal. Saager hatte sie Anfang Mai, eine Woche vor seiner Abreise, aus dem Hut gezaubert wie ein weißes Kaninchen. Und er war gegangen, ohne Einwand – weil er für eine weitere Streiterei mit Saager keine Kraft mehr gehabt hatte. Er war einfach froh gewesen, dass er endlich wegkonnte.

Ivy Köhler war Mitte dreißig, das wusste der Kommissar noch aus den Unterlagen. Sie hatte einen Master in Ökonomie, abgeschlossen an der Universität Zürich, mit Bestnoten selbstverständlich. Danach war sie beim Bund gewesen. Irgendeine Stabstelle im Departement für auswärtige Angelegenheiten. Was sie dort genau gemacht hatte, wusste er nicht mehr. Eigentlich war es ungewöhnlich, dass jemand, der über keinerlei Führungserfahrung verfügte, auf eine leitende Position kam. Weshalb hatte Saager sie ausgewählt?

Verglichen mit Eschenbachs charismatischer Chefin hatte Köhler wenig Ausstrahlung. Sie war klein und zierlich. So, wie sie dastand, in dunklen Jeans und heller Bluse, beide Hände tief in den Hosentaschen vergraben, mit leicht hochgezogenen Schultern und kurzen dunkelblonden Haaren – man hätte sie eher für eine Auszubildende gehalten als für jemanden, der in Eschenbachs Abwesenheit bei der Kriminalpolizei die Zügel in den Händen gehalten hatte.

Wie alles im Leben hatte auch die Rede von Saager schließlich ein Ende. Es wurde applaudiert, und Eschenbach kam nicht drum herum, ebenfalls ein paar Worte an die Anwesenden zu richten.

»Es ist schön, wieder hier zu sein«, meinte er ganz unverfänglich, dankte der Polizeichefin für ihr Kommen, für ihre netten Worte und lobte das Engagement seiner Leute (auch das von Köhler). Eschenbach hatte diese kurze Rede nicht vorbereitet. Die Sätze, die er ganz spontan zusammenreimte, kamen von Herzen – und wie er sie aussprach, befiel ihn für einen Moment ein Gefühl der Freude. Es fühlte sich gut an, wieder Teil des Ganzen zu sein. Und es gab für ihn keinen Zweifel, dass nun wieder der alte Esprit in der Kasernenstrasse Einzug halten würde. Es war einzig eine Frage der Zeit. Die drei Monate fernab des Geschehens hatten ihn gestärkt, und ja – sie hatten ihn zuversichtlich gemacht.

Eschenbach wusste nicht genau, woher diese Zuversicht kam. Er spürte sie schon seit Wochen in sich, als pumpe frisches Blut durch seine Adern.

Die Zeit, die er mit Kathrin in Kalifornien verbracht hatte, war schön gewesen, ohne Zweifel. Sie hatten viele interessante Gespräche geführt, gelacht und gemeinsam der Sonne zugesehen, wie sie abends in kitschigem Rosa hinter den Hügeln von Hollywood versank. Berührende Momente waren es gewesen. Trotz der harmonischen Zweisamkeit war Eschenbach aber auch klar geworden, dass Kathrin künftig ihre eigenen Wege gehen würde. Sie war erwachsen geworden und brauchte ihn nicht mehr in demselben Maße wie früher. Es war ein Abschied. Und zwar ein Abschied auf ganzer Linie. Von einer Lebensphase. Denn hinzu kam die Sache mit Kathrins Mutter, Corina, Eschenbachs zweiter Frau. Er war in seinem kleinen Camper schon fünf Wochen unterwegs gewesen und gerade in New Mexico angekommen, als sie ihm, in einem längeren Telefonat, erzählte, dass ein anderer Mann in ihr Leben getreten sei. Etwas Ernstes, wie sie gemeint hatte.

Warum treten Männer in anderer Leute Leben, hatte er sich

damals gefragt, in Santa Fe, auf einem Hochplateau, 2200 Meter über dem Meeresspiegel, gekränkt, aber wenig überrascht. Corina und er lebten schon seit einer Weile nicht mehr unter demselben Dach. Sie trafen sich zwar, redeten miteinander (meistens über Kathrin) und hatten gelegentlich auch noch Sex. Wobei letzteres eher selten vorkam. Es war nur eine Frage der Zeit gewesen, dass sich zwischen Corina und ihm etwas änderte.

Vielleicht hatte es an der Bergluft gelegen oder an den Tausenden von Sternen, die nachts zum Greifen nahe waren, dass Eschenbach vieles klar wurde. Zu seinem eigenen Erstaunen versank er nicht in Melancholie – auch suchte ihn nicht Wehmut heim. Nichts dergleichen. Stattdessen erfasste ihn jene heitere Zuversicht, die bis zum heutigen Tag anhielt und die er sich nicht erklären konnte.

War die Zuversicht ein Kind der Klarheit?

Nachdem der Kommissar seine kurze Rede beendet hatte, übernahm Saager wieder und bedankte sich ebenfalls bei allen für ihr Kommen. In einem ihrer letzten Sätze, beiläufig, als würde es niemanden interessieren, verkündete sie, dass Ivy Köhler ihm, Eschenbach, als Stellvertreterin auch weiterhin zur Seite stehen werde.

Was zum Teufel sollte das denn?

Stille.

Eschenbach, der glaubte, nicht richtig gehört zu haben, stand mit offenem Mund da. Er tauschte einen Blick mit Rosa, die anschließend zur Decke schaute und mit einem Seufzer beide Augen schloss. Jagmetti war bereits auf halbem Weg zum Ausgang.

Dann ging ein Raunen durch den Raum.

»Das darf doch nicht wahr sein«, murmelte Eschenbach in Richtung Saager.

Die Chefin verzog den Mund zu einem Lächeln und fügte noch hinzu: »Das wär's auch schon gewesen, Leute. Ich wünsche allseits einen schönen Abend.«

Das Großraumbüro leerte sich langsam. Köhler war in der Menge verschwunden, und Eschenbach eilte – gegen den Strom der Leute – auf Saager zu. »Das ist doch nicht Ihr Ernst«, fuhr der Kommissar sie an.

»Wieso?« Saager, die einen guten Kopf kleiner war als Eschenbach, hob das Kinn. »Sie haben Ihre Kollegin doch selbst gelobt vorhin. Hervorragende Arbeit, haben Sie gesagt.«

»Aber das war doch nur …« Eschenbach schüttelte fassungslos den Kopf. »Ich hab das gesagt, weil … also, ich dachte, die geht wieder.«

»Gedacht haben Sie also.« Saager lachte kurz auf. »Sie können es noch nicht wissen, Eschenbach, aber Sie beide werden ein ideales Team abgeben. Frau Köhler ist eine hervorragende Analytikerin, kennt sich aus mit Zahlen. Führen heißt auch Papierarbeit.«

»Wann hat Frau Köhler jemals geführt?«

»Als Sie nicht hier waren, zum Beispiel«, kam es postwendend zurück. »Während Sie irgendwo am Strand Ihren Selbstverwirklichungstrip durchgezogen haben. Schon vergessen?«

»Ach, was wissen Sie schon.«

»Nehmen Sie es wie ein Mann«, zischte Saager. »Beweisen Sie, was Sie draufhaben. Die junge Frau kann bestimmt noch etwas lernen. Und machen Sie jetzt um Gottes willen keinen Aufstand. Abgesehen davon ist es an der Zeit, dass Sie sich auch einmal über Ihre Nachfolge Gedanken machen.«

»Was? Aber …«

»Nichts aber. Finden Sie sich damit ab. Es ist so und fertig.«

Und fertig bedeutete, dass es nichts mehr zu diskutieren gab. Das wusste der Kommissar nur zu gut.

Noch vor ein paar Jahren wäre der Kommissar in einer ähnlichen Situation einfach davongelaufen. Vermutlich hätte er sich in einer Bar im Niederdorf volllaufen lassen und der ganzen Welt die Krätze an den Hals gewünscht. Doch die neue

Klarheit blieb ihm auch in dieser Situation erhalten. Von Selbstmitleid keine Spur.

Ein paar wenige Vorteile hatte das Alter, dachte er – auch was die Welt betraf: Diese hatte sich die Krätze längst eingehandelt.

Vor dem Aufzug traf er Salvisberg, der sich gerade das letzte Brötchen in den Mund steckte. Er überredete den Pathologen, kurz in sein Büro mitzukommen. Dort überreichte er ihm den Geburtstagskalender, den er in der Wohnung gefunden hatte.

»Und was soll ich mit dem?«

»Kannst du ihn unter eines deiner Supermikroskope legen?«, fragte Eschenbach. »Oder irgendwas drauftväufeln vielleicht …?«

»Da steht überhaupt nichts drauf.«

»Weiß ich. Aber ich habe so ein Gefühl. Könnte doch sein, dass man trotzdem etwas findet.«

Salvisberg lachte. »Du machst mir Freude.«

»Bitte, Kurt!«

Vor der Bürotür stießen sie beide beinahe mit Ivy Köhler zusammen. Da war sie also. Salvisberg ging – Eschenbach rief ihm noch einen Dank hinterher und sagte an seine junge Kollegin gerichtet:

»Es wäre gut, wenn wir uns kurz unterhalten. Ist das okay?«

Ivy Köhler sah ihm direkt in die Augen. »Klar«, meinte sie. »Bei Ihnen oder bei mir?«

»Das kommt darauf an.« Eschenbach, der nicht die geringste Regung in Köhlers Gesicht ausmachte, lächelte. »Wo haben Sie denn Ihr Büro?«

»Das kleine Besprechungszimmer«, sagte sie. »Ich habe mich dort notdürftig eingerichtet.«

»Also gut, gehen wir.«

Notdürftig war eine Untertreibung gewesen. Eschenbach erkannte den Raum nicht wieder. Ein großer weißer Schreibtisch von USM Haller stand da, dahinter ein Aluminiumstuhl mit lederbezogener Sitzfläche. Auf der blank polierten Tischplatte eine hübsche moderne Leselampe, ebenso zwei große Bildschirme. Daneben – etwas ungewöhnlich für ein Büro – ein kleines Aquarium mit einem Goldfisch.

»Ich mag Fische«, sagte Köhler. »Sie beruhigen mich.«

»Okay.« Der Kommissar nahm einen der Besprechungsstühle, die wie in einem Wartezimmer an der Wand entlang aufgestellt waren, und setzte sich zu Köhler an den Tisch. »Sprechen wir über den Fall am Kreuzplatz«, begann er. »Ich bin heute Morgen dort gewesen und habe mir die Wohnung angesehen.«

»Hab's gehört«, sagte sie.

»Und?«

»Ich verstehe nicht ganz.« Sie startete den Computer. »Der Fall ist nichts Besonderes. Keine Einwirkung von Gewalt. Keine Spuren eines Einbruchs. Einfach jemand, der gestorben ist. Das Dumme ist nur, dass der keine Freunde hatte.« Sie zog die Schultern hoch. »Keine Bekannten, Verwandten, was weiß ich. Jedenfalls niemanden, der regelmäßig nach ihm geschaut hat. Warum interessiert Sie das?«

»Und die Hausbewohner?«, wollte Eschenbach wissen.

»Ach die ...« Köhler schüttelte den Kopf. »Wer kümmert sich heutzutage schon um seine Nachbarn? In bäuerlichen Gegenden ist das vielleicht noch so. Aber hier in der Stadt? Sie leben doch auch alleine, oder? Und in den Sommerferien, wenn alle weg sind ...«

»Ich würde gerne einen Blick auf die Protokolle werfen«, sagte der Kommissar. »Ihr habt mit den Bewohnern gesprochen, nehme ich an.«

»Natürlich.« Köhler nickte und machte sich am Computer zu schaffen. »Ihr Kollege, Herr Jagmetti, er hat sich mit dem Fall beschäftigt. Er sollte die Protokolle ins System eingegeben haben. Glauben Sie mir, wir haben alles getan, was in solchen Fällen gemacht werden muss.«

»Schon klar«, murmelte Eschenbach. »Dann haben Sie bestimmt auch einen Obduktionsbericht der Leiche.«

Eine Weile verging. Köhlers Kopf war hinter einem der Bildschirme verschwunden. Eschenbach sah nur ihre rechte Hand, die mit der Computermaus kleine, fast unmerkliche Bewegungen ausführte. Ein paarmal tippte ihr Zeigefinger auf das ovale Kästchen.

»Wenn er nichts ins System eingegeben hat, dann ist hier auch nichts, so ist das«, kam es von hinter dem Bildschirm. »Aber warten Sie …«

»Ich warte.« Eschenbach zählte innerlich bis acht und beobachtete dabei den Goldfisch, der in eine Ecke des Aquariums geschwommen war und ihn mit großen Augen ansah. »Fühlen sich Fische auch einsam?«, fragte der Kommissar, als von Köhler noch immer nichts kam.

»Was meinen Sie?«

»Ihr Fisch, ob er sich wohlfühlt?«

»Ach, der.« Ihr Kopf erschien kurz und verschwand wieder. »Fragen Sie ihn doch.«

Abermals verging eine Weile. Die junge Frau tippte etwas auf ihrem Keypad. »Also doch«, rief sie plötzlich. »Da ist es … alles abgelegt, sehen Sie.«

Eschenbach sah nur Köhlers Kopf, der sich abermals für ein paar Sekunden zeigte. Es war wie beim Kasperletheater.

»Alles da. Der Bericht des Forensischen Instituts, die Gesprächsprotokolle. Alles picobello.«

»Und das heißt?«

»Dass es so ist, wie ich Ihnen gesagt habe.«

»Könnten Sie sich etwas präziser ausdrücken?«

»Herr Habicht ist, ich zitiere: ›Er ist eines natürlichen Todes gestorben, soweit man dies aufgrund des Verwesungsgrads des Toten beurteilen kann.‹ So steht es hier.«

»Eben.«

»Ja, sehen Sie.« Köhler rückte ihren Stuhl zur Seite und sah

Eschenbach an. »Und das ist genau der Grund, weshalb ich meine Mutter ins Altersheim gebracht habe. Sie ist dort gut aufgehoben, und man orientiert mich, wenn etwas nicht rundläuft.«

»Ich würde den Bericht gerne mitnehmen«, sagte der Kommissar.

»Er ist noch nicht vollständig. Herr Jagmetti ist daran ...«

»Bis Mittwoch«, sagte Eschenbach, dem Köhlers formalistisches Gehabe langsam auf die Nerven ging. »Ich weiß. Trotzdem würde ich ihn schon mal lesen. Vielleicht finde ich ja einen Kommafehler oder einen Dativ, der eigentlich ein Genitiv sein müsste.«

»Okay, ich hab's verstanden.« Köhler streckte die Beine, überlegte kurz und meinte: »Ich kann ihn auf einen Stick ziehen.«

»Papier wäre mir lieber.«

6

Plan B

FREIBURG i. BREISGAU, SONNTAG,
5. AUGUST – 15:24 UHR

»Ich versteh's noch immer nicht«, sagte Lenz. Er saß am Steuer seines Saab und schüttelte den Kopf. »Pentobarbital ist als Schlafmittel längst überholt. Zudem führt es zu einer starken Abhängigkeit. Ich habe das alles recherchiert …«

Nachdem Lenz und Isabel in den Wagen eingestiegen und losgefahren waren, hatte er noch einmal das Thema aufgenommen. »Mit diesem Zeugs schläfert man Tiere ein, und in Amerika vollstrecken sie Todesurteile damit. Willst du dir nicht ein besseres Medikament suchen?« Während er fuhr, sah er immer wieder nach rechts zur Seite. Isabel saß schweigend auf dem Beifahrersitz und blickte stur geradeaus.

Eine Weile sagten sie beide nichts.

Als sie Freiburg auf der B31 verlassen hatten, nahm Isabel ihr Handy aus der Tasche und rief jemanden an. »Gertrud, ich bin's«, sagte sie. »Wegen dem Abendessen heute. Ich bringe einen Gast mit.« Sie blickte zu Lenz und meinte: »Das ist dir doch recht, Ewald, oder?«

Lenz hätte am liebsten Nein gesagt. Walter hatte ihn gebeten, Isabel ein Päckchen zu bringen. Das hatte er nun erledigt. Also hätte er längst wieder auf dem Weg nach Zürich sein können. Stattdessen, nun ja. Natürlich hatte er sich gefreut, Isabel nach so langer Zeit wiederzusehen. Sie hatte ihn zum Essen eingeladen, und sie hatten sich auch gut unterhalten. Es gab

Erinnerungen, die sie verbanden, sogar Dinge, über die sie beide lachen konnten. Allerdings bezogen sich diese alle auf eine Zeit, die weit zurücklag. Sie waren wie alte Fotos, deren Farben verblichen waren und die man wieder weglegte, nachdem man sie kurz betrachtet hatte. Inzwischen hatte jeder sein eigenes Leben.

Lenz mochte seines, und es missfiel ihm, dass er Isabel nicht einfach sagen konnte, dass er nach Hause wollte. Weil sie ohne Auto nach Freiburg gekommen war, hatte er nach dem Essen auch noch zugestimmt, sie ein Stück weit mitzunehmen. Es liege auf seinem Weg zurück, hatte sie gemeint.

Warum folgte einer Bitte immer auch noch eine weitere?

»Ewald überlegt es sich noch«, sagte Isabel ins Handy. »Ich habe es dir einfach sagen wollen, Gertrud, damit du Bescheid weißt.« – »Genau. Eine kleine Vorwarnung. Und, ach ja, wir fahren noch beim Fritz vorbei und bringen etwas mit. Es ist Sommerfest in Hinterzarten, und die Läden sind geöffnet.« Sie beendete das Gespräch.

Inzwischen hatten sie Kirchzarten erreicht.

»Einfach weiter, der Straße entlang in Richtung Hinterzarten«, sagte sie.

Lenz nickte. Weil die Sonne ihn blendete, öffnete er das Handschuhfach, nahm seine alte Schiebermütze heraus und setzte sie auf.

»Brauchst du noch deine Sonnenbrille?«

Lenz schüttelte den Kopf. »Es geht«, sagte er.

Eine Weile herrschte wieder Stille.

Links und rechts von der Straße waren die Häuser mächtigen Tannen gewichen. Hie und da standen sie wie erhabene Wächter ganz allein da, dann wieder markierten größere Gruppen wie finstere Gesellen den Rand der Fahrbahn.

»Da vorne beginnt das Höllental«, sagte Isabel und wies auf die schroff abfallenden Felsen zu ihrer Linken. Als Lenz noch immer keine Miene verzog, fing sie an zu lachen. »Ach komm, Ewald, lass uns friedlich sein. Ich kann verstehen, dass du so reagierst. Eigentlich habe ich das auch erwartet. Vielleicht willst du einfach zurück nach Zürich. Das kannst du immer noch. Ich will dich nicht aufhalten. Und was das Medikament betrifft, natürlich hast du recht. Ich werde mich nach einer Alternative umsehen.«

Hinterzarten lag am Ende der Straße.

»Das Dörfchen macht seinem Namen alle Ehre«, meinte Isabel, als sie im Schritttempo an ein paar typischen Schwarzwaldhäusern vorbeifuhren. »Es steht *hinter* allem und doch über allem«, sinnierte sie. »Und es ist *zart*. Eine Puppenstube. Wie aus einer anderen Welt. Anders jedenfalls als die Welt, in der ich mein halbes Leben zugebracht habe.«

Lenz musterte die ausladenden hölzernen Dachstockkonstruktionen mit ihren Balkonen, von wo aus eine Heerschar bunter Blumen grüßend die Köpfe neigte.

»Hier vorne können wir parkieren«, meinte Isabel.

Lenz zirkelte den Saab um einen halb auf dem Gehsteig abgestellten Wagen herum und hielt dann kurz, um den knallgrünen Ortsbus vorbeizulassen. Dann standen sie endlich.

»Fritz ist die Metzgerei hier«, erklärte Isabel.

Als sie den Laden betraten, wurden sie herzlich begrüßt. Lenz stand etwas abseits und beobachtete die Szenerie.

»Frau Hagen, wie schön, dass Sie wieder da sind.« Die Verkäuferin sprach mit badischem Akzent. »Wir haben Spareribs vom Kalb und frische Hähnchen vom Mostweiler Hof.« Freundlich nickte sie auch Lenz zu.

Lenz versuchte ein Lächeln. Hatte er sich verhört, oder hatte die Verkäuferin tatsächlich Frau Hagen gesagt? Hatte Isabel geheiratet? Warum nicht? Nur weil er selbst unverheiratet geblieben war? Isabel war schon immer anders gewesen als er. Sie hatte keine Scheu vor Menschen. Obwohl sie genau wie er Einzelgänger war. Lenz versuchte sich zu beschäftigen und betrachtete konzentriert die Auslage mit den Wurst- und Fleischwaren, den regionalen Spezialitäten, Maultaschen, Schwarzwälder Schinken, Eisbein in Aspik und Presssack. Auch wenn es ihn eigentlich nicht besonders interessierte, staunte er über die Vielfalt. Er musste nicht lange warten, und zum Abschied hieß es wieder: »Frau Hagen, einen wunderschönen Aufenthalt bei uns. Und grüßen Sie mir die Gertrud und den Hans.«

Während sie die Einkäufe zum Auto trugen, grinste Lenz und meinte, den Akzent der Verkäuferin imitierend: »Frau Hagen, soll i denn glei die Sache in Kofferraum pagge?«

Isabel konnte sich ein Lachen nicht verkneifen. Sie ging auf ihn zu und legte ihm eine Hand auf die Schulter. »Ich erklär dir das später, Ewald. Lass uns noch rasch in die Apotheke gehen, meine Medikamente abholen.« Sie hob kurz seine Schiebermütze und tippte ihm mit dem Finger an die Stirn. »Und wenn du darauf bestehst, besorge ich mir auch gleich ein anderes Schlafmittel.«

Auch dort kannte man Frau Hagen bestens. Die Apothekerin erklärte sich sogar dazu bereit, Isabel eine Schachtel *Temesta* mitzugeben. »Es ist zwar verschreibungspflichtig«, meinte sie, »aber bringen Sie mir das Rezept später vorbei, das geht dann in Ordnung. Und danach nicht Auto fahren, Frau Hagen, gell?«

Später, ein paar Schritte weiter oben, in der Buchhandlung Bäuchle, fiel die Begrüßung besonders herzlich aus. Die Inhaberin, eine Frau mittleren Alters mit hellen langen Haaren, umarmte Isabel. »Mensch, Sonja«, sagte sie. »Wie schön, dass du uns wieder besuchst. Ich habe ein Buch für dich zurückgelegt: *Factfulness* – höchst interessant. Der Autor ist Statistiker. Er führt uns vor Augen, wie verzerrt unsere Sicht auf die Welt manchmal ist. Vielleicht hast du davon gehört. Schau's dir mal an, könnte genau dein Thema sein. Und dann erzähl ... Was macht die Schweiz?«

Frau Hagen hieß also Sonja, dachte Lenz und stellte sich mit »Ewald« vor, als ihm die Buchhändlerin flüchtig die Hand reichte. Dann stöberte er einen Moment auf dem Tisch und nahm einen Gedichtband von Rilke zur Hand, bis »Sonja« so weit war und sie den Buchladen wieder verließen. Verheiratet war sie also nicht.

Sie saßen bereits beim Nachtisch, nach einem köstlichen Essen, das Getrud zubereitet hatte, als Isabel auf den Elefanten im Raum zu sprechen kam. »Hier im Schwarzwald bin ich Sonja Hagen. Für dich mag das seltsam klingen. Aber so ist es nun einmal. Die Schweiz ist zu gefährlich für mich geworden.« Sie machte eine Pause. Lenz wartete, er sagte nichts. »Die Amerikaner sind übrigens richtig gut in diesen Dingen, Bob Dylan heißt ja auch nicht Bob Dylan.« Sie versuchte ein Lächeln. Es gelang ihr nicht ganz, denn ihre Augen blickten ernst. »Und es gibt noch so einiges in meinem Leben, von dem du nichts weißt.«

Gertrud kam mit einer zweiten Portion Kaffee aus der Küche herein, und Isabel verstummte.

Lenz wunderte sich erneut. Er hatte sich bereits gewundert, als er drei Stunden zuvor zum ersten Mal Isabels Haus erblickt hatte. Es war sehr groß. Seine Mühle war auch nicht ohne, ein Goldstück, das er sich nur hatte leisten können, weil er durch Zufall davon erfahren hatte, dass der Besitzer sie an einen Liebhaber abgeben wollte, der sie renovierte und auf Hochglanz polierte.

Nach dem Einkauf in Hinterzarten waren sie zurück auf die Hauptstraße gefahren. Sie waren auf einen Holzfällerpfad eingebogen, der sie mitten in den Wald hinein führte. Es hatte von Lenz höchste Konzentration erfordert, den Wagen auf der schmalen Fahrbahn zu halten. Sträucher und riesige Farngewächse ragten bis weit auf den Weg, und einmal, als der Pfad steil bergauf führte, hatten die Hinterräder des Saab durchgedreht, sodass Lenz ein zweites Mal Anlauf nehmen musste. Am Ende stießen sie auf eine kleine Lichtung. Ein Holzhaus stand dort, eingebettet und teilweise verdeckt von mächtigen Tannen und Fichten.

»Mein kleines Hideaway«, hatte Isabel lächelnd gemeint.

Erst als sie direkt vor dem Haus standen, war Lenz aufgefallen, dass *klein* eine maßlose Untertreibung war. Das Anwesen verfügte über mehrere Stockwerke, die raffiniert in die Hanglage und den Baumbestand eingepasst waren. Zwei Satellitenempfänger waren wie Vogelnester in Baumkronen angebracht.

Ein Garagentor öffnete sich.

»Du kannst mit dem Wagen direkt hineinfahren«, sagte Isabel.

Lenz tat wie geheißen. Er stellte den Saab neben einen alten grünen Range Rover, während sich das Tor hinter ihnen wieder schloss.

Sie stiegen aus, nahmen schweigend die Einkäufe aus dem Kofferraum, und Lenz folgte Isabel über eine Treppe und einen Gang, der in einen langen Flur mündete. »Ich bringe dich zu deinem Zimmer«, sagte sie.

Lenz blieb stehen. »Isabel, ich weiß nicht …«, schnaufte er. Die Fahrt von Freiburg in den Schwarzwald hatte ihm zugesetzt. Er war kein geübter Autofahrer. Und diese Strecke durch den Wald hatte es in sich gehabt. Er stellte die Einkaufstüten auf den Boden, nahm seine Schiebermütze ab und wischte sich mit der Hand den Schweiß von der Stirn. »Das war nicht vorgesehen, ich meine, dass ich zu dir komme … Ich wusste ja überhaupt nicht, dass du … Und du weißt, wie ich …« Lenz beendete den Satz nicht. Stattdessen setzte er sich die Mütze wieder auf. »Es ist besser, ich fahre zurück.«

»Okay«, sagte Isabel. Auch sie stellte nun die Einkaufstasche aus der Apotheke auf den Boden. »Wir lassen das ganze Zeug hier stehen. Du bist viel zu erschöpft. Gertrud holt die

Taschen gleich. Und du ruhst dich erst einmal aus. Einverstanden? Wenn wir etwas gegessen haben, kannst du immer noch zurückfahren. Es ist ja bis um neun Uhr hell.«

Zögerlich stimmte Lenz zu.

Das Zimmer, in das Isabel ihn führte, maß sicher über fünfzig Quadratmeter und hatte ein eigenes Bad. Ein großes Fenster, das bis zum Boden reichte, gab den Blick auf die Natur frei. Der Bettrahmen war aus roh belassener Tanne, ebenso der kleine Tisch und die zwei Stühle. Eine bunt bemalte Kuckucksuhr zierte eine der Wände. Über dem Bett hing eine Kopie des Kornfeldes von van Gogh.

»Leg dich hin und ruh dich aus«, sagte Isabel. »Frische Wäsche findest du im Schrank. Und wenn du etwas brauchst«, sie lächelte, »neben der Tür hängt ein Telefon ... zweimal die Null.«

Sie ging und schloss leise die Tür.

Einen Moment stand Lenz am Fenster und sah in das dunkle Grün der Tannen. Die Äste der Bäume berührten das Glas, als wollten sie ihm die Hand reichen.

Sonja Hagen ging ihm durch den Kopf, und Isabel. Vertrautes mischte sich mit Fremdem. Misstrauen machte sich in ihm breit. Und handkehrum dachte er wieder daran, wie miteinander vertraut sie in Hinterzarten ihre Einkäufe erledigt hatten, wie sie gelacht und wie Isabel ihm einmal zärtlich eine Hand auf die Schulter gelegt hatte.

Es war schon erstaunlich. Isabel hatte ihren alten gemeinsamen Plan allein verwirklicht.

Von einem kleinen Häuschen im Schwarzwald hatten sie geträumt, irgendwo versteckt hinter Bäumen. Eine Alternative, falls aus ihren Karrieren einmal nichts werden sollte. Für den Fall, wenn alle Stricke reißen. Dann würden sie wegziehen, hatten sie sich gegenseitig versichert, in den Schwarzwald, in ein Häuschen mit einem hübschen Garten und eigenem Gemüse.

Plan B hatten sie das genannt.

»Ich habe nicht immer hier gelebt«, nahm Isabel den Faden wieder auf, nachdem sie sich bei Gertrud für das Essen bedankt und ihr für den Rest des Abends freigegeben hatte. »Die Frau Hagen ist also relativ neu hier in der Gegend.« Isabel lächelte wieder. »Und das Haus hier übrigens auch, jedenfalls so, wie es jetzt ist.«

Sie erzählte Lenz, dass vier Jahre zuvor auf der Lichtung noch ein kleines Gehöft gestanden hatte, völlig zerfallen und durchgefault. »Das wollte niemand mehr haben, also habe ich es gekauft – für ein Butterbrot und ein Ei sozusagen. Und ich habe mit den örtlichen Behörden eine Bewilligung ausgehandelt, es nach meinem Gusto umbauen zu dürfen.«

»Es ist wunderschön geworden«, sagte Lenz.

»Frau Hagen ist schließlich eine wohlhabende Frau und bezahlt Steuern«, meinte sie mit gespieltem Ernst. »In Baden-Württemberg ist man tüchtigen Leuten gegenüber sehr aufgeschlossen.«

»Schaffe, schaffe, Häusle baue«, sagte Lenz.

»So ist es.«

Beide lachten.

»Und was hast du vorher gemacht?«, wollte Lenz wissen. »Was ist aus der Isabel Cron geworden, die ich kenne? Bevor sie Frau Hagen wurde und das Häusle hier gebaut hat.«

»Das ist eine lange Geschichte, Ewald. Sie geht über viele Jahre.« Isabel hielt einen Moment inne und sah Lenz nachdenklich an. »Du hast gesagt, du willst zurückfahren.« Sie blickte auf die Uhr. »Es ist jetzt halb neun. Du würdest es noch bei Tageslicht durch den Wald schaffen. Du musst dich entscheiden.«

»Okay«, meinte Lenz leise. »Ich bleibe … wenigstens bis morgen früh. Dafür erzählst du mir, was du gemacht hast, bis du unseren, also, diesen Plan hier umgesetzt hast.«

»*D'accord*«, sagte sie und griff nach der Weinflasche auf dem Tisch. Aber Lenz kam ihr zuvor und schenkte nach. Er hatte den Wein nicht angerührt und war bei Wasser geblieben.

Er sah, dass es Isabel Mühe bereitete, einen Anfang zu finden. Ein paarmal nippte sie an ihrem Glas.

»Frau Hagen ist einfacher«, begann sie schließlich. »Aber, nun gut – ich versuche es. Jedenfalls habe ich eine Weile in den USA gelebt und die letzten Jahre, nun ja, die habe ich an Orten verbracht, die weniger idyllisch sind als der Schwarzwald.«

»Das trifft auf die meisten Orte zu.«

»Stimmt auch wieder.« Sie nickte. »Bei mir waren es der Libanon, Afghanistan, Libyen.« Sie dachte einen Moment nach. »Und die meiste Zeit war ich in Damaskus und Aleppo.«

»Du lieber Himmel«, sagte Lenz. Erstaunt hob er die Augenbrauen.

»Ja, das sind Kriegsgebiete.« Nachdenklich strich sie sich mit der Hand über das lange weißblonde Haar, nahm mit den Fingern eine Strähne auf und fuhr sich damit über Wange und Kinn. »Aber das war nicht immer so«, fuhr sie fort. »Noch keine zehn Jahre ist es her, da war Syrien ein friedvolles Land. Ich erinnere mich gut an die heißen Nächte im Sommer in Damaskus, an das Treiben in den engen Gassen und die orientalischen Gerüche in den Suqs. Die Kinder, die um die Verkaufsstände herumhuschten oder in einem der vielen Innenhöfe Fußball spielten – und den fantastischen *Halawat el Jibn*, den ich bei Freunden gegessen habe, werde ich wohl nie vergessen. Als ich mir den Bauch schon randvoll geschlagen hatte, hat mich die Mutter des Hauses gefragt: ›Isa, warum hast du nichts gegessen?‹«

Lenz nickte. Die Gastfreundschaft der Syrer war legendär, und der Wirtschaft ging es damals tatsächlich gut. Die durchschnittliche Wachstumsrate lag bei mehr als fünf Prozent. Weder Krieg noch Terror bedrohten das Land. Von ihm selbst ging auch keine Gefahr aus, Syrien stand sogar seinem Nachbarn Israel – trotz gelegentlicher Animositäten – mit einer gewissen Nachsicht gegenüber.

»Ich konnte unbehelligt meinen Schmuck tragen und um zwei Uhr morgens alleine nach Hause gehen«, erzählte Isabel weiter. »Nie habe ich mich in Gefahr oder unsicher gefühlt. In einigen Stadtteilen hatten Restaurants bis um fünf Uhr morgens geöffnet.«

»Trotzdem hat Assad eine ziemlich harte Linie gefahren«, bemerkte Lenz.

»Das schon. Aber er hat in manchen Aspekten auch sehr klug für das Land agiert«, entgegnete Isabel. »Konfessionell gehört er den Alawiten an, einer klaren Minderheit im Land. Sie haben eine andere Art Politik verfolgt als die übrigen Länder im Nahen Osten. Als hätten sie erkannt, dass sie als Minderheit nur überleben können, wenn sich die Vormachtstellung ihres Clans und die Dominanz der Baath-Partei nicht allein auf Gewalt gründet. Also gingen sie mit der sunnitischen Mehrheit, den Händlern und Gewerbetreibenden aus Damaskus und Aleppo, ein Bündnis ein. Sie ließen sie unbehelligt ihren Geschäften nachgehen, sicherten ihre Existenz. Dafür sollten die Sunniten die Vorherrschaft der Alawiten akzeptieren. Assad hat es also tatsächlich fertiggebracht, dass sich Schiiten und Sunniten nicht mehr gegenseitig abschlachteten. Baschar al-Assad hat Syrien als säkularen Staat geführt, in einer Art und Weise, die mich immer an den, tja, Sozialismus erinnert hat.«

Lenz stellte überrascht fest, dass er Isabel gern zuhörte. Sie erzählte lebendig, voller Hingabe an ihr Thema, jedoch knapp und ohne dogmatisch zu werden. Damaskus, das wusste er, war eine der ältesten von Menschen besiedelten Stätten der Welt. Man hatte Rückstände aus dem Präkeramischen Neolithikum gefunden, aus der Bronzezeit ebenso. Die ägyptischen Pharaonen stritten sich um die Vorherrschaft in der Stadt, die Assyrer zerstörten sie, und Alexander der Große machte aus ihr und der Gegend am östlichen Mittelmeer eine makedonische Kolonie. Später wurde sie von König David erobert.

»Warst du schon einmal dort?«, fragte Isabel ganz unvermittelt.

Lenz, der noch ganz in seinen Gedanken vertieft war, sah Isabel verwundert an. »Ich?«

»Ja, du.« Sie schmunzelte. »Es schien gerade so, als würdest du dich an etwas erinnern.«

»Ich bin kaum je über die Schweizer Grenze hinausgekommen«, meinte Lenz irritiert. »Ich dachte, du kennst mich. Schon die Fahrt nach Freiburg ist für mich eine Weltreise.«

»Du warst tatsächlich nie im Ausland?« Fasziniert starrte Isabel Lenz an. »Die ganzen Jahre nicht, die wir keinen Kontakt hatten?«

»Deutschland ist Ausland«, meinte er trotzig.

»Ach komm, Ewald ...« Sie lachte kurz auf. »Das ist doch ein Witz? Du bist gebildet, weißt über alles Bescheid.«

»Ich lese«, sagte Lenz trocken. »Und ich bin Archivar. Die Schriften kommen zu mir. Wenn sie interessant sind, schaue ich sie mir an. Ich ordne sie und gebe ihnen einen Platz.« Er sah durch das Fenster nach draußen. Die Abenddämmerung hatte die Bäume in dunkle Schatten verwandelt. »Eigentlich bin ich wie diese Tanne dort ... stehe einfach nur da und bewege mich nicht. Vögel kommen vorbei und bauen Nester in meiner Krone – und wenn das Schicksal es will, baut eine Frau ihr Haus direkt in meine Äste.«

Isabel sah ihn schweigend an.

»Ich habe viel über Damaskus gelesen, wenn du das meinst, aber dort gewesen bin ich nie. Rosa ... eine Freundin von mir war mit einer Reisegruppe in Aleppo und hat mir hinterher begeistert von den Märkten, der Schönheit der Stoffe, der Qualität des Gebäcks und der sympathischen Lebensart der Syrer erzählt. Ein in vielerlei Hinsicht zivilisiertes Land, guter Standard, sehr kultiviert, gebildete Leute. Das ist ewig her, scheint mir.«

»Und Rosa?«, fragte Isabel. »Auch ewig her?«

Lenz stockte einen Moment. »Jedenfalls ein beliebtes Reiseziel«, fuhr er fort, ohne auf Isabels Anspielung einzugehen. »Galt als sicher.« Er seufzte. »Aber es wird dich auch nicht überraschen, dass ich weiß, dass Damaskus deshalb so besonders ist, weil es auch schon in der Schöpfungsgeschichte erwähnt wird, in der Genesis, erstes Buch Mose. Die Römer unter Pompeius fielen in die Stadt ein, um sie – wie ganz Syrien – in das Römische Reich einzugliedern. Aber glücklich wurden sie damit nicht«, meinte Lenz. »Denn schon wenige Jahre später, nachdem Marcus Antonius den Kaiserthron erklommen hatte, verschenkten sie ihre Eroberung wieder.« Er hob die Hände, und ein Anflug von Schalk glitzerte in seinen graublauen Augen. »Natürlich an Kleopatra, dieses Biest am Nil ... die letzte Pharaonin Ägyptens.«

»Mensch, Ewald. Ich wusste gar nicht, dass du die Bibel liest.«

»Alles lese ich«, sagte er. »Und was die Bibel betrifft«, Lenz fuhr sich mit den Fingern über den Schnurrbart, »über die Jahre habe ich an die fünfzig Exemplare gesammelt. Aus verschiedenen Epochen, in den unterschiedlichsten Sprachen und Übersetzungen. Wenn du sie miteinander vergleichst, merkst du, wie die Menschen je nach Herkunft und Zeit in ihr etwas anderes gesucht haben.«

»Ein Sammler bist du auch noch«, sagte Isabel. »Und die absolute Ausnahme. Kaum jemand liest aus Wissensdurst. Die Mehrheit der Leute will nichts Neues und schon gar nichts Unbequemes wissen. Der Mensch will Bestätigung in dem, was er glaubt und denkt. In dem Moment, in dem er seinen Horizont öffnet, wird er sich seiner Untiefen bewusst. Auch der Beliebigkeit seiner Glaubenssätze. Und seiner Schwäche. Oder seiner Stärke, je nachdem. Kommt darauf an, was er bis dahin als völlig normal wahrgenommen hat. Der Vergleich ist immer eine Unglückspille.«

»Vielleicht ist das so«, sagte Lenz. »Ich kann nicht für die Mehrheit sprechen. Sie hat mich nie interessiert.«

»Weil du nie dazugehört hast«, sagte Isabel. »Du bist anders, aus einer Laune der Natur heraus entstanden, weil sie es überdrüssig war, immer das Gleiche zu reproduzieren.«

»Wie Walter und du auch«, sagte Lenz nachdenklich.

Isabel nickte.

»Hast du dich einmal gefragt, weshalb das so ist, mit Syrien?«, fragte er. »Du hast in der Region gelebt. Dein IQ ist noch höher als der von Walter.« Er lächelte sie an. Flirten war noch nie seins gewesen. »Es würde mich wirklich interessieren. Was denkst du? Ich meine, seit Jahrtausenden geht das dort hin und her, wie am Wühltisch beim Sommerschlussverkauf. Ein ewiger Kreislauf aus Zerstörung, Aufbau und Schieberei. Die Herrscher aller Zeiten zanken sich um diesen ausgetrockneten Flecken Erde inmitten der phönizischen Küstenstädte der Levante und den Städten Mesopotamiens, Arabiens und Kleinasiens. Warum ist das so?«

»Das beschäftigt mich schon lange«, sagte Isabel. Sie wiegte einen Moment den Kopf. »Glaubst du eigentlich an Gott?«

»Das ist keine Antwort auf meine Frage.«

»Tust du's?«

Lenz schwieg einen Moment. »Ich lese über ihn«, sagte er zögerlich.

»Das meine ich nicht.«

»Ich weiß, Isabel. Aber vielleicht liegt da gerade der Unterschied, zwischen meinen Reisen im Kopf und denen, die du mit den Füßen unternimmst.«

»Ich bin Gott nie begegnet«, sagte sie.

Eine Pause entstand.

»Und ich war nie in Syrien«, fuhr Lenz fort. »Wie schon gesagt. Aber wenn ich mir das Land vorstelle, bin ich mir einer jahrtausendealten Geschichte gewahr. Das Zentrum des Orients und gleichsam die Wiege der zentraleuropäischen Kultur – ein Ort, an dem sich die Kulturen und Religionen aller Zeiten die Hand gereicht haben. Eine Stätte, wo Blut und Tränen in den Grundmauern festgetrocknet sind.«

»Siehst du«, sagte Isabel. »Ich glaube nicht an diese verklärte Sicht der Dinge. Auch wenn Damaskus 1979 von der UNESCO als Weltkulturerbe erkoren und auf die Liste der schützenswerten Städte gesetzt worden ist. Genützt hat es jedenfalls nichts. Denn es geht dort um etwas ganz anderes.«

Gespannt betrachtete Lenz sein Gegenüber. Denn Isabel hatte sich aufgerichtet, und ihr Gesicht wirkte nun fast maskenhaft.

»Die Region dort am Tor zu Kleinasien ist eine Durchreiche«, sagte sie kalt. »Das ist sie immer schon gewesen. Sie ist relevant für den Handel und somit eine zentrale Versorgungsbrücke auf der Route nach Europa. So einfach ist die Sache, Ewald. Es geht ums Geschäft, um nichts anderes. Was früher einmal Edelsteine, Gewürze, Gold und was weiß ich nicht alles gewesen sind, ist heute das Öl. Und morgen ist es Gas. Und wieder einmal wird aus Syrien verbrannte Erde.« Sie machte eine Pause. »Das ist traurig, vielleicht auch deshalb traurig, weil ich mich mitschuldig fühle. Ich habe dort mitgemischt und ich habe dabei Geld verdient. Sehr viel Geld.«

7

Royal Flush

ZÜRICH, MONTAG, 6. AUGUST – 23:05 UHR

Eschenbach lag bei sich zu Hause auf der Couch und las den Bericht, den Köhler ihm gegeben hatte. An den knapp zwanzig Seiten war nicht viel auszusetzen. Sie waren sorgfältig verfasst und ergaben ein rundes, schlüssiges Bild des Falls.

Walter Habicht, 67 Jahre alt, 147 Zentimeter groß, war vermutlich, so sah es das Forensische Institut, an einem Nierenversagen gestorben. Er war im Zustand fortgeschrittener Verwesung in seinem Bett gefunden worden, nachdem man seitens der Polizei dem Hinweis einer Fensterreinigungsfirma nachgegangen und in die Wohnung eingedrungen war. Weder am Toten selbst noch an Türen oder Fenstern konnte eine Einwirkung äußerer Gewalt festgestellt werden. Der Mann war, wenn man einem gewissen Doktor Hablützel Glauben schenkte, mehr oder weniger friedlich eingeschlafen.

Auch Eschenbach war kurz davor einzunicken. Er stand auf, trug die Flasche Tessiner Merlot, die ihm beim Denken geholfen hatte (und die deshalb leer war), in die Küche. Im Hintergrund lief eine bekannte Nachtsendung im Radio. Hörer, die offensichtlich unter Einschlafstörungen litten, konnten im Studio anrufen und sagen, was sie nervte.

»Es gibt so viele unzufriedene und selbstgefällige Menschen«, meinte eine ältere Frau mit der Stimme der heiligen Madonna. Diese gingen ihr gewaltig gegen den Strich. Im Gespräch mit dem Moderator, der die Ruhe selbst war, betonte sie, wie zufrieden und offen für neue Erfahrungen sie selbst sei. Dann schickte sie Grüße an alle, die sie kannten.

»Ach du liebe Zeit«, stöhnte der Kommissar. Er machte das Radio aus, nahm Papier und Bleistift und setzte sich an den Küchentisch. Zu schlüssig alles, schrieb er hin. Es war der erste Satz, der ihm eingefallen war. Überzeugend. Selbstgefällig. Wo sind die Widersprüche?

Jeder Fall brachte Ungereimtheiten mit sich, das hatte der Kommissar in seiner langen Karriere gelernt. Der neu verlegte Boden zum Beispiel. Weshalb hatte man da nicht weiter ermittelt? Zu welchem Zeitpunkt hatte man ihn verlegt und wozu? Warum war die Wohnung so blitzsauber aufgeräumt? Was bedeutete ein Geburtstagskalender ohne Geburtstage? Weshalb kannte keiner der Nachbarn diesen Habicht? Gab es noch Leute an der ETH, die ihn kannten? Vielleicht spielte das am Ende alles keine Rolle mehr. Aber abklären sollte man es, das war das Mindeste.

Als er zwei DIN-A4-Seiten vollgeschrieben hatte, rief er Jagmetti an. Niemand meldete sich, also wählte er die Nummer von Salvisberg.

»Leidest du unter Jetlag?«, krächzte die Stimme des Pathologen ins Telefon. »Es ist halb zwölf. Das hätten wir doch vorhin im Büro besprechen können, oder?«

»Du warst ziemlich kurz angebunden.«

»Ja, bin ich immer noch.«

»Ich hab dich doch nicht geweckt?«, fragte der Kommissar. Er wusste, dass Salvisberg ein ausgesprochener Nachtmensch war.

»Ich habe Gäste«, sagte dieser. »Pokerfreunde. Und ich habe gerade eine saumäßige Gewinnsträhne.«

»Man muss aufhören, wenn man gewinnt.«

»Was ist?«

»Kennst du einen Hablützel?«

»Patrick, klar. Weshalb?«

»Der hat den Toten vom Kreuzplatz obduziert.«

»Das ist sein Job«, raunzte Salvisberg. »Er ist einer meiner leitenden Mitarbeiter. Wobei ... ich hätte das gerne selbst gemacht. Ist ein spannender Fall. Hoher Grad an Verwesung, Mikrosomie, also Kleinwuchs, wobei ich aufgrund der Schädelform auf eine Achondroplasie schließen würde. Kann vererbt werden, wobei eine Neumutation wahrscheinlicher ist. Betroffen ist dabei insbesondere das Skelettsystem. In diesem Fall wären allerdings Lebenserwartung und Intelligenz unbeeinträchtigt ...«

»Kurt!«

»Lass mich doch wenigstens ausreden.«

»Tu ich ja. Ich wollte eigentlich nur wissen, an was der gestorben ist.«

»Steht das nicht im Bericht?«

»Nierenversagen«, sagte der Kommissar.

»Eben.«

»Und wie kommt das, ich meine ...«

»Wenn die Nieren ...« Der Pathologe seufzte. »Stellst du dich jetzt blöd, oder was?«

»Nein, Kurt.«

»Also gut. Wenn ich den Bericht noch richtig im Kopf habe, litt der Tote unter einer chronischen Niereninsuffizienz. Das herausgefunden zu haben ist eigentlich schon einen Applaus wert – in der kurzen Zeit, die uns zur Verfügung stand.«

»Applaus«, sagte Eschenbach.

»Vermutlich ist er wöchentlich mehrmals zur Dialyse gegangen. Das wäre eigentlich logisch. Habt ihr bei den Spitälern nachgefragt?«

»Keine Ahnung.« Eschenbach schrieb einen weiteren Punkt auf seine Liste. »Ich bin erst seit gestern wieder zurück.«

»Nun gut«, fuhr Salvisberg fort. »Bei einer solchen Prädisposition des Toten kann es zu einem Schlaganfall oder einem

Herzinfarkt kommen. Das können wir nicht ausschließen. Es ist wie bei einem Blatt mit vier Herzen – ob du dann einen Flush zusammenkriegst, ist eine Frage von Wahrscheinlichkeiten. Als Pathologe musst du dann eine Entscheidung treffen.«

»Verstehe«, sagte Eschenbach. »Und jetzt rein spekulativ: Was wäre, wenn einem solchen Patienten die Dialyse verweigert würde. Dann käme es doch auch ...«

»Ja, natürlich.« Salvisberg schnaubte. »Man hätte ihn auch mit einem Kissen ersticken können. Aber jetzt nervst du.«

»Ohne Dialyse, Kurt ... Was passiert dann?«

»Ohne rechtzeitige Behandlung kommt es zu einer Dekompensation ... Das bedeutet, der Körper kann die Fehlfunktion im Organsystem nicht mehr ausgleichen. Final kommt es zu einem urämischen Koma.«

»Der Patient stirbt also.«

»JA – VERDAMMT.«

»Na also«, sagte der Kommissar. »Ich glaube, jetzt hab ich's begriffen.«

»Wurde auch Zeit. Meine Geduld ist nämlich zu Ende – meine Glückssträhne vermutlich auch.«

»Eine letzte Frage noch.«

»Nein.«

»Was passiert, wenn ihr die Leiche freigebt?«

»Dann kümmern sich die Hinterbliebenen drum«, meinte der Pathologe. »Der Leichnam wird bestattet.«

»Und wenn es keine Hinterbliebenen gibt?«

»Ist das jetzt ein Quiz, oder was?«

»Ja.«

»Dann übergeben wir den Fall dem Städtischen und die übernehmen den Rest. Und jetzt ist Schluss, mein Lieber.«

»Das städtische Bestattungs- und Friedhofsamt also«, hakte der Kommissar nach. »Und wie oft kommt das vor? Dass der Tote nicht eine einzige Bezugsperson hat?«

»Mann, nervst du.«

»Wie oft, Kurt?«

»Was weiß ich? Frag doch selbst nach.«

»Nur eine Einschätzung, bitte, Kurt!« Eschenbach hatte nicht die geringste Lust, sich durch sämtliche Stellen zu telefonieren, um am Ende dann doch keine verlässliche Antwort zu bekommen. »Die werden mir sagen, ich solle das bei euch nachfragen. Ist ja auch logisch.«

»Werden die, soso.«

»Vergleichbare Fälle, meine ich«, präzisierte Eschenbach. »Also nicht irgendwelche namenlosen Toten, die wir irgendwo ausgegraben oder in Seen gefunden haben.«

»Logisch.«

»Ja genau. Wie viele, Kurt?«

»Also, dieser Habicht«, meinte der Pathologe nach einer Weile, »ich würde sagen, das ist ein klassischer Royal Flush: drei aus tausend. Vielleicht sogar noch seltener.«

»Absolut ungewöhnlich also.«

»Richtig.«

»Dann spielt mal hübsch weiter«, meinte der Kommissar zum Schluss. »Und *good luck*! Das sagt man doch in Zockerkreisen, oder?«

»Ja, du mich auch«, knurrte Salvisberg.

»Und vergiss die Sache mit dem Geburtstagskalender nicht«, erinnerte Eschenbach noch einmal. Aber der Pathologe hatte längst aufgelegt.

Am nächsten Morgen war Eschenbach der Erste im Büro.

Als Rosa kurz nach acht Uhr dreißig erschien, hatte er bereits den größten Teil des anstehenden Papierkrams erledigt und zwei Telefonate geführt.

»Kommissario!«, rief seine Sekretärin von draußen.

»Hier bin ich – und ganz der Alte«, rief er zurück. »Kommen Sie, es geht los.«

»Was geht los?« Rosa klang etwas zögerlich, als wisse sie

nicht, was sie erwartete. Sie setzte sich Eschenbach gegenüber auf den Stuhl und strich ihr fliederfarbenes Kleid glatt. »Ich hätte Ihnen doch einen Espresso …«

»Der kann warten, Frau Mazzoleni.«

Sie sah ihn mit großen Augen an.

»Um halb zehn hätte ich gerne folgende Leute im kleinen Besprechungszimmer …«

»Aber da ist doch jetzt Frau Köhler«, unterbrach sie ihn.

»Dann halt im großen … im Hönggerberg.«

»Das wäre dann der Üetliberg.«

»Von mir aus.« Der Kommissar seufzte. Rosa hatte schon vor Jahren den Sitzungszimmern, je nach Ausblick, die Namen der entsprechend gegenüberliegenden Hügel gegeben.

»Brauchen Sie Telefonspinne und Internet?« Erwartungsvoll sah Rosa ihren Chef an. »Wir haben jetzt auch einen Großbildschirm … Frau Köhler hat den installieren lassen.«

»Ich brauche Claudio, Frau Köhler und Sie«, sagte Eschenbach leicht genervt. »Und Anja Pepic, die soll sich telefonisch einschalten.«

»Echt jetzt?« Rosa verzog den Mund, so als hätte man ihr gerade Pudding mit Schimmelpilz zum Probieren gegeben.

»Die Frau ist gut«, sagte der Kommissar. »Ich hab das vorhin mit Walter von Matt abgesprochen. Und wenn Claudio etwas dagegen hat, dann soll er mir das selbst sagen.«

»Hm«, machte Rosa. Mit ihrem Beschützerinstinkt Claudio gegenüber hatte sie sich von Anfang an gegen die Pepic gestellt. »Ich habe schon immer gewusst, dass es nicht gut rauskommt mit den beiden.«

»Wir sind kein Partnervermittlungsinstitut, Frau Mazzoleni.«

»Wir nehmen den Zürichberg«, murmelte Rosa. »Weil dort haben wir eine Telefonanlage.«

»Von mir aus«, sagte Eschenbach. »Wären Sie so lieb und würden die Sitzung protokollieren?«

Rosa nickte.

»Und alle pünktlich, wenn ich bitten darf.«

Rosa, Claudio und Ivy Köhler saßen bereits da, als Eschenbach den Raum betrat. »Guten Morgen allerseits«, sagte er und setzte sich. »Frau Pepic, sind Sie auch da?«

»Bin hier«, kam es munter aus der Spinne auf dem Tisch.

»Sehr gut.« Der Kommissar lehnte sich auf seinem Stuhl zurück und sah in die Runde. »Frau Mazzoleni wird von dieser Sitzung ein kurzes Protokoll verfassen, ist das okay?« Er sah Rosa an.

Alle nickten.

»Und jetzt kommen wir zur Sache. Wissen Sie, was ein Royal Flush ist?«

Eschenback blickte in verständnislose Gesichter.

»Pokert hier niemand?«

»Ein Pokerblatt?«, kam es zögerlich von Ivy Köhler. Wie am Abend zuvor trug sie dunkle Jeans. Einzig die Bluse hatte sie gegen ein T-Shirt mit Levis-Schriftzug getauscht. Keinerlei Schmuck. Nur eine randlose Brille, die ihr Gesicht noch knabenhafter erscheinen ließ.

»Richtig«, sagte Eschenbach. »Das höchste und somit auch seltenste Blatt im Spiel. Bestehend aus Ass, König, Dame, Bub und Zehn, in derselben Farbe, versteht sich. Hat jemand eine Ahnung, wie oft das vorkommt?«

Stille.

»Es kommt so gut wie nie vor«, sagte der Kommissar.

»Sehr selten jedenfalls«, meinte Anja Pepic. Ein kurzes Räuspern drang aus der Telefonspinne. »Ich hab's kurz ausgerechnet. Bei zehntausend Ziehungen kommt es rund zweimal vor.«

»Aha, sehen Sie«, meinte Eschenbach, der nicht sicher war, ob nun Salvisberg oder Pepic richtig gerechnet hatte. »Ein äußerst seltener Fall. Und jetzt raten Sie mal, wie wahrscheinlich es ist, dass einer stirbt, ohne dass sich irgendein Verwandter, Bekannter, Freund oder Nachbar auftreiben lässt, der ihn kennt. Irgendjemand, der ihn identifizieren kann.«

Abermals herrschte Stille.

»Sie meinen diesen Walter Habicht.« Es war Ivy Köhler, die sich zu Wort meldete. »Wir haben da wirklich niemanden gefunden.«

»Du meine Güte«, rief Eschenbach. »Wie lange haben Sie denn gesucht, vier Tage? Machen Sie einen Aufruf. Es gibt Fotos von ihm. Er war Assistenzprofessor an der ETH. Das ist zwar schon eine Weile her, aber so jemand hat irgendwo Ankerpunkte in der Gesellschaft. Das war kein namenloser Penner. Zudem musste der mindestens zweimal die Woche an ein Dialysegerät. Irgendjemand muss den gekannt haben.«

»Wir rollen den Fall also neu auf«, sagte Jagmetti. Er fuhr sich mit den Handflächen über die Jeans und lächelte. Ein kleiner Triumph schien in seiner Frage mitzuschwingen.

»So ist es«, sagte Eschenbach. »Und zwar mit allen uns zur Verfügung stehenden Mitteln.«

Ivy Köhler schwieg.

»Frau Pepic, könnten Sie sich die Wohnung nochmals mit einem Team ansehen? Jeden einzelnen Zentimeter bitte. Und dann will ich wissen, wann man den Boden dort verlegt hat, und wer das gewesen ist.«

»Morgen früh, geht das?«, fragte sie.

»Absolut. Dann habe ich hier eine ganze Liste von Fragen.« Der Kommissar legte die Hand auf die zwei DIN-A4-Blätter, die er am Abend zuvor vollgekritzelt hatte. »Frau Mazzoleni wird Ihnen davon Kopien zukommen lassen.« Er sah in die Runde. »Haben Sie noch Fragen?«

»Ihnen ist schon klar, was diese Aktion den Steuerzahler wieder kostet?« Es war Ivy Köhler, die diesen Satz wie einen Pfeil auf ihn abschoss.

»Absolut klar«, sagte Eschenbach, ohne mit der Wimper

zu zucken. »Aber wir könnten die Polizei auch gleich abschaffen und künftig die Bestatter die Fälle direkt klären lassen.«

Jagmetti hielt sich die Hand vor den Mund. Er hatte Mühe, nicht laut herauszulachen.

»Dann also keine Fragen mehr?«

Ivy Köhler stand auf und ging wortlos zur Tür.

»Puh«, machte Rosa, nachdem Eschenbachs Stellvertreterin die Tür geräuschvoll zugeworfen hatte. »Das gibt Ärger.«

Eschenbach zuckte mit den Schultern. »Frau Pepic«, rief er in Richtung Spinne. »Sind Sie noch da?«

»Klar«, kam es laut und deutlich.

»Ich zähle auf Sie, und vielleicht ...« Er tauschte einen Blick mit Claudio. »Also, Herr Jagmetti und sein Team freuen sich auf die Zusammenarbeit.«

»Auch klar«, kam es postwendend.

Claudio verwarf die Arme, sah Eschenbach einen Moment entgeistert an und schüttelte den Kopf. »Spinnst du?«, flüsterte er kaum hörbar.

»Danke«, sagte der Kommissar. Dann war die Sitzung geschlossen.

8

Was heißt schon der Alte?

ZÜRICH, DIENSTAG, 7. AUGUST – 12:15 UHR

Über Mittag traf sich Eschenbach mit seinen Freunden Christian Pollack und Gregor Allenspach zum Essen im Gartencafé des Landesmuseums. Gregor, der am Rämibühl ein Vollpensum als Gymnasiallehrer absolvierte, stöhnte: »Früher hatten wir in den Ferien noch Ferien, und jetzt machen die die uns mit Weiterbildungskursen madig.«

Christian lachte laut auf. »Ich habe in drei Jahren keine drei Wochen freigenommen.«

»Selber schuld«, meinte Eschenbach, nachdem er als Letzter beim Kellner seine Bestellung aufgegeben hatte, »wenn du als Anwalt den Hals nicht vollkriegen kannst. Lass doch einfach mal einen Deal aus.«

»Kann ich nicht.«

»Eben.«

Während sie aufs Essen warteten, lästerten Eschenbachs Freunde eine Runde über ihn, der, wie sie fanden, viel zu gut aussah, viel zu entspannt wirkte und überhaupt nicht mehr der Alte war.

Aber was hieß schon der Alte? »Ich stecke schon wieder bis zum Hals in der Mühle«, meinte der Kommissar. »Die Saager hat mir eine Stellvertreterin untergejubelt. Also, ich sage euch.«

Als Eschenbach mit seiner Geschichte fertig war, prostete

ihm Christian mit einem Glas gespritzten Weißweins zu. »Da würde ich mich jetzt aber warm anziehen, mein Lieber. Frauen sollte man nicht unterschätzen. Das kannst du mir glauben. Die wird sich rächen.«

»Und ob«, warf nun auch Gregor ein und erzählte eine wüste Geschichte aus seinem Gymnasium.

Eschenbach, der amüsiert zuhörte, wusste nicht recht, was er davon halten sollte. Je nachdem, welchen Ernst man der Sache beimaß (und auf wessen Seite man stand), war es zum Lachen oder zum Heulen. Vielleicht wäre es gut, dachte er, wenn er sich in den nächsten Tagen einmal mit Ivy Köhler unter vier Augen aussprechen würde.

Der Kellner brachte das Essen, und für einen Moment herrschte unter dem großen Sonnenschirm einvernehmliches Schweigen. Hie und da trug ein Luftzug den süßlich-modrigen Duft der Limmat an den Tisch, und am Ende übernahm Christian in einem Anfall von Großzügigkeit die Rechnung, wobei er sich die Bemerkung erlaubte, dass er unter den Anwesenden noch der einzige Verbleibende der ehemals geknechteten Arbeiterklasse sei.

Gregor applaudierte, und Eschenbach hob den Daumen.

Gemeinsam spazierten sie danach zum Central. Eschenbach fiel auf, wie kurzatmig Christian geworden war. Der Anwalt hatte einige Kilos zugelegt und bewegte sich wie ein Walross, das unter der Klimaerwärmung litt. »Macht's gut, Freunde«, meinte der Kommissar zum Abschied. Weil aber Gregor plötzlich in den Sinn kam, dass sie noch keinen Termin für einen Jass-Abend vereinbart hatten, blieben sie noch kurz unter der brütend heißen Sonne stehen, hielten sich die Handys vors Gesicht und tippten blinzelnd auf ihren Displays herum.

Der gemeinsame Lunch hatte Eschenbach gutgetan. Von Leichtigkeit getragen und mit wippendem Schritt steuerte er auf die Station des Polybähnlis zu, löste ein Ticket und stieg in die knallrote Standseilbahn, die, weil sie vom Central zu den

Universitätsgebäuden führte, auch »Studenten-Express« genannt wurde. Ruckelnd, wie es sich für ein Relikt aus dem vorletzten Jahrhundert gehörte, ging es den Berg hinauf.

Noch am Vormittag hatte er sich bei Frau Gabriele Gabathuler vom Stab Ressourcen an der ETH einen Termin geben lassen, betreffend der Personalie Walter Habicht, wie er der Dame mitgeteilt hatte. Und ja, er würde selbst vorbeikommen, das hatte er ebenfalls angekündigt. In Gedanken bereitete er sich auf das Gespräch vor.

Das Polytechnikum – oder offiziell die Eidgenössische Technische Hochschule – hatte sich seit seiner Gründung im Jahr 1855 weltweit Ruhm erworben. Es rangierte regelmäßig unter den Top Ten der Universitäten. Persönlichkeiten wie Wilhelm Conrad Röntgen, Albert Einstein oder Wolfgang Pauli hatten hier gelernt oder gelehrt; knapp zwei Dutzend Nobelpreisträger hatte die ETH bisher hervorgebracht.

Doch es waren nicht nur die inneren Werte, die den Wissenstempel zu etwas Besonderem machten. Kein Geringerer als Gottfried Semper hatte die Hochschule auf dem Zürichberg gebaut und mit einer imposanten Kuppel versehen. Erhaben schwebte sie über der Stadt; von hier blickten Professoren und Studenten auf sie hinunter, mit der gewissen Prise Arroganz derer, die alles ein bisschen besser wissen. Und wenn nicht besser, dann zumindest genauer. Denn Messen, Zählen und Wägen waren seit jeher die Grundkompetenzen, die hinter dickem Gemäuer gepflegt und gehegt wurden. Eschenbach kam der Fall in den Sinn, der ihn vor Jahren genau an diesen Ort gebracht hatte. Seltsame Substanzen, die in der Depressionsforschung eingesetzt wurden, darum ging es damals. Ein Gedanke an die junge Frau, mit der er ein kurzes Verhältnis angefangen hatte, streifte ihn.

Erfrischend kühl war es unter der hohen Decke der Eingangshalle. Obwohl während der Ferienzeit kaum Betrieb herrschte, hatte Eschenbach das Gefühl, die Konzentration von Intelligenz förmlich riechen zu können. Eine Weile verging, bis er den Weg ins Sekretariat der Hochschulleitung gefunden hatte.

»Und Sie sind?« Die ältere Frau hinter dem Computer sah nur flüchtig auf, als Eschenbach nach mehrmaligem Klopfen das Zimmer betrat.

»Ein ewiger Student.«

»Ach was.« Der Kopf der Frau hob sich. Helle, wache Augen musterten den Kommissar. »Das gibt's schon lange nicht mehr, das können Sie mir glauben. Schon gar nicht hier bei uns. Die jungen Leute von heute wollen die Welt erobern, und das am liebsten über Nacht.«

»Frau Gabathuler?«

Sie nickte.

»Eschenbach, Kantonspolizei Zürich«, sagte der Kommissar. »Wir haben miteinander telefoniert.«

»Ich weiß.« Langsam erhob sich die Frau und gab Eschenbach die Hand. »Vielleicht ist es am besten, wir setzen uns.«

»Gerne.«

An einem runden Besprechungstisch mit drei Stühlen, der schräg hinter dem Schreibtisch von Frau Gabathuler unter einem Fenster stand, nahmen sie Platz.

»Walter Habicht also«, begann sie.

Eschenbach, dem ihr zögerliches Verhalten sofort aufgefallen war, legte beide Hände auf den Tisch und wartete. Es kam oft vor, dass Leute in Anwesenheit der Polizei plötzlich unsicher wurden oder auf diese oder jene Art merkwürdig reagierten.

»Am Telefon hatten Sie mir gesagt, dass er hier bei uns studiert haben soll?« Die Frau sah ihn fragend an.

»Studiert?« Erstaunt hob der Kommissar die Augenbrauen, fügte dann aber lächelnd hinzu: »Das weiß ich gar nicht, möglich wäre es natürlich. Walter Habicht hatte an der ETH eine

Assistenzprofessur inne. Aber warten Sie ...« Eschenbach griff in die Innentasche seines Leinenjacketts, zog seine beiden zusammengefalteten DIN-A4-Seiten hervor und legte sie auf den Tisch. »Er hat verschiedene Doktorandenseminare gehalten und einen Vorlesungszyklus mit dem Titel ...« Eschenbach strich mit der Hand über die Blätter und las: »*Einführung in die Soziobiologie*. Das steht jedenfalls in meinen Unterlagen.«

»In Ihren Unterlagen.« Langsam wiederholte Frau Gabathuler den Satz, auf eine seltsame Weise mechanisch, als hätte sie den Inhalt nicht richtig verstanden. Danach saß sie wie vom Donner gerührt da.

Eschenbach zuckte mit den Schultern. »Was ist daran so ungewöhnlich?«, fragte er.

»Nichts«, sagte sie leise.

Eine lange Pause entstand.

»Wissen Sie ...«, sagte Frau Gabathuler, ohne Eschenbach anzusehen und ohne den Satz weiterzuführen. Kein einziges Wort mehr brachte sie hervor.

Die merkwürdige Ahnung, die Eschenbach gleich zu Beginn des Gesprächs gehabt hatte, wurde stärker. »Frau Gabathuler«, sagte er und sah seinem Gegenüber in die Augen. »Als wir heute Morgen miteinander telefoniert haben, schien das alles überhaupt kein Problem zu sein. Sie könnten die Personalie Habicht nachschlagen, haben Sie gesagt, in Ihrem System, alles sei dokumentiert, und nun ...« Eschenbach breitete die Arme aus. »Jetzt habe ich plötzlich das Gefühl, ich entlocke Ihnen Staatsgeheimnisse.«

»Sie haben recht, Herr Kommissar: eine Staatsaffäre.« Frau Gabathuler nickte, zögerte einen Moment, als trage sie einen inneren Konflikt aus, dann stand sie auf. »Warten Sie bitte, ich bin gleich wieder zurück.«

Eschenbach sah ihr überrascht nach. Minuten vergingen. Langsam erhob er sich, ging ein paar Schritte in dem Zimmer und blickte zum Fenster hinaus. Wie konnte aus einer einfachen Personenrecherche eine Staatsaffäre werden? *Staatsaffäre* – genau dieses Wort hatte Frau Gabathuler gebraucht. Der Kommissar nahm sein Handy und wählte Jagmettis Nummer. Sein Blick schweifte über die Häuser bis hinunter zum See. Einem fetten blauen Saphir gleich zog sich das Wasser in Richtung Alpen.

»Hallo, bist du's?«, meldete sich Jagmetti, leicht außer Atem.

Eschenbach verkniff sich einen Kommentar zu Claudios Frage und kam gleich zur Sache. »Ich bin an der ETH wegen der Personalie Habicht. Diese Unterlagen, die du mir gegeben hast ... die sind doch von hier, oder?«

»Ja, logisch.«

»Weißt du noch, wer die geschickt hat?«

»Sekretariat irgendwas ...«, sagte der Bündner. »Ich müsste in meinen E-Mails nachsehen. Ist es dringend?«

»Schau's einfach nach, wenn du im Büro bist. Und dann besorg bitte ein komplettes Personaldossier von Habicht bei der Einwohnerkontrolle, einen Auszug aus dem Strafregister, Nachweise von Betreibungen – einfach alles, was du finden kannst. Du weißt schon. Möglichst komplett, wenn's geht.«

»Verstanden.«

Die Tür ging.

»Ich muss«, sagte Eschenbach. »Wir hören uns später, okay?«

»Okay.«

Frau Gabathuler war zurück, in ihrem Schlepptau ein großer, hagerer Mann mit Hornbrille und dichtem grauen Haar, das ihm wie ein Vogelnest auf dem Kopf saß. »Das ist Herr Witzemann, er leitet den Stab Ressourcen.«

Die beiden Männer begrüßten sich mit Handschlag.

»Setzen wir uns«, sagte Witzemann. Seine Stimme klang gequält, sodass Eschenbach, hätte er die Ergebnisse einer Prüfung erwartet, schon jetzt gewusst hätte, dass er durchgefallen war.

»Eine Staatsaffäre also«, meinte der Kommissar, der ohne weiteres Geplänkel gleich auf den Punkt kommen wollte.

»Sie sagen es, in der Tat.« Der Stabschef tauschte einen Blick mit Frau Gabathuler aus. »Und um ganz ehrlich zu sein, wir sind in einer erheblichen Zwickmühle.«

»Ganz ehrlich ist immer gut«, meinte Eschenbach.

»Nun ja ...« Abermals wanderte Witzemanns Blick zu Gabathuler, die ihrerseits Eschenbach ansah. Es war wie beim Schwarzpeter-Spiel. »Was Herrn Walter Habicht betrifft ...«, meinte der Stabschef und faltete die Hände vor der Brust. »Also, da gibt es eine offizielle Version und die besagt, dass wir keinerlei Informationen herausgeben.«

»Also haben Sie welche?« Eschenbach runzelte die Stirn.

»Herr Habicht ist ...«, begann Witzemann aufs Neue, »beziehungsweise war, er ist ja offensichtlich jetzt tot, nie Teil des Lehrkörpers der ETH.«

»Und hat auch nie hier studiert«, ergänzte Gabathuler.

»Natürlich«, sagte Eschenbach. Offenbar war sogar beides der Fall gewesen. Vermutlich hätte das Schauspielhaus, das ein paar Hundert Meter weiter vorne an der Straße lag, das Schmierentheater um Habichts Nicht-Existenz glaubhafter inszeniert. Die ETH verfügte nicht über dieses Talent. Zum Glück nicht. Zu verliebt war man in Fakten und Prozesse, als dass man mit ihnen hätte hinter dem Berg halten können. »Die offizielle Version also«, sagte der Kommissar.

Eschenbachs Gegenüber nickten.

»Und wer hat die Anweisung zu dieser offiziellen Version gegeben?«

»Der ETH-Rat«, kam es wie aus der Pistole geschossen von Witzemann. »In Form eines Zirkularbeschlusses, der gerade eben erst heute Morgen bei mir eingegangen ist.«

»Und was hat den Rat dazu bewogen, diesen Beschluss zu fassen?«, wollte Eschenbach wissen.

»Ein dringliches Gesuch der Bundesanwaltschaft«, erwiderte Witzemann. Der Stabschef der Ressourcen machte ein tief besorgtes Gesicht. »Wir werden angehalten, sämtliche Informationen Walter Habicht betreffend per sofort unter Verschluss zu halten. Keine Weitergabe an Dritte, auch nicht an die kantonalen Polizeibehörden.«

Erstaunt sah Eschenbach zu Frau Gabathuler, die ihrerseits nickte und meinte: »Vermutlich dachte der ETH-Rat, es wäre das Einfachste zu sagen, Habicht hätte es nie gegeben. Jedenfalls nicht bei uns. Menschen in Aufsichtsgremien denken so.«

Ganz falsch lag die Frau nicht, fand der Kommissar und konnte sich ein Grinsen nicht verkneifen. Und dennoch war er überrascht. Was hatte die Bundesanwaltschaft zu diesem Schritt bewogen? Zudem war es außergewöhnlich, gerade in einem Fall von übergeordnetem Staatsinteresse nicht zusammenzuarbeiten.

»Es tut mir sehr leid, dass wir Ihnen nicht weiterhelfen können.« Gabathuler zuckte mit den Schultern. Ein hilfloses Lächeln folgte.

»Schon gut.« Eschenbach winkte ab. Er musste dringend mit Saager sprechen. Der Fall Habicht hatte nun an Brisanz gewonnen, was ganz in seinem Sinne war. Und was Frau Gabathuler betraf, konnte er davon ausgehen, dass sie die Anweisungen erst bekommen hatte, nachdem sie beide am Morgen miteinander telefoniert hatten. Das würde ihren plötzlichen Sinneswandel erklären. Wahrscheinlich war sie es auch gewesen, die die Unterlagen an Jagmetti weitergegeben hatte. »Machen Sie sich kein Gewissen«, meinte Eschenbach und sah die Frau an. »Staatsanwaltschaft hin oder her: So ganz hinter dem Mond sind wir ja auch nicht. Die nötigen Informationen werden wir uns anderweitig beschaffen.« Er nahm die Papiere vom Tisch auf, faltete sie und steckte sie zurück in sein Jackett. »Sie können davon ausgehen, dass wir von Ihnen nichts bekommen haben.«

»Wenn das möglich wäre«, sagte Witzemann. »Weil wir

sind über neuntausend Angestellte. Bis ein solches Dekret jeden erreicht. Sie wissen schon.«

»Genau«, sagte Frau Gabathuler und nickte dem Kommissar geradezu dankbar für sein Verständnis zu.

Sie standen auf. Auf dem Weg zur Tür blieb Eschenbach unvermittelt stehen. »Eine letzte Frage noch«, sagte er. »Kannte eigentlich jemand von Ihnen Herrn Habicht persönlich?«

Die beiden sahen sich an. Schließlich rang sich Witzemann zu einer Antwort durch. »Professor Habicht hat auf dem Gebiet der Soziobiologie einige wichtige Arbeiten veröffentlicht, darunter auch seine Habilitation. Er gilt mit anderen Autoren zusammen als Begründer dieser Fachrichtung.«

»Aber persönlich, meine ich«, hakte Eschenbach nach. »Kannten Sie ihn?«

Nach anfänglichem Schweigen nickte Witzemann. »Ich war Student in seinen Vorlesungen. Er war ein brillanter Kopf. Das Fachgebiet war damals, Mitte der Siebzigerjahre, noch ganz neu, im Aufbau gewissermaßen, auch sehr umstritten, wenn Sie wissen, was ich meine.«

»Ich bin Jurist«, sagte Eschenbach. »Von Biologie habe ich ungefähr so viel Ahnung wie eine Schildkröte vom Eiffelturm.«

»Nun ja.« Witzemann lachte. »Es ist ein wenig zu kompliziert, um es in ein paar Sätzen zu erklären. Aber Herr Habicht hatte sich damals für eine Professur beworben, die er dann leider nicht bekommen hat. Sehr bedauerlich. Soviel ich weiß, ist er danach in die Staaten gegangen.«

»Ach so«, sagte Eschenbach. »Kennen Sie die Gründe, weshalb es mit der Professur nicht geklappt hat?«

Witzemann wiegte den Kopf. »Nicht wirklich. Forschung und Lehre sind immer auch ein Jahrmarkt der Eitelkeiten. Alle gegen alle, ein großer Teich voll mit Egos. Ich vermute, es lag an seinem Forschungsgebiet. Er war einfach der Zeit voraus. Wie gesagt, die Soziobiologie steckte damals noch in den Kinderschuhen.«

»Alles klar«, sagte Eschenbach. Warum sollte es an der ETH anders zugehen als bei der Polizei, in der Kirche oder beim Zirkus? »Natürlich ist das eine blöde Frage«, meinte er. »Aber denken Sie, es hat bei dieser Professorenwahl eine Rolle gespielt, dass Herr Habicht kleinwüchsig war?«

Witzemann lachte.

»Es war nur so ein Gedanke«, meinte der Kommissar.

»Aber nein.« Witzemann rückte seine Brille zurecht und sah Eschenbach an. »Sind Sie sicher, dass wir von ein und derselben Person sprechen?«

»Walter Habicht.« Der Kommissar hielt inne, dann wurde er plötzlich hellhörig. »Sie meinen, er war gar nicht …«

»Kleinwüchsig?« Frau Gabathuler sah fragend zu ihrem Chef, der seinerseits den Kopf schüttelte.

»Da muss jetzt doch ein erheblicher Irrtum vorliegen, wenn ich mir diese Bemerkung erlauben darf.« Etwas verwirrt rieb sich Witzemann mit dem Handrücken über die Stirn. »Habicht war natürlich kein Riese.« Er musterte Eschenbach, danach Gabathuler, und weil keiner der beiden als Referenz zu taugen schien, meinte er schließlich: »Mittlere Größe, würde ich sagen, also normal. Auf jeden Fall nicht so groß wie Sie.«

»Sie haben nicht zufällig ein Foto von ihm?«, fragte Eschenbach.

»Keine Ahnung«, sagte Witzemann.

Gabathuler schüttelte den Kopf.

»Haarfarbe, Gesichtsform, dick oder dünn?« Eschenbach sagte, was ihm gerade in den Sinn kam. Er wollte die Unterhaltung auf keinen Fall abreißen lassen. »Sie waren Student bei ihm«, fuhr er fort. »Wie hat er ausgesehen?«

»Wie schon gesagt, er war mittelgroß, schlank …«

»Haarfarbe?«

»Dunkel … Braun vielleicht.«

»Trug er eine Brille?«

Kopfschütteln.

»Hautfarbe?«

»Weiß.«

»War er Schweizer?«

»Ja ... also, ich denke schon.« Witzemann dachte nach. »Es ist schwierig, sich nach so langer Zeit daran zu erinnern. Immerhin ist das über vierzig Jahre her.«

»Ich weiß«, sagte Eschenbach. »Am Ende sind es oft nur ein paar wenige Anhaltspunkte, die einem bleiben.«

Witzemann hielt inne und nickte. »Genau, Sie sagen es. Nun fällt es mir wieder ein. Es war seine Stimme. Habicht hat oft sehr leise gesprochen, manchmal fast geflüstert. Und doch hat man im Hörsaal jedes Wort verstanden. Glasklar und deutlich. Das ist schon sehr eigenartig gewesen. Und ja ...« Er zögerte einen Moment. »Ich glaube, da war was mit seinen Beinen. Er hinkte. Oft hatte er einen Stock bei sich.«

»Sehen Sie«, sagte Eschenbach. Er war froh um diese Angaben und bedankte sich. Nachdem sie sich verabschiedet hatten, stieg er nachdenklich die Treppe hinunter, die ins Erdgeschoss führte, und setzte sich eine Weile auf die Polyterrasse.

Der Mittag hatte den tiefblauen Himmel mit ein paar Dunstschleiern versehen, es war merklich schwüler geworden. Eschenbach trocknete sich die schweißnasse Stirn mit einem Taschentuch. Nach dem zweiten Espresso, den er sich in der Mensa hatte geben lassen, rief er das Büro von Saager an. Seine Chefin hatte ihm einiges zu erklären, fand er. Wenn sich die Bundesbehörde in einen Fall einmischte, geschah dies nicht ohne Absprache auf oberster Ebene.

Natürlich schwang in Eschenbachs Gedanken auch ein kleiner Triumph mit. Der Fall Habicht, den die eifrige Ivy Köhler nur allzu gern ohne sein Dazwischenfunken abgeschlossen hätte, war über Nacht zu einer Staatsaffäre geworden. Übergroß, wie ein rosa Elefant, den man nicht mehr wegzaubern konnte, stand er da.

»Die Chefin ist gerade in einem Meeting«, meinte Saagers Assistentin. »Sie wird Sie umgehend zurückrufen.«

»Gerne«, sagte Eschenbach und legte auf. Das Bild des rosa Elefanten gefiel ihm. Er sah das Tier vor sich, wie es ein paar Kilometer weiter unten durch das Seebecken watete und mit turmhohen Wasserfontänen den Bürkliplatz überflutete. Wann hatte es das schon einmal gegeben?

Es musste an diesem imaginären Spektakel gelegen haben, dass Eschenbach die Rauchsäule überhaupt nicht bemerkte, die im Osten der Stadt aufstieg und sich wie eine Windhose hoch in den Himmel wand.

»Himmel noch mal, und du hast wirklich nichts gesehen?«, fragte Jagmetti eine halbe Stunde später am Telefon. »Von da oben hast du den perfekten Ausblick.«

»Egal«, brummte Eschenbach, der wieder unten beim Central war. Er hatte bei Coop rasch fürs Abendessen eingekauft und stand mit einer gefüllten Papiertüte auf der Bahnhofbrücke. »Ich seh's dafür jetzt, Claudio. Du kannst dich wieder beruhigen.«

»Beruhigen? Die ganze Hütte steht in Flammen, und ich soll mich beruhigen?«

»Verdammte Scheiße«, murmelte Eschenbach mit einem Blick auf die Rauchsäule. Langsam dämmerte ihm, was los war. »Das kommt vom Kreuzplatz!«

»Was dachtest du denn?« Jagmetti fluchte wie ein Henkersknecht. »Schutz und Rettung sind bereits dort ... und die Spurensicherung natürlich auch. Eigentlich hatten wir uns die Wohnung von Habicht für morgen früh vorgenommen, aber jetzt fackelt die Hütte ab. Alles brennt.«

»Ich komme«, sagte Eschenbach.

»Und dreimal darfst du raten, wem das Haus gehört. Das hab ich nämlich auch noch herausgefunden heute.«

»Keine Ahnung.«

»Lenz.«

»Wem?« Eschenbach stellte die Tüte mit den Lebensmitteln auf den Boden. »Kannst du das bitte noch mal wiederholen?«

»Das Mehrfamilienhaus am Kreuzplatz … hörst du mich?«

»Ja«, rief Eschenbach. Er rief, weil die Leitung ziemlich schlecht war und weil er nicht glauben konnte, was Jagmetti ihm soeben gesagt hatte.

»Es gehört Lenz, Ewald Lenz.«

»Bist du sicher?«

»Ja, bin ich.« Jagmettis Stimme war klar und deutlich zu vernehmen. »Ich war deshalb eigens auf dem Grundbuchamt. Es ist seine Unterschrift. Ewald hat das Haus vor über zehn Jahren gekauft.«

Wenn in Zürich ein Großbrand ausbrach, galten andere Gesetze, das wusste Eschenbach.

Die Elemente Feuer, Wasser, Wind und Erde – sofern sie verrücktspielten – fanden ihr Gegenüber in den mutigen Teams von *Schutz & Rettung*. Die Dienstabteilung, die direkt dem Sicherheitsdepartement der Stadt Zürich unterstellt war, vereinte die mutigsten Schutzengel der Stadt, bestehend aus Berufs- und Milizfeuerwehr, Zivilschutz, Rettungsdienst sowie den Einsatzleitzentralen der Notrufnummern 114 und 118. An der Limmat war man stolz, über die größte zivile Rettungsorganisation der Schweiz zu verfügen. An die 40 000 Einsätze wurden jährlich im Land geleistet.

Die Lösch- und Rettungsaktion war in vollem Gange, als Eschenbach am Kreuzplatz eintraf. Mehr als ein halbes Dutzend Mal hatte er inzwischen versucht, Ewald Lenz zu erreichen. Ohne Erfolg. Es war zum Verzweifeln. Aus sicherer Entfernung beobachtete der Kommissar das Geschehen. Beißender Rauch lag in der Luft. Wie stumme Krähen flogen Rußfetzen umher. Kommandos wurden gebrüllt. Hie und da drang der Schrei eines Menschen durch dumpfen Lärm.

Hoffentlich gab es keine Verletzten oder Tote, dachte der

Kommissar. Er sah die Krankenwagen, die bereitstanden. Der Junge im ersten Stock, mit dem er am Tag zuvor gesprochen hatte, kam ihm in den Sinn. Auch im Parterre wohnten Leute. Da die Wohnungen ebenerdig waren, bestand wenigstens die Chance, dass die Leute dort rechtzeitig ins Freie gelangt waren.

Wie dunkle Wolken, die der Wind herangetragen und wieder aufgelöst hatte, schossen Eschenbach die Gedanken durch den Kopf. Als er im Pulk der Einsatzkräfte Jagmetti erblickte, hob er den Arm und rief ihn zu sich. Aber der Bündner reagierte nicht. Zu laut war das Getöse der Wasserwerfer. Claudio trug einen Schutzhelm der Feuerwehr und redete auf Anja Pepic ein, die gerade eingetroffen war. Wenigstens das, dachte der Kommissar. Die beiden sprachen wieder miteinander.

Nach einer Weile erfasste Eschenbach eine dumpfe Müdigkeit. Der Jetlag. Es hatte keinen Sinn, hier länger herumzustehen, fand er. Schließlich waren die besten Leute im Einsatz. Was man tun konnte, wurde getan. Schutz und Rettung war nicht nur ein Name, es war Programm. Und doch war es bereits zu diesem Zeitpunkt eine Tatsache, dass von dem Haus, das offenbar Lenz gehörte – und in dessen oberstem Stock der Tote Walter Habicht gefunden worden war –, nicht mehr als die Grundmauern übrig bleiben würden.

Auf halbem Weg Richtung Stadelhofen fand Eschenbach ein Taxi. Er stieg ein. Im Büro versuchte er noch ein paarmal, Lenz zu erreichen. Es hatte keinen Zweck. Der Alte ging nicht ans Telefon. Besorgt darüber entschied Eschenbach, seinem Freund einen Besuch abzustatten.

9

Syrien

HOCHSCHWARZWALD, MONTAG,
6. AUGUST – 02:35 UHR

Lenz schrak mitten in der Nacht auf.

Er lag auf dem Rücken, die Brille schräg auf der Nase. Die Leselampe auf dem kleinen Tisch neben dem Bett brannte, und als er sich erhob, raschelte Papier.

Langsam fanden die Bilder des Abends den Weg zurück in sein Gedächtnis. Sie hatten über Syrien gesprochen. Im Laufe des Gesprächs hatte er bei Isabel eine Veränderung wahrgenommen. Fast fremd war sie ihm erschienen. Und dann das Geständnis, mitschuldig zu sein an diesem Konflikt, an der verbrannten Erde, wie sie es genannt hatte.

War sie eine Kriegsgewinnlerin? Die Isabel, die er kannte? Einen Moment war Lenz unsicher, ob er das nicht alles nur geträumt hatte. Aber dann sah er sie wieder vor sich: die Traurigkeit in ihrem Gesicht und die vielen feinen Narben, die im Dämmerlicht wie Säure auf Lackmuspapier sichtbar geworden waren.

»Ich fühle mich schuldig.« Das waren ihre Worte gewesen. Und plötzlich reihte sich Wort an Wort – das ganze Gespräch war wieder da. Lenz schloss die Augen.

»Nicht unbedingt am Krieg«, hatte sie gesagt. »Das ist es nicht. Den haben andere angezettelt. Es sind die größeren Dimensionen. Ich kann es dir gerne erzählen, Ewald, wenn du magst. Wie dort alles begonnen hat in Syrien, wer die Strippenzieher sind, die Helfer und Helfershelfer. Es ist eine lange Geschichte.« Isabel sah zum Fenster hinaus in die Finsternis. Nicht ein Baum war mehr zu erkennen. Einzig der Wohnraum, in den sie nach dem Essen umgezogen waren, spiegelte sich in der mächtigen Glasscheibe wider, sanft beleuchtet durch einige ausgewählte Lampen.

Die Nacht war eingekehrt.

»Ich weiß nicht, wie es dir geht, Ewald. Aber ich glaube, im Alter wird man wehmütig. Einige denken, man würde weicher. Aber das ist nur bedingt richtig. Man wird in erster Linie weicher gegen sich selbst, weil das Ende nicht mehr weit ist und man einiges wiedergutmachen möchte. Zumindest in meinem Fall ist das so.

Ich fühle mich schuldig im Sinne der Anklage, Chaos gestiftet zu haben. Chaos in den Köpfen der Menschen. Es ist ein altes Geheimnis, dass die Menschen ihr Interesse verlieren, wenn sie etwas nicht verstehen.«

»Wie meinst du das?«, fragte Lenz. Er wusste, dass die Leute gern über das Alter redeten – und seine Vorzüge (denn Vorzüge musste es ja geben!), kaum dass sie sich eingestanden hatten, nicht mehr jung zu sein. Aber Isabel?

»Wenn du heute zehn Leute auf der Straße fragst, um was es im Syrien-Krieg gehe, behaupten sieben davon, es gehe um Religion. Die vermeintlich gut Informierten – das werden nur etwa zwei oder drei sein – erklären dir in dem Zusammenhang noch, der Aufstand gegen Assad sei ein schiitisch-sunnitischer Religionskonflikt.«

»Könnte doch sein«, hielt Lenz dagegen.

»So simpel ist es aber nicht«, sagte Isabel. »Aber Menschen mögen keine komplexen Zusammenhänge. Sie mögen keine Widersprüche. Sie wollen Klarheit und einfache Erklärungen. Verständliches. Kurzes. Die öffentliche Meinungsbildung funktioniert nach genau diesem Muster. Und das wird immer schlimmer. Wir sind in einem beängstigenden Maße denkfaul geworden. Die meisten Leute konsultieren die Medien, die sie mögen – und sie mögen sie deshalb, weil sie ihnen recht geben. Eine ›Ja-das-habe-ich-schon-immer-gesagt‹-Generation macht sich breit. In durchschnittlich 20 Minuten Lektüre sucht sich jeder täglich die Bestätigung für das, was er denkt. Ist das nicht effizient? Darin sind wir unschlagbar geworden. Dabei bleiben die Guten die Guten, und die Bösen sind böse. So ist es, und so soll es auch bleiben. Und deshalb ist es nicht erstaunlich, dass neun der zehn Befragten als Ursache für den Syrien-Krieg vor allem terroristische Aktivitäten ins Feld führen und natürlich den Islamischen Staat, den IS, als Ursache allen Übels.«

Lenz hob die Schultern. »Der Terrorismus ist eine Gefahr.«

»Eine Angstmaschine, natürlich!« Isabel kam nun richtig in Fahrt. »Aber wer sind diese Terroristen? Wer ist der IS? Wer ist die al-Nusra-Front, und wer sind die Rebellen? Auf diese und andere Fragen werden die wenigsten eine klare Antwort wissen. Viele haben längst den Überblick verloren, ohne es recht zu merken. Und wenn sie es merken, haben sie Ausreden: Syrien ist weit weg. Weißt du, was ich meine?«

Lenz wusste immer noch nicht so recht, worauf Isabel hinauswollte, aber ihr Fazit interessierte ihn. Deshalb schaute er sie einfach freundlich abwartend an und goss ihr derweil noch einmal Wein nach.

»Das größte Interesse gilt heutzutage dem Fußball. Es ist ein einfaches Spiel mit klaren Regeln und einem überschaubaren Verlauf. Man kann es leicht verfolgen, und es gibt am Ende einen Gewinner und einen Verlierer.«

Sie waren also beim Fußball gelandet, welche Ironie! Das hatte er nicht erwartet. Lenz interessierte sich nicht mehr für Fußball noch für sonst irgendeine andere Sportart. Er mied die Berichterstattung von Sportanlässen. Ein reiner Willensakt. Er war aus Schaden klug geworden. Das Problem waren die ständig wechselnden Resultate und Tabellen. Die Namen der Torschützen, ihr Alter und ihre Befindlichkeiten. Die Vereinswechsel. Die Summen, die gezahlt wurden. Alles konnte er sich merken. Alles sammelte sich in seinem Kopf, bis der zu explodieren drohte. Dabei waren die Informationen von einer derartigen Irrelevanz, dass er sich oft genug gefragt hatte, warum das ganze Zeug überhaupt veröffentlicht wurde.

Spam, Datenmüll und nirgendwo eine Löschtaste – so wie bei Lenz, dessen Gehirn nicht vergessen konnte. Es war der Untergang des Systems, das war die andere Seite der Medaille.

Lenz versuchte seine Gedanken zu ordnen. Er nahm die Papierblätter zur Hand, die neben ihm auf dem Laken lagen. Die Seiten waren nummeriert. Isabel hatte sie ihm gegeben, als sie ihn am Abend zuvor bis zu seinem Zimmer begleitet hatte. Lenz brachte sie in die richtige Reihenfolge.

»Es ist meine Geschichte, Ewald. Du musst sie nicht lesen, wenn du nicht magst. Und wenn du morgen nach Hause fährst, hat es vielleicht sowieso keinen Sinn.«

Im Flur, vor seiner Zimmertür, waren sie stehen geblieben.

»Es ist spät geworden«, sagte sie.

Lenz nickte. Er deutete auf vier DIN-A4-Seiten, die Isabel in der Hand hatte. »Dann gib mal her, ich werfe einen Blick darauf.«

»Es sind nur ein paar Notizen«, sagte sie. »Ein Anfang ... Ich habe begonnen alles aufzuschreiben. Und natürlich interessiert es mich, was du darüber denkst. Ich spreche sonst mit niemandem darüber.«

»Also gut«, sagte er und nahm die Seiten an sich. »Ich werde sie lesen.« Isabel stand ganz nahe bei ihm. Er konnte ihr Parfum riechen und für einen Moment berührten seine Lippen ihre Stirn.

Lenz richtete sich in seinem Bett auf, schob sich ein Kissen ins Kreuz und begann mit der Lektüre: SYRIEN – AUFZEICH-

NUNGEN EINER REBELLIN (OHNE ZIEL). Ein äußerst merkwürdiger Titel, befand er.

Im Mittelalter fällt die Herrschaft über Syrien an die Osmanen, und Damaskus wird zum Ausgangspunkt für die Wallfahrt nach Mekka. Die Lage der nichtmuslimischen Bevölkerung spitzt sich zu. Mitte des 19. Jahrhunderts kommt es zu einem Massaker an den Christen der Stadt, zu einem Blutbad, dem mehr als dreitausend Menschen zum Opfer fallen. Damaskus wird zum Zentrum der ostarabischen Nationalbewegung. Mit dem Ersten Weltkrieg endet die osmanische Herrschaft nach vier Jahrhunderten.

In der Folge sichern sich dann die Franzosen den strategisch wichtigen Fleck am östlichen Mittelmeer. 1920 werden Syrien und der Libanon vom Völkerbund unter französisches Mandat gestellt. Erst im Zuge des Zweiten Weltkriegs wird Damaskus von der Herrschaft des Vichy-Regimes befreit. 1946 verlassen die letzten alliierten Truppen Damaskus, und Syrien wird ein unabhängiger Staat.

Das geht nun eine Weile gut, bis im Jahr 2000, ausgelöst durch den Tod des langjährigen Herrschers Hafiz al-Assad, der Damaszener Frühling mit einer intensiven politischen und sozialen Debatte beginnt. Vor allem führende Intellektuelle machen in der Öffentlichkeit Druck.

Hafiz al-Assads Sohn und Nachfolger Baschar al-Assad reagiert widersprüchlich auf die zunehmende Unruhe im Land. Zuerst lässt er Hunderte von politischen Gefangenen frei und das berüchtigte Mezze-Gefängnis schließen. Ein Schritt, den die Presse euphorisch feiert. Nach diesem Erfolg nehmen die Forderungen nach demokratischen Reformen vehement zu, was Assad offenbar zu einer Umkehrreaktion provoziert. Vermutlich hat er Angst, die Herrschaft über das Land zu verlieren. Auf den Damaszener Frühling folgt ein Winter mit einer Reihe von Verhaftungen.

Es stand nichts Spektakuläres auf den vier Seiten, fand Lenz. Das meiste davon hatte er in dieser oder anderer Form schon einmal gehört oder gelesen. Ebenfalls fand er keinen Hinweis, was Isabel mit der ganzen Sache zu tun hatte. Sie habe mitgemischt und dabei Geld verdient. Und sie würde ihm das alles später erklären, hatte sie ihn vertröstet.

Der Text war mit königsblauer Tinte verfasst. Mit dem grafologischen Wissen, das er sich über viele Jahre angeeignet hatte, erkannte er in der schwungvollen Handschrift einen starken, selbstbewussten Menschen, der über einen hohen Grad an Sensibilität verfügte. Auch Intelligenz, Lebenstüchtigkeit und Härte machte er aus. Eine komplexe Persönlichkeit jedenfalls – mit einigen erkennbaren Brüchen. Da er davon ausgehen musste, dass Isabel den Text selbst geschrieben hatte, versuchte er sich zu erinnern, wie ihr Schriftbild früher gewesen war. Menschen entwickelten sich im Laufe der Zeit. Was also hatte sich bei Isabel verändert?

Unsicher, ob er alle Blätter hatte, stieg er aus dem Bett und sah überall im Zimmer nach. Er konnte keine weiteren Notizen finden.

Aufzeichnungen einer Rebellin – dazu: *ohne Ziel.* Lenz kam der Film mit James Dean in den Sinn: *Rebel Without a Cause.* Den Titel musste er Isabel ausreden, dachte er, nachdem er sich wieder ins Bett gelegt und die Nachttischlampe ausgeschaltet hatte.

Es war bereits hell in seinem Zimmer, als es an der Tür klopfte. Lenz sah auf seine alte Armbanduhr, eine ETERNA Matic – er hatte sie am Abend zuvor auf den Nachttisch gelegt. So, wie er es immer tat. Es war kurz nach sieben. Wann hatte er das letzte Mal so lange geschlafen? Ein paarmal fuhr er sich durch die zerzausten Haare, dann schob er die Beine über die Bettkante und schüttelte den Kopf.

Abermals klopfte es. »Bist du schon wach, Ewald?«

Es war Isabels weiche Stimme.

Langsam erhob Lenz sich. »Ich komme.« Auf halbem Weg zur Tür blieb er stehen. Er bemerkte plötzlich, dass Isabel sich bereits im Zimmer befand, direkt vor ihm.

»Guten Morgen«, sagte sie leise.

Lenz durchfuhr es, als hätte ein Stromschlag ihn getroffen. In den vielen Jahren, die er allein verbracht hatte, war das Aufstehen sein eigenstes Ritual gewesen: der Gang zur Toilette, die kurze Zeit des Waschens und das karge Frühstück, das er sich gönnte. Nie wurde er dabei gestört, keine Menschenseele hatte ihn dabei beobachtet.

»Ich ... ähm, ich habe nur ...« Er brach den Satz ab, sah an sich hinunter auf die alten Füße, die bleichen Knöchel. Zu seiner Erleichterung bemerkte er, dass er einen Schlafanzug trug: hellblau, mit grauen Streifen.

»Ich sehe, der Pyjama steht dir prächtig«, sagte Isabel. Sie trat einen Schritt zurück.

»Er war im Schrank«, murmelte Lenz, noch immer benommen, wie jemand, dem man den Boden unter den Füßen weggezogen hatte.

»Ich habe dir auch noch Sachen zum Anziehen hingelegt«, sagte sie. »Vielleicht hast du es gesehen. Wenn ich den Schlafanzug so sehe, denke ich, die Größe müsste stimmen.«

»Ich glaube, es ist besser, ich fahre jetzt zurück«, sagte Lenz.

»Okay.« Ein wenig enttäuscht hob Isabel die Schultern und stellte den Korb, den sie in den Händen hielt, auf den Boden. »Und Frühstück?«, fragte sie. »Ich dachte, wir könnten noch etwas zusammen essen. Mit leerem Magen fährt es sich schlecht. Und die Strecke ist ziemlich anspruchsvoll, das hast du ja gesehen.«

Lenz senkte den Blick.

»Gertrud hat uns etwas eingepackt. Ein wenig Obst, Brot, Aufschnitt und Käse. Eine Kanne Kaffee und Orangensaft hat es auch. Ich hoffe, es ist nach deinem Geschmack.«

»Und Eier«, murmelte Lenz. Das war keine Frage, sondern rutschte ihm einfach raus, verbunden mit der Erinnerung an den einen Morgen, an dem jemand anders als er selbst Frühstück gemacht hatte. Rosa Mazzoleni war das gewesen, weil es ihm schlecht gegangen war. Er war gerade aus der Klinik entlassen worden. Einmal mehr hatte man ihn dort ins Leben zurückbeordert, nachdem sein Hirn verrücktgespielt und er sich ins Koma gesoffen hatte.

»Eier hat es auch«, sagte Isabel lachend.

Während sie einem schmalen Waldweg folgten, kam Isabel recht schnell auf den Punkt. »Wie findest du meine Seiten?«

Lenz, der aus Gewohnheit seine eigenen Sachen angezogen hatte, überlegte. Was sollte er ihr antworten?

»Mir ist der Text sehr wichtig, und die Geschichte Syriens ist inzwischen auch meine Geschichte«, sagte sie.

»Ja.«

»Es ist ein Anfang.«

»Gut«, sagte Lenz. »Alles gut. Ich frage mich nur, weshalb du mit dem Aufkommen des Islam beginnst und nicht viel früher. Und ich frage mich natürlich, was deine Rolle dabei ist.«

Isabel blieb stehen. »Du hast den Text tatsächlich noch letzte Nacht gelesen?«

»Natürlich«, meinte Lenz. »Ich lese alles … das habe ich dir doch gesagt.«

»Es würde dir freistehen, den Teil zu ergänzen«, sagte sie und lächelte ihn schief an, während sie weitergingen.

Lenz äußerte sich dazu nicht. Er konzentrierte sich darauf, den Tritt nicht zu verlieren, da es nun steil bergauf ging. Seine Straßenschuhe taugten keineswegs für eine Bergwanderung, und da er Isabel anerboten hatte, den Korb mit dem Frühstück zu tragen, hatte er schwer zu kämpfen. »Ich bin ein alter Mann geworden«, keuchte er, als der Weg wieder flacher wurde.

»Wir haben es gleich geschafft«, sagte sie und deutete mit der Hand nach vorn.

Durch die Blätter der Bäume erblickte Lenz einen kleinen Teich. Als sie näher kamen, sah er, dass nahe des Ufers im Schatten großer Laubbäume ein Tisch stand – hübsch gedeckt, mit einem rot-weiß karierten Tischtuch. Zwei Stühle standen bereit.

»Tischlein-deck-dich!« Isabel machte eine schwungvolle Bewegung mit der Hand.

Lenz tat noch zwei Schritte und blieb stehen. »Du warst heute Morgen schon einmal hier?« Erstaunt sah er sie an und wischte sich mit dem Ärmel den Schweiß von der Stirn.

»Ehrlich gesagt, nein.« Sie lachte, nahm ihm den Korb ab und meinte: »Das war Hans, mein Gärtner, Chauffeur und Mädchen für alles. Er kümmert sich auch um das Haus, wenn ich nicht da bin. Aber die Idee stammt immerhin von mir.«

Sie gingen die restlichen Meter.

Isabel stellte den Korb auf die Tischplatte und begann ihn auszupacken. Besteck und Teller, ebenso die Kanne mit Kaffee, Milch und eine große Flasche Trinkwasser. »Wir sind zu alt, um uns ins Gras zu setzen.«

»Dafür ist man nie zu alt«, bemerkte Lenz und ließ sich mit einem Seufzer auf einem der Stühle nieder. Einen Moment lang beobachtete er Isabel, wie sie das Obst auf einen Teller lud und Kaffee einschenkte. »Hans hätte den Korb auch gleich mitnehmen können.« Ein verlegenes Grinsen folgte.

»Er hätte die Eier vergessen«, sagte sie.

»Du machst dich über mich lustig.«

»Wie könnte ich«, meinte sie und setzte sich ebenfalls hin. »Aber so haben wir wenigstens etwas geleistet.«

»ICH habe den Korb getragen.«

»Und ICH habe ihn ein- und ausgepackt«, konterte Isabel. »Und wenn du darauf bestehst, dann werde ich ihn zurücktragen.«

»Dann ist er leer«, sagte Lenz. »Und zudem geht es bergab.«

Es war eine heitere Konversation, die noch eine Weile andauerte. Zwischendurch blickten beide auf das stille Wasser, in dem sich Bäume und Himmel spiegelten. Hie und da, wenn ein schwacher Windstoß durch die Äste blies und die glatte Oberfläche des Weihers sich bewegte, verzerrte sich das Bild, und es entstand ein impressionistisches Gemälde, wie von einem Cézanne oder Pizarro hingemalt.

Die Idylle, in der Isabel den hübsch gedeckten Tisch hatte aufstellen lassen, war eine zerbrechliche. Lenz spürte es. Denn noch immer hatte Isabel ihm nicht erzählt, was sie in Syrien wirklich gemacht hatte. Lenz gab sich einen Ruck.

»Wenn Syrien auch deine Geschichte ist, Isabel ... wie du gesagt hast, dann bitte erzähle sie mir.«

Sie wich ihm aus. »Ist dir aufgefallen, dass es um diesen Teich nur Laubgewächse hat?«, fragte sie ihn. »Ist doch eigentlich erstaunlich, mitten in einem Wald von Nadelhölzern, mit riesigen Fichten, Föhren und Tannen.«

»Ja, vielleicht.« Lenz wiegte ungeduldig den Kopf. »Vielleicht haben sie sich nur getarnt ...« Er schaute sie eindringlich an. »Du hast gestern erwähnt, dass es für dich in der Schweiz zu gefährlich geworden ist. Weshalb? Es interessiert mich ... Was ist aus dir geworden, nachdem wir uns aus den Augen verloren haben?«

10

Laut und deutlich

ZÜRICH ODER IRGENDWO, MITTWOCH,
8. AUGUST – 03:55 UHR

Es war das »Requiem«, Eschenbach erkannte es sofort.

Die dunklen Klänge kamen aus riesigen, glänzenden Orgelpfeifen, die an der hinteren Kirchenwand befestigt waren und wie übergroße Haifischzähne aussahen. Der Kommissar schloss die Augen. Er spürte das harte Holz der Bank unter sich. Noch nie hatte er Mozarts letzte Komposition als so gewaltigen Lärm wahrgenommen. Es schien ihm, als suche jeder Ton verzweifelt Verbündete, mit denen er sich zu einem Dreiklang formieren konnte.

Zuerst hatte Eschenbach vermutet, dass der Mann an der Orgel etwas nachlässig war und gewisse Noten zu lange hielt. Nun hörte er, dass dem nicht so war. Im Gegenteil. Der Mann an den Registern kämpfte gegen den gigantischen Raum eines Gotteshauses, unter dessen Kuppel die Töne einfach nicht verstummen wollten. Eine angeschlagene Sequenz blieb und vermischte sich mit späteren Akkordfolgen zu einem einzigen Chaos.

Eine Melodie, dachte Eschenbach, der eigentlich von Musik nicht viel verstand, entsteht nur, wenn die einmal angeschlagenen Töne, einem Rhythmus folgend, auch wieder verstummen. Kommen und gehen zur richtigen Zeit, darin lag das Geheimnis.

Harmonie ist eine Frage des richtigen Timings, folgerte er,

und plötzlich plagten ihn Zweifel, ob es richtig gewesen war, zurückzukommen und den Dienst bei der Kantonspolizei Zürich wieder aufzunehmen.

In der Kirche war es allmählich still geworden. Eschenbach öffnete die Augen. Er sah, wie der Pfarrer, der etwas abseits auf einem Stuhl saß, sich kurz erhob und ihm ein Zeichen gab. Nun war es an ihm. Eschenbach nickte und stand auf. Noch einmal tauschte er mit dem Geistlichen, der ihm ermutigend zulächelte, einen Blick, dann machte er sich auf den Weg. Es waren knapp zehn Meter bis zu dem schlichten Pult, das man neben dem aufgebahrten Sarg hingestellt hatte.

Der Hall seiner Schritte erfüllte den riesigen Kirchenraum. Etwas verunsichert durch den Lärm, den er verursachte, griff der Kommissar nach seinen Notizen. Er trug sie in der Innentasche seines Vestons. Eschenbach war beruhigt, als er die zusammengefalteten Blätter zwischen den Fingern spürte.

Natürlich hatte er nicht die Absicht, die Rede abzulesen. Das hatte er nie getan. Wenn er einmal einen Vortrag halten musste, was er stets zu vermeiden versuchte (er hasste Reden), dann sprach er frei.

Eschenbach konnte es auf den Tod nicht ausstehen, wenn Leute mit der Nase auf dem Papier irgendeinen Text ablasen, meist monoton und nuschelnd, sodass niemand es verstand und es keinen berührte.

Die freie Rede war etwas, auf das man in der Schweiz keinen besonderen Wert legte. Hierzulande konzentrierte man sich auf Mathematik, Physik und Biologie. Fächer, in denen man richtig und falsch möglichst gut auseinanderhalten konnte. In den USA war das anders. Das hatte ihm Kathrin noch von der UCLA geschrieben. Sie hatte einen Kurs zum Thema *Teaching skills* besucht. »Da solltest du deine Leute mal hinschicken, Paps«, hatte sie ihm per WhatsApp mitgeteilt. »Dann lernen die endlich einmal, etwas kurz und knapp zu präsentieren, und zwar so, dass man auch drauskommt.«

Frei sprechen bekomme man in Amerika schon im Kindergarten beigebracht, hatte Kathrin gemeint. Bereits die Knirpse seien dort angehalten, aufzustehen und – an die Klasse gerichtet – zu irgendeinem Thema ein paar Sätze zu sagen. Kurz, laut und deutlich. Dabei käme es überhaupt nicht darauf an, was man sage. Nur laut und deutlich wäre wichtig.

Fand Kathrin das jetzt gut? Eschenbach war irritiert. Hatte seine Erziehung versagt – war Kathrin bereits trumpisiert? Er hatte ihr am selben Abend noch zurückgeschrieben, besorgt und hundemüde. Mühsam hatte er Wort für Wort in dieses furchtbare WhatsApp getippt, mit großen Fingern auf viel zu kleinen Tasten. Fast eine halbe Stunde hatte er dafür gebraucht. Er wollte schließlich, dass sie verstand, worum es ihm ging. Zur Inspiration hatte er das »1. Klavierkonzert« von Brahms in den CD-Player geschoben. Glenn Gould spielte es rekordverdächtig langsam. Anders als der kanadische Meisterpianist, der alles auch viel schneller hätte spielen können, war Eschenbachs Tippgeschwindigkeit am äußersten Limit. Mit dem Schlussakkord des ersten Satzes war schließlich auch Eschenbach fertig und die Flasche Tessiner Merlot zu drei Viertel ausgetrunken.

Liebe Kat –

wenn man nicht darum herumkommt, einmal etwas laut und deutlich sagen zu müssen, dann sollte das Thema schon ziemlich wichtig sein, finde ich. Zudem sollte man es sich gut überlegen, ob es überhaupt laut sein muss. Denn wenn das, was man sagt, wirklich interessant ist, dann hören einem die Leute sowieso zu – und wenn man dann etwas leiser spricht als sonst, dann hängen sie einem sogar an den Lippen. Überhaupt ist mir Folgendes aufgefallen: Je lauter, eindringlicher die Leute auf einen einreden, desto uninteressanter ist das, was sie sagen. Meistens sind es Plattitüden, irgendwelche Stammtischparolen oder aus Fernsehsendungen und Boule-

vardzeitungen aufgeschnapptes Zeugs. Am Ende werfen sie einem noch die Sportresultate an den Kopf – wie grauenhaft ist das denn?

Ich glaube, ich werde alt. Jedenfalls nervt es mich, je länger, je mehr ... der ganze Quatsch, den die Leute von sich geben.

Ich liebe Dich, Kat.

›Ich liebe Dich‹ ist übrigens einer der wichtigsten Sätze überhaupt, und ich habe noch niemanden getroffen, der ihn einfach so hinausgeplärrt hat. Laut und deutlich ... so einen Scheiß!

Dann ist es mir absolut schleierhaft, weshalb man bereits Knirpsen die freie Rede beibringen will. Kleine Kinder können noch nicht lesen – sie reden per se frei.

Zwei Schritte waren es noch bis ans Rednerpult. Eschenbach nahm die zusammengefalteten Blätter lieber doch in die Hand, hob langsam den Kopf und wandte sich den Trauergästen zu. Es waren nur ein paar wenige, die in den vorderen Rängen der Kirche auf den Holzbänken saßen. Schwarz gekleidet, in sich versunken; wie eine kleine Gruppe Krähen auf einem riesigen Feld sahen sie aus. Auf einen Schlag erfasste Eschenbach eine unendliche Traurigkeit.

Er schluckte.

Verdammt noch mal, Ewald, dachte er und erschrak. Eschenbach war sich plötzlich nicht mehr sicher, ob er laut oder nur in Gedanken geflucht hatte. Obwohl, spielte das in einem Gotteshaus überhaupt eine Rolle? Mein lieber Freund: Du hättest eine volle Kirche verdient und nicht nur so ein trauriges Häufchen. Ein Staatsbegräbnis wie im Film – mit einer rührigen Ansprache von Corinne Mauch, der Stadtpräsidentin von Zürich.

Zum Teufel, mein Lieber – und abermals stockte er. Vielleicht ist es besser so. Ein paar wenige sind manchmal besser, Hauptsache, gute Freunde. Leute, mit denen man in den Krieg ziehen würde, wie du es immer genannt hast.

In der vordersten Bank gleich beim Mittelgang, auf den Plätzen, die für die Familienangehörigen des Verstorbenen reserviert waren, saßen Rosa Mazzoleni und Claudio Jagmetti. Neben ihnen Eschenbachs Chefin Christine Saager sowie Röbi Ketterer und ein paar weitere enge Mitarbeiter aus der Abteilung Kapitalverbrechen. In der zweiten Reihe entdeckte der Kommissar den Geigenbauer mit seiner Familie. Sie bewohnten die Mühle an der Forchstrasse, die Ewald Lenz gehört und in der er auch gelebt hatte. Eschenbachs zweite Frau Corina saß bei ihnen, in Begleitung eines Unbekannten, und auf einer der hinteren Bänke, in großem Abstand zu den anderen, saß ein Paar, das Eschenbach noch nie gesehen hatte. Der Mann musste um die siebzig sein, mit schlohweißem Haar. Die Frau neben ihm trug eine dunkle Kopfbedeckung mit einem Schleier, der ihr Gesicht verdeckte.

Eschenbachs Blick schweifte zurück und blieb an Jagmetti hängen. Der Bündner schien wie versteinert. In seinem perfekt sitzenden Anzug sah er aus wie der junge George Clooney in Madame Tussauds Wachsfigurenkabinett.

Eschenbach versuchte zu lächeln, aber es gelang ihm nicht. Sein Blick traf Rosa. Auch sie war ganz in Schwarz gehüllt und trug eines ihrer Kaschmirkleider, das ihr bis über die Knie reichte. Eschenbach kannte das Modell. Er hatte es schon in verschiedensten Pastelltönen zu Gesicht bekommen. Nur in Schwarz noch nicht. Schwarz hatte Rosa nie getragen. Auch das Kopftuch, mit dem sie ihre meist kunstvoll hochgesteckten Haare verbarg, hatte er noch nie gesehen. Mit dieser Aufmachung und mit dem weiß gepuderten Gesicht glich sie einer sizilianischen Witwe. Rosa drückte sich ein Taschentuch vor den Mund und sah den Kommissar mit großen dunklen Augen an.

Über ein Vierteljahrhundert war Rosa nun seine Assistentin. Dabei hatte alles ganz harmlos angefangen: Eschenbach, damals jung und ehrgeizig, hatte gerade die Leitung der Kripo übernommen, als Rosa – noch keine zwanzig, mit italienischen

Wurzeln und überschäumendem Temperament – plötzlich auf dem Tapet stand. Als Praktikantin wollte sie sich ein paar Franken dazuverdienen, mehr nicht. Auf keinen Fall bleiben – das hatte sie nie gewollt. Doch die Jahre vergingen, und sie blieb. Der kauzige und lichtscheue Ewald Lenz, der bis zu seiner Pensionierung das Archiv geführt hatte, und Rosa, die Strahlefrau aus Eschenbachs Sekretariat, freundeten sich an. Eschenbach war nie darauf gekommen, was die beiden verband. Schliefen sie miteinander? Rosa hätte Ewalds Tochter sein können. Spielte das eine Rolle für sie, weil ihr eigener Vater sich nie um sie gekümmert hatte? Oder war es etwas ganz anderes gewesen?

Ewald und er hatten nie darüber gesprochen. Eschenbach hatte auch nie danach gefragt. Vermutlich hätte der Alte auch nichts dazu gesagt. Ewald war nicht der Mensch, der irgendetwas erzählte, nur um der Stille auszuweichen. Ewald konnte schweigen. Vielleicht war er deshalb einer der besten Informationsspezialisten, mit denen der Kommissar je zusammengearbeitet hatte.

Viele Leute, die Eschenbach kannte, plauderten irgendwann drauflos, gaben Halbwahrheiten zum Besten, nur weil sie nicht damit leben konnten, etwas nicht zu wissen. Frei Erfundenes mischte sich mit Kenntnis, oder wie es heute heißt: *Fake news*.

Lenz traute den Bibliotheken mehr als den Universitäten. Und das Internet mied er, denn es sei nur der Boden für Fallobst. Wer frische Früchte haben wolle, müsse sich anstrengen und auch einmal eine Leiter an den Baum der Erkenntnis anstellen und hinaufklettern. Das weltweite Netz und die Sozialen Medien hätten die Informationslandschaft in einem ähnlichen Maße verändert wie McDonald's das gute Essen. Was wir heute als Wissen bezeichneten, sei vorbereitet und weich gekocht: Wir verhungerten an vollen Töpfen und wüssten immer weniger.

Eschenbach hatte sich oft gewundert, woher der Alte seine Informationen bezog und über welche Quellen er verfügte. Allein die Bibliotheken und Archive konnten es nicht sein. Wer waren seine Informanten? Auch darüber hatte Ewald nie ein Wort verloren. Was er zutage förderte, hatte sich im Nachhinein immer als richtig erwiesen. Und wenn jemand etwas anderes behauptet hatte, lag diese Person immer falsch.

Bevor Eschenbach zu seiner Rede ansetzte, in der er die Trauernden begrüßen und Ewald Lenz und dessen ganz eigenwilliges Leben würdigen wollte, blickte er zur Seite. Der Sarg aus hellem Holz, den man aufgebahrt und mit Gestecken aus Chrysanthemen und Rosen geschmückt hatte, war offen. Man hatte den Toten sorgsam in weißes Samtfutteral gebettet, die blassen Hände über dem Bauch gefaltet.

»*Holy shit*«, stieß der Kommissar aus und trat näher. Was er sah, konnte er nicht glauben. Der Tote im Sarg war gar nicht Lenz. Er selbst lag da – Eschenbach!

Als seine Knie nachgaben, griff der Kommissar nach einem der Kränze neben dem Sarg, riss diesen im Fallen mit und schlug eine gefühlte Ewigkeit später mit dem Hinterkopf hart auf dem Boden auf.

Eschenbach stöhnte. Etwas verwirrt rieb er sich die Augen. Was zum Teufel war los? Sein Schädel brummte wie ein Bienenstock. Diese verdammte Kirche, die Abdankung von Lenz, die Kränze mit den blau-weißen Schleifen … er hatte das alles nur geträumt. Denn so, wie es aussah, lag er auf dem Holzboden in seiner Wohnung. Er musste im Schlaf von der Couch gefallen sein. Und im Fallen hatte er noch ein Kissen mitgerissen.

So einfach und bescheuert war die Erklärung.

Der Kommissar rappelte sich auf und setzte sich hin. Als er die Flasche mit dem Rest Merlot und das leere Weinglas auf dem Beistelltisch sah, fiel ihm alles wieder ein. Jetlag und

Wein, das lass sein. Und vielleicht war es auch keine gute Idee gewesen, in den USA ganz auf den Alkohol zu verzichten. Neumodischer Auszeit-Kram.

Eschenbach seufzte. Er hatte Kathrin diese Nachricht geschrieben, während Glenn Gould sich schleppend durch den Brahms gearbeitet hatte. Er nahm sein Handy zur Hand, das zwischen die Sitzkissen des Sofas gerutscht war, und las:

Nimm doch nicht alles immer so ernst, Paps. Hier alles easy. Küsse, Kat

Da haben wir's, dachte er. Wenn man die eigene Beerdigung nicht mehr ernst nehmen konnte, was dann?

Nachdem er den Rest der Flasche ausgetrunken hatte, ging er zu Bett, lag noch lange wach, bis ihn ein traumloser Schlaf erlöste.

11

Twenty Dollars

ZÜRICH, MITTWOCH, 8. AUGUST – 09:10 UHR

»Sie kommen aber spät«, begrüßte ihn Rosa Mazzoleni am nächsten Morgen im Büro.

»Ich komme von meiner eigenen Beerdigung«, sagte Eschenbach.

»Tatsächlich?« Rosa, die gerade etwas in den PC tippte, hielt irritiert inne und warf Eschenbach über den Goldrand ihrer Brille einen Blick zu. »Sie meinen diesen Brand gestern ... grauenhaft, nicht wahr? Und ausgerechnet dieses Haus, wo doch der Tote gefunden wurde.«

»Grauenhaft«, wiederholte Eschenbach.

»Waren Sie dort?«

Der Kommissar nickte. »Es sind nicht sehr viele Leute da gewesen«, murmelte er. »Eigentlich verdammt wenig. Und ehrlich gesagt ist es genau das, was mich bedrückt.«

»Aber da waren doch Hunderte«, meinte Rosa. »Ein riesiger Pulk Schaulustige. Ich hab's im Fernsehen gesehen.«

»Die meine ich nicht«, sagte er.

»Sondern?«

»Meine Beerdigung«, sagte er stur.

»Ach so?« Rosa sah ihren Chef verständnislos an. »Aber Sie sind doch hier, ich meine ...«

»Ich hab's geträumt.«

»Wirklich?«

Er nickte.

»Und Sie haben gesehen, wer da war?«

»Man sieht alles, wenn man gestorben ist.«

Rosa wusste nicht recht, was sie sagen sollte.

»Zudem musste ich eine Abdankungsrede halten. Von vorne sieht man erst recht, wer in die Kirche gekommen ist.«

»Sie haben an Ihrer eigenen Abdankung gesprochen?«

Eschenbach zögerte. Sollte er Rosa erzählen, dass er die Rede für Lenz geschrieben hatte, dass es eigentlich Ewalds Beerdigung gewesen war?

»*Easy*«, meinte der Kommissar schließlich. »Man soll die Dinge nicht allzu ernst nehmen. Meint Kathrin.«

»Aber ... ist sie nicht in Amerika?«

»Hat sie per WhatsApp geschrieben, Frau Mazzoleni.«

»Ach so.« Rosa sah ihn mit offenem Mund an.

»Sie waren da, Frau Mazzoleni, das ist die Hauptsache. Claudio auch und sogar die Saager ...«

»Die Saager?!«

»Ja. Und Ewald natürlich, der auch. Haben Sie übrigens eine Idee, wo er steckt? Ich habe schon eine Weile nichts mehr von ihm gehört.«

»Ich auch nicht«, sagte Rosa.

»Sie telefonieren doch manchmal miteinander.«

»Ist das jetzt ein Verhör?«

»Ich mein ja nur.«

Etwas pikiert rückte Rosa ihre Brille zurecht.

»Ist ja auch egal.« Eschenbach hob die Schultern. »Er wird sich schon melden.«

»Brauchen Sie ihn?«

»Nun ...« Der Kommissar, der noch immer mit den Händen in den Hosentaschen vor Rosa stand, überlegte. »*Plan B*«, sagte er, »das ist eine Bar in Winterthur. Ich hab's gegoogelt. Aber es bedeutet vielleicht auch etwas anderes. Vielleicht könnte er mir dazu ein paar Informationen beschaffen.«

»Dann rufen Sie ihn doch einfach an.«

»Habe ich schon versucht«, meinte Eschenbach und sah Rosa dabei in die Augen. Er kramte ein Zündholzbriefchen aus der Tasche und legte es auf den Tisch. »Das wurde mir zugespielt. Vielleicht könnten Sie?«

»Zugespielt?« Rosa schüttelte den Kopf. »Was soll das schon wieder heißen?« Sie nahm das weiße kleine Ding in die Hand, begutachtete es und tippte ein paar Wörter in den PC.

Eschenbach, der sie dabei beobachtete, dachte nach. So, wie seine Sekretärin reagiert hatte, schien es, als wüsste sie wirklich von nichts. Aber sicher war sich der Kommissar nicht. Wenn es um Ewald Lenz ging, konnte Rosa dichtmachen wie ein Schweizer Militärbunker. Dazu kam, dass sie eine überaus gute Schauspielerin war – das machte die Sache noch schwieriger.

Das Zündholzbriefchen hatte Eschenbach am Abend zuvor gefunden, bei Ewald zu Hause – zusammen mit etwas, das ihn weit mehr beunruhigte.

* * *

Der Taxifahrer, der Eschenbach die Forchstrasse hinauf bis zu Lenz' Mühle gebracht hatte, war etwas zu weit gefahren. Er entschuldigte sich.

»Egal, ich gehe die paar Meter zu Fuß«, sagte der Kommissar, bezahlte die Rechnung und stieg aus.

Der Weg war etwas abschüssig, und doch hatte Eschenbach das Gefühl, er hätte die Nordseite des Eigers vor sich. In seiner Brust zog sich etwas zusammen. Tief atmete er durch. Wie oft hatte er sich um Lenz schon Sorgen gemacht. Angefangen hatte alles mit der Bemerkung seines Vorgängers Toni Stalder. »Halt ein Auge auf den Lenz im Archiv. Auch wenn der nicht so aussieht, aber das ist ein Ferrari.« Den Vergleich mit den Autos hatte Eschenbach nie mehr vergessen. Bei Mitarbeitern gebe es, genauso wie bei Autos, zwei Kategorien, hatte Stalder gemeint: die normalen, die dafür aber zuverlässig seien – und dann eben die Ferraris. Launische Diven, die Spitzengeschwindigkeiten erreichten, dafür aber auch in der Lage seien, Katastrophen zu verursachen. Ein ewiges Abenteuer, bei dem man nie genau wisse, was auf einen zukomme: Ein bisschen zu viel Feuchtigkeit in der Luft könne den Motor schon zum Husten bringen, ein wenig zu heiße Luft den Kühler schon überhitzen. Aber wenn es einmal rundlaufe, gewinne man jedes gottverdammte Rennen der Welt.

Vieles lief rund in den gemeinsamen Jahren. Aber Ausfälle hatte es auch gegeben, ohne Vorwarnung, wie eine Faust aus dem Dunkeln.

Dazu kam, dass der Alte nicht offen über seine Gefühle sprach; auch nicht um Hilfe bat oder anrief, wenn es ihm schlecht ging. Ewald Lenz war von der alten Schule, jemand, der durchhielt, bis nichts mehr ging.

Wie Eschenbach vermutet hatte, war die Haustür nicht abgeschlossen. Lenz sperrte seine Wohnung nie zu. Bei ihm sei sowieso nichts zu holen, hatte er Eschenbach einmal erklärt. Aber das war nur Tarnung, ein Bluff. Eschenbach wusste genau, dass der Alte nichts unbewacht ließ. Rund um die Mühle waren Kameras und Mikrofone installiert, an Orten, die nicht auf den ersten Blick zu erkennen waren.

Lenz wusste immer, wer ihn besuchte, auch wenn er einmal für ein paar Stunden weg war.

Bevor Eschenbach eintrat, winkte er dem Kameraauge zu, das über ihm, kaum sichtbar, in die Dachschräge eingelassen war. Es war ein halbherziges Winken. Das »Hallo«, das der Kommissar unmittelbar danach in das geräumige Wohnzimmer rief, war von einem tiefen Unbehagen begleitet.

Eschenbach hatte das Gefühl, dass Lenz ihn weder hörte noch sah. Irgendetwas stimmte nicht.

In der Wohnung war es heiß.

Eschenbach zog die Vorhänge auf und öffnete zwei Fenster. Licht strömte herein und ließ etwas Staub tanzen, den der Kommissar mit einer Handbewegung über der Holztischplatte aufgewirbelt hatte.

»So ein Scheiß«, murmelte er. Dann ging er in den oberen Stock, fand ein ordentlich gemachtes Bett im Schlafzimmer und keinerlei Unordnung im Bad.

Wieder im Erdgeschoss, machte sich der Kommissar an Ewalds Schreibtisch zu schaffen. Das große Holzpult aus den Sechzigerjahren stand vor einem mächtigen Bücherregal in der Ecke. Die Schubladen mit den hübsch verzierten Messingrosetten ließen sich mühelos öffnen. Die Hängeregistraturen im Innern waren mit Artikeln und Notizen gefüllt. Genauso wie die verschiedenen Korpusse und Wandschränke, die Eschenbach in der Folge inspizierte. Eigentlich schien alles in Ordnung zu sein. Vielleicht war der Alte einfach nur für ein paar Tage weggefahren. Eschenbach schüttelte den Kopf. Er konnte es sich beim besten Willen nicht vorstellen. Nicht Lenz. Auch nach seiner Pensionierung reiste der Alte so gut wie nie. Tagesausflüge waren das höchste der Gefühle. Abends wollte er stets zurück sein und in seinem eigenen Bett schlafen. Einmal auf der Rigi waren sie gewesen, und jedes Jahr gingen sie beide im September zu den Gießbachfällen. Betriebsausflug mit Pensionär, wie Lenz es nannte. Am liebsten aber hielt Lenz sich in der Zentralbibliothek auf, in Zürich. Das war sein wirkliches Erholungsgebiet.

Eschenbach ging in die Küche und drehte am Wasserhahn. Ein leichtes Glucksen war zu hören, bevor der Strahl ins Spülbecken traf. Der Kommissar wartete eine Weile, dann nahm er ein Glas aus dem Schrank, füllte es und trank.

Schon die ganze Zeit war er in Gedanken bei jenem Tag, als sie sich das letzte Mal gesehen hatten. In der Woche vor seiner Abreise in die USA: *Verdammt, wo bist du, mein Freund?*

Lenz' Tabakdose kam ihm in den Sinn.

Der Alte hatte stets akribisch darauf geachtet, dass sein

Tabak nicht austrocknete. Das Befeuchtungssystem war nicht besonders kompliziert: ein feuchter Schwamm, den Lenz einmal die Woche mit Wasser versorgte, mehr nicht.

Der Kommissar hob den Deckel, roch am Inhalt und griff hinein. Der Tabak war feucht, genauso, wie er sein musste. Zudem war die Dose prall gefüllt. Lange konnte Lenz also noch nicht weg sein.

Mit den Fingern stieß Eschenbach an etwas Hartes. Ein Pfeifenstopfer? Er nahm es heraus. Es war eine Münze, ungefähr so groß wie ein Fünf-Franken-Stück. Viel erkennen konnte Eschenbach nicht, da die Oberfläche mit einer Kruste aus dunklem Tabak überzogen war. Eschenbach ging zum Spülbecken und machte sich mit Wasser und Seife daran, das Metallstück zu reinigen. Was zum Vorschein kam, raubte Eschenbach für einen kurzen Moment den Atem.

Gold.

Eschenbach betrachtete die Goldmünze genau. Auf der einen Seite war ein Adler mit zwei mächtigen Schwingen abgebildet. Darüber die Lettern: UNITED STATES OF AMERICA – TWENTY DOLLARS. Auf der anderen Seite konnte er das Ganzkörperbild einer Frau erkennen. Sie trug einen Stab in der rechten Hand, ihr Haar wehte im Wind. Es musste sich um die Freiheitsgöttin handeln, denn darüber entzifferte der Kommissar die Buchstaben LIBERTY.

Eschenbach beschlich ein seltsames Gefühl. Er horchte auf, als er in der Ferne ein Motorengeräusch wahrnahm. Kam Lenz zurück? Er hatte den alten Saab in der Einfahrt nirgends gesehen. Für einen Moment hielt Eschenbach den Atem an, warf einen Blick zum Fenster. Aber es war nichts. Es mussten die Autos auf der Forchstrasse sein, dachte er. Irgendwo hatte er einmal gelesen, dass die Berührung von Gold auf den Menschen eine eigenartige Wirkung hätte. Er schüttelte den Kopf. Und trotzdem, ganz wohl war ihm nicht. Lenz war kein Münzsammler, dachte er. Der Alte hätte ihm bestimmt davon erzählt. Zudem bewahrten Leute, die sich mit Numismatik beschäftigten, ihre wertvollen Stücke nicht in einer Tabakdose auf. Es musste etwas anderes sein, nur was?

In Gedanken versunken steckte Eschenbach die Goldmünze in die Hosentasche, roch noch einmal am Tabak, bevor er die Dose mit dem Deckel verschloss. Daneben lag ein großer, aus Rosenholz gefertigter Aschenbecher in der Form eines Pentagons. Eine runde Messingschale war darin eingelassen, in der Mitte ein Stück Kork, auf dem man die Pfeife ausklopfen konnte. Eschenbach fand keinerlei Reste von Tabak. Einzig ein Zündholzbriefchen lag in der Schale. Eschenbach nahm es in die Hand. Seit Amerika hatte er nicht mehr geraucht. Nun hatte er plötzlich Lust, wieder damit anzufangen. Er würde gleich am nächsten Tag im *Tabaklädeli* eine Schachtel Brissagos kaufen, dachte er und betrachtete die Zündhölzer. Das Briefchen war weiß und mit orangenen Lettern bedruckt: *Plan B* stand drauf, sonst nichts. Als er es aufklappte, sah er, dass ein paar Zündhölzer fehlten. Zudem entdeckte er auf der Innenseite eine verblasste Notiz, geschrieben in blauer Tinte: *Wenn alle Stricke reißen*. Ein paarmal drehte und wendete er das Briefchen, dann steckte er es ein und verließ wenige Minuten später das Haus.

12

Der Flug der Libelle

HOCHSCHWARZWALD, MONTAG,
6. AUGUST – 08:55 UHR

Isabel und Lenz saßen an ihrem Frühstückstisch im Schatten der Laubbäume. Gedankenverloren sahen sie auf den Teich, der keine drei Meter von ihnen entfernt war.

Lenz hatte eine Ahnung, wie schwer es Isabel fiel, über die Zeit zu sprechen, als sich ihre Wege getrennt hatten. Auch er dachte ungern daran zurück: seine Besuche in der psychiatrischen Klinik und der Abend, als Walter Habicht zurückgekommen war. Noch nie in seinem Leben war er sich so nutzlos und klein vorgekommen. Dabei war Walter derjenige, der klein gewesen war. Unmöglich konnte er ihm die Frau wegnehmen. Es hätte Walter das Herz gebrochen. Deshalb war er damals gegangen. Nie mehr hatte er etwas von sich hören lassen.

In Freiburg, bei ihrem gemeinsamen Mittagessen, hatte er versucht, es Isabel zu erklären, aber über seine wirklichen Gründe hatten sie nicht gesprochen.

»Nach meinem Aufenthalt im Burghölzli war ich eine Zeit lang auf Arbeitssuche«, begann sie. »Das war nicht einfach. Intellektuell hatte ich einiges vorzuweisen. Menschlich war ich ein Wrack. Zudem war ich vorbestraft, wegen Brandstiftung, Sachbeschädigung. Die Firma, bei der ich angestellt war, wollte Geld von mir. Geld, das ich nicht hatte.« Isabel hielt inne und sah einer Libelle zu, die über der glatten Oberfläche des Teichs schwebte. Kaum ein Zentimeter trennte sie vom Wasser.

Auch Lenz hatte das Insekt entdeckt, das wie ein winziger extraterrestrischer Flugkörper aussah. Manchmal hielt es scheinbar regungslos in seiner Position inne, um diese gleich darauf pfeilschnell wieder zu verlassen. Es war unmöglich, die Flugbahn der Libelle vorauszusehen. Ebenso wenig konnte er erahnen, an welcher Stelle sie aufs Neue für eine kurze Weile verharren würde.

»Walter musste wieder zurück. Er verdiente an der Harvard nicht schlecht, so kam auch ich über die Runden. Derweil besuchte ich allerlei Symposien über Elektronikwissenschaften, Medien und Technik. In diesen Gebieten herrschte Aufbruchsstimmung, es interessierte mich. Rückblickend muss ich sagen, dass ich dort falsch war. Denn eigentlich suchte ich Menschen.«

Die Libelle war weitergezogen. Ein dürres Blatt, vom Wind herbeigetragen, fiel auf die Wasseroberfläche. Kleine, konzentrische Kreise breiteten sich aus und verschwanden wieder.

»In dieser Zeit habe ich Jeffrey Archer kennengelernt. Ein Amerikaner und, wie Walter auch, ursprünglich Biologe. Zudem kannte er sich mit Datenprozessen aus und … nun ja, besonders schlecht ausgesehen hat er auch nicht. Er hat mir von einem Projekt bei der NATO erzählt: Untergruppe Nachrichten und strategische Alternativen, kurz UNA. Ich habe erst später begriffen, um was es dort ging.«

Interessiert hob Lenz den Kopf. Er hatte ein Ei gepellt, bereits sein drittes. Mit der Gabel teilte er es und bot Isabel eine Hälfte an.

Sie aß das Ei und fuhr fort: »Die UNA war eine Propagandamaschine, um es einmal ganz plump zu sagen. Die Leute dort waren darauf aus, die öffentliche Meinung zu beeinflussen, insbesondere bei Konflikten, in denen die NATO involviert war. Jeffrey Archer, im Grad eines Oberst, leitete damals die Abteilung.«

»Du hast Propaganda für die NATO gemacht?«

»So hat es angefangen«, meinte sie.

Natürlich war die NATO für Lenz ein Begriff, die North Atlantic Treaty Organization, wie sie mit vollem Namen hieß. Sie war die größte und am stärksten bewaffnete Militärallianz, die es auf dem Planeten je gab. Am 4. April 1949 war sie in Washington ins Leben gerufen worden. Zu ihren Gründungsmitgliedern zählten die USA, Dänemark, Belgien, Frankreich, Island, Italien, Kanada, Luxemburg, Holland, Norwegen, Portugal und Großbritannien. Sukzessive erweiterte sie sich. Mit der Gründung der Bundeswehr im Mai 1955 war auch die damalige Bundesrepublik Deutschland der NATO beigetreten. Fünf Tage nach ihrem Beitritt gründeten die Ostblockstaaten unter der Führung der UdSSR den Warschauer Pakt als Gegenstück. Nach dem Fall der Berliner Mauer, dem Ende des Kalten Kriegs also, zählte die NATO 16 Mitglieder.

»Im Rahmen der Osterweiterung wurde die NATO deutlich größer«, führte Isabel aus. »Eine Expansion, die den Russen überhaupt nicht in den Kram passte. Aber auch sonst hat sich die NATO verändert. Ursprünglich sollte das Bündnis die Mitgliedsländer schützen, doch seit gut zwanzig Jahren greift sie auch vereinzelt aktiv in Konflikte ein. So zum Beispiel 1999 in Serbien, zwei Jahre später in Afghanistan und 2003 im Irak.«

»Vergessen wir Libyen nicht«, sagte Lenz.

»Genau.« Isabel hielt inne. »Ich staune immer wieder, du hörst mir tatsächlich zu? Ich bin das nicht gewohnt.« Sie schob ihren Stuhl etwas zurück, beugte sich über den Tisch und gab Lenz einen flüchtigen Kuss auf die Wange. »Der Sturz von Gaddafi im Jahr 2011, richtig.«

Lenz errötete. Verlegen griff er zur Serviette und fuhr sich damit über Schnurrbart und Mund.

Isabel, die nun auch noch die dritte Tasse Kaffee leer getrunken hatte, schien etwas unruhig. Sie streckte die Arme. »Wollen wir zurück? Ich muss noch einiges erledigen.«

Lenz nickte unwillig. Viel hatte er noch nicht erfahren.

Sie standen auf.

»Wir können alles hierlassen«, meinte sie und deutete auf den Esstisch, die Stühle und den Korb. »Hans kümmert sich darum.«

Langsam folgten sie dem grasbewachsenen Pfad, der zuerst um den Weiher herum und dann zurück zum Haus führte.

Aus der Baumkrone einer groß gewachsenen Buche startete ein kleiner Vogel. Mit seinen kurzen Flügeln legte er sich mächtig ins Zeug und überflog in einem nervösen Auf und Ab den Weiher, um sich gleich darauf auf dem Tisch niederzulassen. Ein zweiter Vogel folgte ihm. Und nach einer Weile kam noch ein dritter hinzu.

»Dass sich die NATO aktiv an Konflikten beteiligt, ist politisch nicht unproblematisch«, erläuterte Isabel, die sich mit großer Sicherheit durch das Gelände bewegte. »Sie verletzt dadurch die UNO-Charta. Denn seit der Gründung der UNO-Friedensorganisation 1945 gilt ein weltweites Kriegsverbot. Das ist für alle UNO-Staaten eine verbindliche Regelung, zu der es nur zwei Ausnahmen gibt: Erstens gilt das Recht auf Selbstverteidigung. Ein Land, das angegriffen wird, darf sich verteidigen. Zweitens darf Krieg gegen ein Land geführt werden, wenn ein ausdrückliches Mandat des UNO-Sicherheitsrates vorliegt.«

»Das ist wohl eher schön gedacht ...«

»Genau, ein Papiertiger ist es«, warf Isabel ein. »Ich könnte dir mindestens ein Dutzend Konflikte nennen, an denen die NATO gewissermaßen illegal beteiligt war.«

Und ohne dass dies groß in der Öffentlichkeit diskutiert wurde, dachte Lenz. Schließlich waren die verantwortlichen Politiker viel zu einflussreich, als dass man sie Straßenmördern gleich verurteilen würde. Und die Massenmedien wagten es nicht, das oft selbstherrliche Gebaren der NATO-Mächte anzuprangern. Die Folgen davon waren klar: Was nicht in den Zeitungen stand und nicht den Weg in die Nachrichtensendungen fand, wurde nicht gedacht oder öffentlich diskutiert.

»Niemand kommt auf die Idee, dass die NATO-Staaten mitschuldig sind an der Verwüstung ganzer Regionen und somit wesentlich zur Flüchtlingskrise beitragen.«

Als es steil bergab ging, schwieg Isabel. Besorgt sah sie auf Ewalds abgetretene Lederschuhe. »Geht es?«

»Ich werde zu Tode stürzen«, grummelte er. Mit kurzen Schritten, und immer wieder einen Baum anvisierend, an dem er sich festhalten konnte, suchte er sich den Weg nach unten. Einmal, als er zu straucheln drohte, hielt Isabel ihn fest.

»Es geht«, sagte Lenz. Und weil er bemerkte, wie schroff er geklungen hatte, bedankte er sich anschließend bei ihr.

Nach einer Weile wurde der Weg flacher.

»Wir haben das Schlimmste überstanden«, meinte sie.

»Noch nicht ganz.« Lenz suchte einen Baumstrunk, auf den er sich hinsetzen konnte. »Ein Kieselstein«, sagte er und entfernte das Malheur aus seinem linken Schuh.

»Ich werde dir besseres Schuhwerk für das Gelände hier besorgen.«

Lenz ging nicht auf ihre Bemerkung ein. »Die UNA ...«, sagte er und nahm den Faden wieder auf. »Was macht ihr dort genau?«

»Nun, die Zeiten haben sich geändert«, begann sie aufs Neue. »Die Hackerszene produziert am Laufmeter Datenlecks, und Hochbrisantes findet in Kürze den Weg in die Öffentlichkeit. Zum Beispiel im Dezember 2011, als unmarkierte NATO-Kriegsflugzeuge auf türkischen Flughäfen nahe der Grenze zu Syrien gelandet sind. Es ging um eine Waffenlieferung, mit der die Dschihadisten unterstützt werden sollten. Die Waffen stammten aus den Beständen Gaddafis. Nach seinem Tod waren sie in Libyen beschlagnahmt worden – und nun reichte man sie weiter, um den Aufstand gegen Assad zu befeuern.«

»Das steht so natürlich nicht in der Zeitung«, bemerkte Lenz.

»Genau. Aber die Information landete prompt im Netz«, fuhr Isabel fort. »Der CIA-Analytiker Philip Giraldi berichtete darüber.«

»Solche Berichte lassen sich kaum verhindern.«

»Eben nicht«, sagte Isabel. »Und das weiß auch die NATO. Für die kriegsführenden Parteien ist es heute fast unmöglich, Geheimnisse lange geheim zu halten. Es gibt immer wieder Misstöne. Ausgelöst durch Leute wie diesen Investigativjournalisten Giraldi oder Whistleblower – irgendjemanden, der ein paar unbequeme Fakten ans Licht bringt.«

»Solange die Misstöne nicht die Oberhand gewinnen, müsste das für euch kein Problem sein«, folgerte Lenz. Er hatte sich ein Leben lang mit Informationen beschäftigt, nun dämmerte ihm, um was es bei der UNA ging. »Ihr sorgt einfach für ein lautstarkes Gegengewicht. Zu jeder dieser sogenannten Enthüllungen schafft ihr eine Schwemme neuer, alternativer Fakten. Und in diesem Verwirrspiel aus Halbwahrheiten und Lügen gibt es bestimmt irgendwo noch einen Skandal zur Ablenkung ... Nach und nach trübt sich die Suppe ein, und keiner weiß mehr, was oben und was unten ist.« Lenz blieb stehen und sah Isabel an. »Und wenn ich das alles richtig verstanden habe, macht ihr das ganze Theater in diesem Fall nur deshalb, damit die NATO mit einem Teil der Golfmonarchien einen Angriffskrieg gegen Assad führen kann – während die Öffentlichkeit glaubt, es handle sich um einen Konflikt Diktator gegen das Volk.«

Isabel senkte den Blick. Ihr Haar glänzte in der Sonne, die durch das Blätterwerk der Bäume schien. »Genau so ist es, Ewald. Genau so. Manchmal denke ich, mit der Wahrheit verhält es sich wie mit dem Modern Jazz: Nur eine kleine Minderheit interessiert sich dafür und nur wenige verstehen sie wirklich.«

»Und der Terror«, fragte Lenz. »Die ganze Angstmacherei, die vielen Toten. Gehört das auch zu eurem Repertoire?«

»Wieso fragst du mich das?« Unter einer mächtigen Kiefer blieb Isabel stehen.

»Einfach so«, sagte Lenz. Auch er hatte angehalten.

Für einen Moment trafen sich ihre Blicke.

Isabel schwieg. Sie legte ihre Hand an den mächtigen Stamm des Baumes, brach ein Stück lose Borke heraus und betrachtete es. Dann sagte sie: »Föhren sind Tiefwurzler, hast du das gewusst? Sie schließen den Boden für andere Gewächse auf und sind unempfindlich gegen Frost und Hitze.«

»Du weichst mir aus, Isabel.«

»Dann sag mir wenigstens, weshalb du das wissen willst. Es ist mein Leben, nicht deines.«

»Ich weiß«, sagte Lenz. »Aber es interessiert mich und …« Er tat einen Schritt auf Isabel zu. »Vielleicht wünsche ich mir einfach, dass du nichts damit zu tun hast.«

Isabel nickte. »Schön«, sagte sie leise. »Das ist schön … bin ich nur nicht gewohnt, dass sich noch jemand außer Walter für mein Leben interessiert.« Sie warf Lenz das Stück Borke zu.

Er fing es auf.

»Ich habe *alles* aufgeschrieben, Ewald. Ironischerweise vielleicht auch deshalb, weil ich Angst hatte, mich am Ende zu verlieren, im Labyrinth, dessen Architektur ich selbst mitbestimmt habe.«

»Dann gib mir die ganze Geschichte«, sagte er. »Ich werde sie lesen.«

»Versprochen?«

Lenz nickte.

»Bestimmt wirst du mich danach hassen.«

»Das weiß ich erst, wenn ich sie gelesen habe.«

Sie setzten ihren Gang fort.

»Im Syrien-Krieg geht es weder um Religion noch um den eruptiven Aufstand eines Volkes gegen seinen Herrscher. Das ist alles Mumpitz. Demokratisierungsüberlegungen spielen dabei genauso wenig eine Rolle wie der Terrorismus per se.« Isabel schaute kurz zu Lenz. »Beim Konflikt in Syrien geht es im Wesentlichen um die Versorgung Europas mit Erdöl und Erdgas, um die Vormachtstellung Russlands in dieser Sache und um das Interesse einiger Golfmonarchien und der USA, hier ein Wörtchen mitreden zu wollen.«

»Davon gehe ich mittlerweile aus«, sagte er.

»Gut. Aber was du nicht weißt: Die Destabilisierung Syriens, zusammen mit dem Versuch, Assad zu stürzen, folgte einem von langer Hand vorbereiteten Plan.«

Sie hatten das Haus noch nicht ganz erreicht, als ihnen ein Mann entgegenkam. Er schien um die fünfzig zu sein, hatte kurzes, dunkles Haar, war groß gewachsen und schlank.

»Kann ich dich einen Moment sprechen, Isabel?« Ein flüchtiger, etwas abschätziger Blick galt Lenz.

»Ist es dringend?«, fragte sie.

Er nickte.

Isabel überlegte kurz. »Treffen wir uns in zehn Minuten in meinem Arbeitszimmer.«

»Okay«, sagte der Mann und entfernte sich wieder.

»Das war übrigens Hans, Hans Kowalski«, meinte Isabel, die mit ihren Gedanken ganz woanders zu sein schien. »Und jetzt habe ich völlig vergessen, euch einander vorzustellen.«

»Das nächste Mal«, meinte Lenz.

Sie gingen ins Haus.

Nachdem Lenz geduscht hatte, roch er an seinen Kleidern. Er entschied sich, nun doch einen Blick in den Schrank zu werfen.

Alles war da: ein paar weiße T-Shirts, zwei Hosen (sandfarben und dunkelblau), einige Hemden in Weiß, Hellblau und Weiß-Hellblau kariert, sowie zwei Sakkos und Unterwäsche. Socken fand er ebenfalls. Zuunterst auf dem Schrankboden standen ein paar Wildleder-Loafers von Tod's.

Irritiert fuhr sich Lenz mit der Hand über die nassen Haare. Er hatte sich nie viel aus Kleidern gemacht. Meist trug er ein Paar zerbeulte Cordhosen – auch im Sommer – und die paar Hemden, die er sich im Laufe der Jahre angeschafft hatte. Wenn etwas kaputtging, brachte er es zu Donjetta, einer jungen Albanerin, die an der Forchstrasse ein Nähatelier unterhielt. Dort ließ er es stopfen. Wenn nichts mehr zu machen war, ersetzte er das Stück. Meist fand Donjetta in ihrem kleinen Bestand an Secondhand-Kleidern etwas Passendes.

Nun stand er vor einer Auswahl, die ihm Kopfzerbrechen machte. Blitzschnell überschlug er im Geist die Anzahl unterschiedlicher Kombinationen. Mehr als zwanzig Minuten brauchte er, sich für eine zu entscheiden.

Die sandfarbenen Hosen passten wie angegossen, das weiße Hemd auch. Lenz sah an sich hinunter bis zu den Schuhen, die er ebenfalls angezogen hatte. Obwohl alles perfekt saß, fühlte er sich nicht ganz wohl darin, so als hätte man ihm die Seele aus dem Leib gezogen.

Zögerlich machte er ein paar Schritte. Hin zum Bett und wieder zurück ging er. Er tat es ein zweites Mal, wobei er in der Mitte der Strecke kurz in die Hocke ging. Nichts spannte oder zwickte. Beim dritten Durchgang machte er einen kleinen Hüpfer.

Irgendwie musste er es wagen, dachte er – wenigstens versuchen, sich daran zu gewöhnen. Vermutlich würde es Tage dauern. Dabei hatte er gar nicht geplant, so lange zu bleiben.

Die Libelle, die er beim Weiher beobachtet hatte, kam ihm wieder in den Sinn. Nicht die geringste Gesetzmäßigkeit hatte er in ihrer Flugbahn entdecken können, obwohl er sie eine ganze Weile beobachtet hatte.

Das Rätsel beschäftigte Lenz. Er setzte sich auf den Stuhl neben dem Bett und dachte darüber nach. Woher kamen die Impulse, denen die Libelle folgte? Gab es ein übergeordnetes

System, das den Bewegungen zugrunde lag, oder ergaben sich die Abläufe rein zufällig?

Während Lenz nachdachte, entdeckte er auf dem Beistelltisch das schwarze Etui. Er wunderte sich. Hatte es am Morgen auch schon dort gelegen? Er konnte sich nicht daran erinnern. Nur daran, dass Isabel plötzlich im Zimmer gestanden hatte, das wusste er noch. Hastig hatte er sich angezogen, dann waren sie losmarschiert.

Auch eine runde Tabakdose lag da: *Early Morning*. Es war seine Marke, schon seit Jahrzehnten. Und als er das Etui öffnete, fand er darin eine rotbraune Pfeife mit gebogenem Holm. Sie glich seiner eigenen, die er zu Hause vergessen hatte. Abgesehen davon, dass sie neu war. Lenz betrachtete das Stück liebevoll, roch an ihr. Die Pfeife war aus Bruyèreholz gefertigt, eine Bent, mit einem schönen Wurzelmuster an der Unterseite des Kopfes.

Ein Geräusch vor der Zimmertür riss ihn aus seinen Gedanken.

»Herr Lenz, sind Sie da?«

Es klopfte.

»Ja, bitte«, rief Lenz. Sorgsam legte er die Pfeife zurück ins Etui und erhob sich. Durch die spaltweit geöffnete Tür erkannte er Gertrud. »Kommen Sie nur rein.«

»Ich möchte den Herrn nicht lange stören«, sagte sie mit einem freundlichen Lächeln. Sie tat ein paar Schritte auf Lenz zu und blieb stehen. »Ich soll fragen, ob Sie Frau Hagen zu einem späten Mittagessen treffen möchten.«

»Klar«, sagte Lenz. Er sah auf die Uhr. »Wann soll ich hochkommen?«

»Frau Hagen ist mit Herrn Kowalski weggefahren«, sagte Gertrud. »Die Herrschaften würden sich im Hofgut Sternen treffen, hat sie gemeint, um ein Uhr.«

»Ach so.« Lenz überlegte und zögerte. »Und diese Herrschaften … ich meine, wer ist das alles?«

»Nur Sie und Frau Hagen natürlich.« Gertrud strich mit ihren Händen über die Schürze. »Ich habe mich wohl etwas unklar ausgedrückt. Aber wenn Sie wollen, können Sie auch hier essen. Dann koche ich etwas.«

»Schon gut«, sagte Lenz. Jetzt, da er wusste, dass er mit Isabel allein sein würde, sagte er zu. »Sie müssten mir einfach erklären, wie ich zu diesem Hofgut komme.«

»Das ist kein Problem«, meinte Gertrud.

Das Hofgut Sternen war eine kleine Ansammlung stattlicher Häuser, von denen eines eine Gaststube war. Es lag mitten im grünen Nirgendwo in einer Talsenke und war umgeben von Wiesen und Wäldern. Etwas weiter oben, an einem der dicht bewaldeten Hänge, spannte sich in mehreren Bögen ein riesiges Viadukt waghalsig über eine Schlucht.

»Ich bin mit Frau Hagen zum Essen verabredet«, sagte Lenz der Empfangsdame beim Eingang.

Die junge Frau in Schwarzwälder Tracht nickte und führte ihn an einen hübschen Tisch auf der Terrasse. Ein roter Sonnenstore spendete ausreichend Schatten, die Speisekarte lag bereit.

Lenz sah auf die Uhr. Obwohl er sich beeilt hatte, war er ein paar Minuten zu spät. Über dreißig Minuten hatte er für den Weg gebraucht, wobei mehr als die Hälfte der Zeit für den Waldweg bis zur Hauptstraße draufgegangen war.

Die Bedienung brachte die Karaffe mit Quellwasser, die Lenz bestellt hatte. Er sah sich die Karte an.

Eine knappe Stunde verging, Isabel kam nicht.

»Hat der Herr schon etwas gefunden?«

Lenz schrak auf: »Ich, ja ... ähm, nein.«

»Sie können sich ruhig Zeit lassen.«

Lenz nickte. Er hätte wiederum auf der Stelle sämtliche Gerichte aufsagen können, die Weine noch dazu. Und weil auch wieder ein längerer Abschnitt der Geschichte des Hofguts gewidmet war, wusste er, dass Marie Antoinette und Johann Wolfgang von Goethe auch schon dort gewesen waren.

Nur Isabel fehlte.

»Danke«, sagte er.

13

Weltuntergang und ein Befehl von oben

ZÜRICH, MITTWOCH, 8. AUGUST – 09:15 UHR

»*Plan B* kann alles Mögliche heißen!« Rosa war überhaupt nicht davon angetan, dass Eschenbach insistierte. Ihr Blick wechselte hastig von den Zündhölzern zu Eschenbach und wieder zurück. Sie hatte inzwischen auch die handgeschriebene Notiz gelesen: *Wenn alle Stricke reißen.*

»Ich war gestern bei Ewald«, sagte Eschenbach.

»Und, was sagt er?«

»Wie meinen Sie das?«

»Zu *Plan B.*« Rosa deutete auf das Zündholzbriefchen, das Eschenbach gerade wieder in seine Hosentasche steckte.

»Nichts«, sagte er. »Er war gar nicht zu Hause.«

»Also doch.« Rosa fuhr mit beiden Händen über ihre Taille und strich ihr Kleid glatt.

Eschenbach sah Rosa an, die ein paarmal leer schluckte, und sich dann wieder dem Bericht widmete, den sie gerade schrieb. Leicht zitternd fuhren ihre Hände über die Tastatur.

»Wo ist eigentlich Claudio?«

Rosa hielt inne, dann seufzte sie zweimal tief. »Der ist so was von schlecht drauf, das kann ich Ihnen gleich sagen. Weiträumig umschiffen würde ich den ... Am besten den ganzen Tag.«

»Schlechter als Sie?« Eschenbach zwinkerte ihr zu. »Ist er in seinem Büro?«

Rosa nickte. »Ich habe Sie gewarnt.«

Im Büro von Claudio Jagmetti herrschte eine Stimmung wie kurz vorm Weltuntergang: Die Jalousien waren heruntergelassen, ein harter Beat durchdrang den Raum, vermutlich kam er aus Claudios Handy. In einer quasi Endlosschleife nuschelte der Sänger ohne größeren Zusammenhang etwas von »*Fuck*« und »*Bitch*«.

»Schöner Song«, sagte Eschenbach. »Ist er jemand Besonderem gewidmet?«

Claudio sagte nichts. Er saß mit dem Rücken zu Eschenbach an seinem Schreibtisch. Der Bildschirm seines Computers war ausgeschaltet, ein großes rabenschwarzes Viereck.

»Die neue Polizeihymne?«

Langsam drehte sich Claudio auf seinem Stuhl um. »Du kommst mir gerade recht«, sagte er. Seine Stimme war belegt, die Augen lagen tief in dunklen Höhlen. »In ein paar Jahren machst du dich mit einer fetten Pension vom Acker … gehst irgendwo an einen fetten Beach in *fuckin' 'merica.*«

»In *fucking* wo?«

»'MERICA.«

»Ich gehe nach *fucking* nirgendwo«, sagte Eschenbach. Er schüttelte den Kopf. Am liebsten hätte er laut herausgelacht. Aber so, wie Claudio aussah, war die Sache ernst. »Du siehst echt scheiße aus, Claudio.«

»Danke. Ich musste arbeiten, während du …«

»Ja, ich weiß«, unterbrach ihn der Kommissar. »Aber vielleicht willst du mir ja sagen, was los ist?«

»Merkst du das denn nicht?« Claudio tippte sich mit dem Finger gegen die Stirn.

»Ich sehe Anzeichen«, sagte Eschenbach vorsichtig.

»Anzeichen?!«

»Ja«, sagte der Kommissar. »Aber das ist kein Grund, die Flinte gleich ins Korn zu werfen – den Kopf in den Sand … oder was weiß ich.«

Eine ganze Reihe dummer Sprichwörter kam Eschenbach

in den Sinn. Aber sie drückten alle nicht wirklich das aus, was er Claudio sagen wollte. »Geht es um die Köhler?«, fragte er.

»Um wen denn sonst?«, schnauzte Jagmetti. »Köhler, Saager … diese ganzen Bitches haben den Laden längst übernommen. Du bist offensichtlich der Einzige, der das noch nicht gemerkt hat.«

»Unterschätz mich nicht, Claudio.«

»Pah«, machte er, um gleich darauf wie ein Häufchen Elend in sich zusammenzufallen.

Eschenbach schüttelte abermals den Kopf. *Pah* war ein Ausdruck von Rosa. Er konnte vieles heißen. Meistens verwendete sie ihn, um mit Empörung etwas vom Tisch zu wischen. Oft war es auch nur eine Attitüde, um sich Luft zu machen. Jedenfalls schwang nie Resignation mit.

»*Pah* geht nicht«, sagte er deshalb.

»Wieso?« Claudio streckte den Kopf, ein wenig überrascht über Eschenbachs Ansage, und meinte: »Wieso zum Teufel geht *Pah* nicht? Rosa bringt den auch immer.«

»Eben deshalb«, sagte der Kommissar ernst. »*Pah* ist eine Kampfansage und kein Gejammer.«

»Was soll das denn schon wieder heißen?«

»Dass du verdammt noch mal deinen Mann stehen und nicht einfach den Schwanz einziehen sollst.« Plötzlich kam Eschenbach wieder in den Sinn, was er Claudio eigentlich sagen wollte. »Zeig, dass du Eier hast, zum Donnerwetter!«

Eschenbach war nun doch zum Kern der Dinge vorgedrungen. Obwohl er noch einen weiteren Satz auf den Lippen hatte. Aber er kam nicht mehr dazu.

Claudio sprang auf. »Ich soll keine Eier haben?! Das ist ja wohl der größte Witz aller Zeiten …«

»Schon gut«, warf Eschenbach ein. Er war nur kurz zu Wort gekommen, denn Claudio holte Luft, tief Luft.

»Gerade von dir muss ich mir den nicht anhören«, brüllte

der Bündner los. Breitbeinig, das Gesicht dunkelrot angelaufen, stand er da – zu neuem Leben erwacht, wie Phönix aus der Asche.

Eschenbach, der die Alkoholfahne seines Gegenübers riechen konnte, sah, wie sich auf Claudios Stirn eine dicke Zornesader bildete. Er machte sich auf noch allerhand gefasst.

»Du bist so ungefähr der Allerletzte, der mir das vorwerfen kann …«, polterte Jagmetti weiter. »Keine Eier! … Dass ich nicht lache. DU hast keine Eier! Hinter meinem Rücken setzt du mich von diesem Fall ab … Und dann kommst du hier hereinspaziert, mimst den Supercoolen … Du gehst mir so was von auf den Sack! Und überhaupt: Was kümmert's dich schon, wie es mir geht? Du bist längst auf dem Absprung, meinst du, ich merke das nicht …«

Eschenbach hörte eine Weile zu. Er senkte den Kopf, zählte innerlich auf fünfundzwanzig, dann ging er langsam zum Fenster und drehte die Jalousien hoch.

Die Sonne warf ein warmes Licht ins Büro.

Claudio begann zu blinzeln. Aber so wie es schien, hatte er noch eine Menge Munition. Er dachte nicht ans Aufhören.

Eschenbach zählte weiter. Er war inzwischen bei neunundachtzig angelangt. Als Jagmettis Wutanfall allmählich an Schwung verlor und das Gebrüll auf Zimmerlautstärke abgeklungen war, fragte er:

»Bist du jetzt fertig?«

»Ja, verdammt.«

Sie sahen sich an.

Aus Claudios Handy drang weiter der schlagende Rhythmus. Jetzt, da beide schwiegen, konnte man ihn wieder hören. Es war eine andere Stimme … auch ein anderer Song:

When we have that feeling, you know
That something will happen – but you don't know what and why.

And if it is what you think it is – trouble will come
Bad moon is rising …

»Ist das nicht Eminem?«, fragte Eschenbach.

»Glaube nicht, wieso? Kennst du den?«

Der Kommissar nickte.

»Echt?« Jagmetti setzte sich langsam zurück auf den Stuhl. Die Röte war aus seinem Gesicht gewichen, die Zornesader auf der Stirn verschwunden, so als wäre sie nie da gewesen.

»Kathrin mochte ihn«, sagte Eschenbach. »Sie hat ihn oft gehört, früher, als sie noch zu Hause wohnte.«

»Ach so.«

»Ja.«

»Vermisst du sie?«

Eschenbach sah einen Moment zur Decke und meinte dann leise: *»I fuckin' do.«*

»Kann ich verstehen.«

»Schön«, meinte der Kommissar. Er machte ein paar Schritte auf Claudio zu, legte ihm die Hand auf die Schulter und setzte sich danach auf die Schreibtischkante. »Und jetzt lass uns über die Sache am Kreuzplatz sprechen.«

»Okay.«

»Wenn ich das alles richtig verstanden habe, hat man dich vom Fall abgezogen.«

Verständnislos blickte Claudio zu Eschenbach auf. »Du tust jetzt nur so, oder?«

»Claudio.« Eschenbach seufzte. »Meinst du wirklich, ich würde dir das nicht direkt ins Gesicht sagen, wenn's denn so wäre?«

»Der Befehl käme von oben, hat Köhler gesagt.«

»Ich weiß von nichts.« Der Kommissar schüttelte den Kopf. Und weil Jagmetti ihn noch immer ungläubig ansah, meinte er: »Ich schwör's dir, Claudio. Ich habe keine Ahnung.«

»Okay.«

»Nein, okay ist das nicht«, sagte Eschenbach. »Aber ich werde der Sache nachgehen, das verspreche ich dir. Und was dich betrifft ...« Er dachte kurz nach. »Das Haus, in dem Habicht gefunden wurde, gehört Lenz, hast du gesagt.«

Jagmetti nickte.

»Wer außer dir und mir weiß das sonst noch?«

»Es steht in meinem Bericht.«

»Ach so.«

»Nicht gut?«

»Doch, doch.« Eschenbach rieb sich den Nacken. »Interne Ermittlungen«, murmelte er. »Vielleicht bekommen wir es jetzt mit denen zu tun. Keine Ahnung. Aber es würde einiges erklären. Saager weiß, dass Ewald und ich Freunde sind. Und Ewald ... ich kann den nirgends finden.«

Einen Moment schwiegen beide.

»Hast du herausgefunden, ob es jemanden gibt, der sich um das Haus gekümmert hat? Einen Hauswart, eine Hausverwaltung? Irgendwas in der Art?«

»Klar«, sagte Jagmetti. »Die Firma heißt CONFIDES Treuhand. Ich hab mit denen gesprochen. Eine Frau Stäubli. Von ihr weiß ich auch, dass Lenz der Eigentümer ist.«

»Und?«

»Du meinst, ob die etwas von einem neuen Boden wissen, den man dort verlegt haben soll?«

»Genau.«

»Nichts«, sagte Jagmetti. »Aber dann habe ich weitergemacht. Mindestens zehn Bodenbelagsfirmen habe ich abgeklappert und mit ungefähr ebenso vielen Umzugsfirmen telefoniert. Alle haben beteuert, dass sie weder einen solchen Auftrag erhalten noch ausgeführt hätten.«

»Und das hast du alles in deinem Bericht erwähnt?«

»Nein.« Jagmetti schüttelte den Kopf. »Das habe ich alles erst gemacht, nachdem ich den Bericht abgegeben hatte.«

Eschenbach biss sich auf die Unterlippe und dachte nach.

»Die Spurensicherung«, meinte er nach einer Weile. »Hat die noch etwas herausgefunden? Ich meine, nachdem es dort gebrannt hat.«

»Nein«, sagte Jagmetti und lachte kurz auf. »Das ist es ja! Die waren gar nicht mehr im Haus. Anja hat die Welt nicht mehr verstanden. Sie hatte für heute ein Team zusammengestellt. Es hat einen Einsatzplan gegeben.«

»Genau«, sagte Eschenbach nachdenklich. »Wir hätten die Wohnung auseinandergenommen, jeden einzelnen Millimeter.« Er sah zum Fenster hinaus und betrachtete eine Weile den wolkenlosen Himmel. »Aber dann plötzlich brennt's, und alles wird abgeblasen.«

Claudio, dem der Unterton in Eschenbachs Bemerkung nicht entgangen war, nickte. »Du meinst, da hat jemand nachgeholfen?«

»Du nicht?«

Claudio zuckte mit den Schultern.

»Der Fall wäre längst abgeschlossen«, sagte der Kommissar. »Überleg doch mal. Da stirbt einer in seiner Wohnung, man findet ihn – zufällig oder nicht –, wer weiß. Und dann beginnt ein Hauruck-Verfahren. Will heißen, man setzt alles daran, die Sache möglichst rasch und unauffällig abzuschließen.«

Eschenbach erhob sich, tat ein paar Schritte und blieb stehen. »Der Mann hatte Biologie studiert. Das geht aus den Unterlagen hervor, die wir in der Wohnung gefunden haben. Offenbar einer der Besten seines Faches. Unter normalen Umständen ist so einer eine Stütze der Gesellschaft und nicht eine Randnotiz in einem Polizeibericht.«

»Dozent an der ETH«, warf Claudio ein.

»Genau. Und ein Telefonat mit denen reicht, um das alles herauszufinden. Da muss man kein Sherlock Holmes sein.«

»Schon gut.« Claudio seufzte. »Sag doch gleich, dass ich's vermasselt habe.«

»Hast du nicht«, erwiderte der Kommissar. »Denn wenn

ich mir das Ganze durch den Kopf gehen lasse, hat es System. Köhler hat dich zeitlich unter Druck gesetzt ... mit hundert anderen Dingen zugemüllt.«

»Sie hat mich regelrecht schikaniert.«

»Eben.« Eschenbach setzte sich wieder auf die Kante des Schreibtischs. »Und man muss kein großer Psychologe sein, um zu wissen, was dann passiert: Du machst Dienst nach Vorschrift und willst die Sache möglichst rasch vom Tisch haben.«

»Verstehst du mich jetzt?«

Eschenbach nickte. »Natürlich. Zu hundert Prozent sogar. Die Frage ist nur, warum?«

»Weil ich verdammt noch mal die Schnauze voll hatte.«

»Den Punkt habe ich begriffen.« Der Kommissar lächelte Claudio an. »Die Frage ist mehr, weshalb Köhler so vorgeht. Am Anfang habe ich gedacht, es ist ein reines Machtspiel. Aber jetzt.«

»Mit diesem Brand.«

»Genau.« Eschenbach nickte. »Spätestens hier hört der Spaß auf. Die Sache hat eine größere Dimension als ursprünglich angenommen. Und wenn du mich fragst: Irgendwer ganz oben deckt die Köhler.«

»Meinst du die Saager?«

»Ich weiß es nicht.« Der Kommissar sah Claudio an. »Seit meinem Besuch bei der ETH denke ich darüber nach. Jemand hat denen einen Maulkorb verpasst. Und bei allem Respekt für Saager ... Ich glaube nicht, dass sie hinter allem steckt.«

»Sondern?«

»Die ETH gehört dem Bund«, sagte Eschenbach. »Es müsste jemand ganz oben sein. Wer sonst könnte dem mächtigsten Institut im Land das Reden verbieten?«

14

Habicht, Walter

HOCHSCHWARZWALD, DIENSTAG,
7. AUGUST – 07:05 UHR

Ein halbes Jahr nachdem ich bei der UNA angeheuert hatte, flog ich mit Jeffrey Archer, dem Leiter der Einheit, nach Chantilly, Virginia. Der Grund unserer Reise war die jährliche Konferenz der Bilderberger, die Anfang Juni 2008 dort stattfand. Die Bilderberger sind ein privater Verein von einflussreichen Personen aus Politik, Militär und Wirtschaft, mehrheitlich rekrutiert aus NATO-Ländern. Bei ihrer Gründung im Jahr 1954 trafen sie sich zum ersten Mal im Hotel Bilderberg *in der Nähe von Arnheim in den Niederlanden, daher ihr Name.*

Jeffrey und ich trafen im Rahmen sogenannter Side Talks William Roebuck sowie einige Vertreter des US-Außenministeriums. Roebuck hatte unter der Bush-Administration mehrere Jahre in der US-Botschaft in Damaskus gearbeitet. Das Thema unserer Unterredungen war die von ihm verfasste Analyse der »Schwachstellen« der Regierung Assad sowie eine Liste von möglichen Methoden, mit denen sich eine Destabilisierung im Land erhöhen ließe. Eine zentrale Empfehlung Roebucks war, die religiösen Spannungen anzuheizen und eine Reihe von Dissidenten finanziell zu unterstützen.

In einem weiteren Gespräch, bei dem auch die US-Außenministerin Condoleezza Rice zugegen war, diskutierten wir, ob ein von den USA geforderter Regimewechsel in Syrien die notwendige politische Mehrheit in Europa fände. Bei den Bri-

ten war der Fall sonnenklar, und auch der deutsche Nahost-Experte Volker Perthes, Direktor der Stiftung für Wissenschaft und Politik in Berlin, schien dem Vorhaben positiv gegenüberzustehen. Perthes hat später das Projekt »The Day After« kolportiert, das den Sturz Assads und einen demokratischen Übergang in Syrien forderte.

Ein Problem war das zerstrittene französische Lager. Sarkozys Berater für den Mittleren Osten, Nicolas Galey, war dafür, der französische Botschafter in Damaskus, Eric Chevallier, dagegen. Nach seinen in Syrien gesammelten Erkenntnissen, so Chevallier, sei das Assad-Regime zu stark, als dass man es ohne größere Kollateralschäden aushebeln könne. Galey setzte sich am Ende mit seiner Position im französischen Lager durch.

Auf der Basis dieser und anderer Vorgespräche forderte Condoleezza Rice später in der abschließenden Plenarsitzung einen Regimewechsel in Syrien – und somit den Sturz von Baschar al-Assad. In der Tradition der Bilderberger Gespräche wurden weder von den »Side Talks« noch von den Plenarsitzungen Wortprotokolle erstellt.

Aus der vagen Idee der USA, die Region am östlichen Mittelmeer zu destabilisieren und einen Regimewechsel herbeizuführen, war ein Plan geworden. In der Folge begann man, diesen Schritt für Schritt umzusetzen. Auf der Suche nach Verbündeten vor Ort wurden die vier NATO-Länder USA, Großbritannien, Frankreich und Türkei rasch fündig. Die beiden sunnitischen Golfmonarchien Saudi-Arabien und Katar hatten ebenfalls ein Interesse daran, Assad zu stürzen. Dabei spielten – wie stets im Nahen Osten – die Rohstoffe Erdöl und Erdgas eine entscheidende Rolle.

Verglichen mit den Rohstoff-Krösussen Saudi-Arabien, Katar und Iran verfügt Syrien über keine großen Erdöl- und Gasreserven. Vor Ausbruch des Krieges lag die Produktion bei 400 000 Fass Öl pro Tag und 5 Milliarden Kubikmeter Erdgas pro Jahr. Absolut gesehen ist das nicht wenig, im Vergleich zu den Nachbarländern aber bescheiden. Und trotzdem hat der Angriff auf Syrien viel mit den beiden Rohstoffen zu tun.

Das Land der großen Handelsstraßen ist heute buchstäblich eine Art Kreuzung für Pipelines. Wer in Damaskus das Sagen hat, kontrolliert die Versorgung Europas mit Energie, wobei Erdgas immer wichtiger wird.

Das ist der zentrale Punkt, um den es geht, um den es auch schon bei der Suezkrise ging. Und wenn wir uns bewusst machen, dass Russland so etwas wie eine Monopolstellung in Europa hat, russisches Gas ist überall, dann sind auch die amerikanischen Interessen offenkundig.

Lenz hatte unruhig geschlafen. Ein paarmal war er mitten in der Nacht aufgewacht, weil er geglaubt hatte, im Haus Geräusche zu hören. Aber er hatte sich nicht getraut, das Zimmer zu verlassen. Auch das Licht hatte er nicht angeknipst. Still war er auf seinem Bett gelegen und hatte in die Dunkelheit hineingehorcht. Einmal hätte er schwören können, Motorengeräusche gehört zu haben.

War Isabel zurückgekehrt?

Am Vortag hatte er im Hofgut Sternen über drei Stunden gewartet. Aber sie war nicht gekommen. Schließlich hatte er sich doch noch zu einem Brettchen mit Wurst und Käse überreden lassen, obwohl er keinen Hunger hatte. Danach war er zurück zum Haus gelaufen. Aber auch dort hatte er Isabel nirgends finden können.

Sie komme erst später zurück, hatte Gertrud gemeint. Und auch beim Abendessen, das ihm die Köchin zubereitet hatte, war er aufs Neue vertröstet worden. Zum Schluss hatte Gertrud ihm die letzten Seiten zum Lesen gegeben, in Isabels Auftrag.

Wie bereits am Vortag waren die Notizen von Hand geschrieben und trugen dieselbe Überschrift:

AUFZEICHNUNGEN EINER REBELLIN (OHNE ZIEL).

Lenz war in den Sinn gekommen, dass er vergessen hatte, Isabel darauf anzusprechen. Er fand diesen Titel immer weniger überzeugend.

Besorgt über Isabels plötzliche Abwesenheit hatte er in seinem Zimmer die Pfeife zur Hand genommen, sie mit frischem Tabak gestopft und angezündet. Paffend hatte er am offenen Fenster gesessen und war Isabels Notizen durchgegangen.

Nun war Lenz aufgewacht. Das milde Licht des Morgens fiel in sein Zimmer. Er las den Text ein zweites Mal.

Dass die USA den Sturz der syrischen Regierung von langer Hand geplant hatten, erstaunte ihn nicht wirklich. Das Gebaren der Supermacht war typisch, fand er – ein Verhalten, das sich schon bei früheren Konflikten gezeigt hatte. Mehr erstaunte ihn, wie wenig das alles, inklusive des Gas- und Erdölthemas, Teil der öffentlichen Debatte geworden war. Gerade in den westlichen Medien, die der NATO nahestanden, gab es kaum kritische Töne.

Lenz fiel der berühmte Satz von Henry Kissinger ein. Der frühere Außenminister der USA hatte einmal behauptet, die öffentliche Meinung würde gemacht. Was damals kühn geklungen hatte, erschien heute geradezu banal. Eine simple Tatsache. Und noch nie in der Geschichte war es so einfach gewesen: Über die Klaviatur sozialer Netzwerke ließ sich die Masse dirigieren wie ein großes Orchester. Und am Ende wurde gespielt, was gefiel. Mainstream war die Wohlfühloase der Mehrheit. Der Machtmissbrauch durch diese Art von Informationspolitik war eklatant, geradezu pervers, fand Lenz. Nach seinem Empfinden wurde dadurch das Grundbedürfnis des Menschen nach Wahrheit verletzt. Lenz wunderte sich, weshalb nur wenige sich empörten. Gerade bei den jungen Leuten. Stattdessen nistete sich Politikverdrossenheit und eine Form von Gleichgültigkeit ein, die wenig Raum für Hoffnung ließ.

Das war es also, woran sie bei der UNA arbeiteten, dachte er sich und blieb noch eine Weile im Bett liegen. Sie bauten die Wahrheit, die ihnen passte, und ließen alles andere in einem Nebel von *Fake News* und alternativen Fakten verschwinden.

Niemand klopfte an die Tür.

Lenz ertappte sich dabei, dass er ein paarmal glaubte, er höre Isabels Stimme. Aber es war nicht so. Es war sein Gehirn, das noch einmal abspielte, was es vor vierundzwanzig Stunden aufgezeichnet hatte.

Das Frühstück für zwei stand auf dem Tisch, als Lenz eine halbe Stunde später den Essensraum betrat. Von Isabel keine Spur.

»Ich bin gerade in ihrem Schlafzimmer gewesen«, rief Gertrud, als sie Lenz entdeckte. Vom Flur kam sie herbeigeeilt und blieb mit einem Seufzer stehen. »Das Bett ist unbenutzt. Ich kann mir das nicht erklären.«

»Und ihr Wagen?«

»Steht in der Garage, da habe ich vorhin nachgesehen.« Ratlos hob sie die Schultern.

»Und die anderen Räume?«, fragte Lenz.

»Nichts«, sagte sie. »Das ist es ja eben, überall nichts.«

»Und ist Herr Kowalski da?«

Sie schüttelte den Kopf. »Hans hat ein Häuschen am Schluchsee. Er wohnt nicht hier.«

Lenz überlegte eine Weile. Wenn Isabels Wagen in der Garage stand, musste sie zurückgekommen sein. Vermutlich mitten in der Nacht. Dann hatte er sich doch nicht getäuscht, als er glaubte, Motorengeräusche gehört zu haben. »Seltsam«, murmelte er. »Und sie hat Ihnen keine Nachricht hinterlassen?«

Gertrud schüttelte abermals den Kopf. »Sehr ungewöhnlich ist das«, meinte sie. »Denn normalerweise gibt sie mir immer klare Instruktionen.«

»Ist Ihnen sonst etwas aufgefallen?«, wollte Lenz wissen.

»Nichts«, sagte sie, um gleich darauf innezuhalten. »Oder doch ... warten Sie. Eine Einkaufstüte. Sie steht in der Garage.«

Beide eilten durch den Gang, folgten der Treppe nach unten und fanden kurz darauf die besagte Tasche. SPORT BEHRINGER stand darauf.

»Es sind Schuhe«, sagte Gertrud, nachdem sie den Inhalt inspiziert hatte. »Wanderschuhe, Größe dreiundvierzig.«

»Ich vermute, die sind für mich«, grummelte Lenz. Er rieb sich das Kinn. »Gibt es einen Ort, den Isabel aufsucht, wenn sie alleine sein will?«

»Ihr Büro«, sagte Gertrud, ohne zu zögern.

»Und sonst? Ich meine, irgendwo draußen?«

Gertrud überlegte. »Draußen. Meinen Sie vielleicht den Moosweiher?«

»Das ist dort, wo wir gestern ...«

Sie nickte.

»Klar!«, rief Lenz. Warum war er nicht früher darauf gekommen? Ohne ein weiteres Wort verließ er das Haus. Nicht einmal die Wanderschuhe, die Isabel für ihn gekauft hatte, zog er sich an.

Eingewickelt in eine Wolldecke saß Isabel im Schatten der Bäume auf einer Holzbank nahe dem Wasser, keine fünf Meter von dem Ort entfernt, an dem sie am Tag zuvor gefrühstückt hatten. Tisch und Stühle standen nicht mehr dort.

Lenz entdeckte sie und atmete erleichtert auf.

Aus einer Baumkrone erklang der Schrei eines Vogels. Danach war es wieder still.

Bei der Bank angekommen, blieb er einen Moment stehen. Isabels Augen waren geschlossen. Es sah aus, als schliefe sie. Behutsam setzte sich Lenz zu ihr und legte ihr einen Arm um die Schultern.

Eine Weile verging, dann öffnete sie die Augen. »Schön, dass du gekommen bist.«

»Ich habe mir Sorgen gemacht«, sagte er leise.

»Das brauchst du nicht.«

»Es ist aber so.«

»Ich muss dir so vieles erzählen, Ewald ...« Ihre Stimme klang erschöpft, beinahe traurig.

»Geht es dir nicht gut?«

»Ich bin müde.« Sie sah Lenz von der Seite an. »Hast du die Wanderschuhe gesehen ... ich habe ganz vergessen, sie dir ins Zimmer zu stellen.«

»Wir haben sie gefunden«, sagte er. »In der Garage.«

»Und warum hast du sie nicht angezogen?«

Lenz zuckte mit den Schultern. »Ich bin einfach los ...«

»Das ist gut«, murmelte Isabel. Sie legte den Kopf an seine Schulter. »Einfach los, das bin ich damals auch ...«

»Und wo bist du hin?«, fragte Lenz, nachdem Isabel eine Weile geschwiegen hatte.

»Zu Walter in die USA. Hat er dir die Geschichte nie erzählt?«

Er schüttelte den Kopf und fragte sich, wie es Walter wohl ging.

Isabel schloss für einen Moment die Augen. »Weißt du, ich verdanke Walter eigentlich alles«, begann sie ohne aufzublicken. »Als mich Jeffrey Archer während eines dieser Symposien angesprochen hat, für die NATO zu arbeiten, da habe ich ihm zuerst einen Korb gegeben. Wir sind aber in losem Kontakt geblieben, während ich allerlei Jobs gemacht habe, meist als Freelancerin für irgendwelche Software- und Technobuden. Walter ging zurück in die USA. Er hatte mit James Watson einen prominenten Förderer, der ihn unterstützte.«

»Ich weiß«, sagte Lenz.

Isabel nickte. »Einer der brillantesten Köpfe des Jahrhunderts, hat Walter gemeint. Furchtlos, und in einer gewissen

Weise auch rücksichtslos – aber bis ins Mark der Wissenschaft verpflichtet. Walter mochte ihn sehr. Zusammen mit Watson schrieb er einige viel beachtete Papers, und eine Weile sah es danach aus, als würde Walter an der Harvard University eine furiose Karriere hinlegen.«

»Und weshalb ist daraus nichts geworden?«

»Walter hatte ein Nierenleiden, das ihn zunehmend lähmte ... zudem machte sein Rücken nicht mehr mit. Wegen der Sache mit den Prothesen.«

»So ein Idiot.« Lenz schüttelte den Kopf. »Ich habe versucht, ihm diesen Schwachsinn auszureden damals. Aber Walter war stur.«

»Und eitel«, fügte Isabel hinzu.

Lenz erinnerte sich ungern an den Streit zurück, den er mit Walter gehabt hatte, in ihrem gemeinsamen Zimmer, das sie während der Studienzeit am Hönggerberg angemietet hatten. Als klar war, dass sein Kommilitone und Freund die mit Abstand beste Lizentiatsarbeit geschrieben und an der offiziellen Feier der ETH eine Ehrung entgegenzunehmen hatte, war dieser geradezu besessen von der Idee. »Weißt du, wer ihm die schauerlichen Beinprothesen angefertigt hat?«

»Eigentlich waren es eher Stelzen«, sagte Isabel.

»Ein Automechaniker!«, stieß Lenz aus. »Weil Walter kein Geld hatte – und ich natürlich auch nicht, und weil keine Versicherung ihm diesen Schwachsinn finanzierte.«

»Er wollte den Preis für seine Arbeit auf Augenhöhe entgegennehmen«, erinnerte sich Isabel. »Das hat er mir gesagt.«

»Gestützt von ein paar Schrottteilen ...« Lenz schüttelte abermals den Kopf. »Und weißt du, was das Schlimmste an der Sache ist? Er hat nicht mehr aufgehört damit. Nächtelang hat er Gehübungen gemacht, und als er gemerkt hat, dass er noch immer hinkt, hat er sich einen Stock zugelegt. Ein Mann mit Stock sei immer noch würdevoller als ein Zwerg ohne, hat er gesagt.«

»So war er«, sagte Isabel nachdenklich. »Genau so.« Sie schlug die Wolldecke beiseite und setzte sich auf. »Als ich mich in der Schweiz mehr schlecht als recht durchgeschlagen habe und immer wieder in tiefe Depressionen gefallen bin, ohne Boden unter den Füßen, da hat er mich täglich angerufen. Das hat damals ein Vermögen gekostet. Walter hat es einfach bezahlt, ohne ein Wort darüber zu verlieren.«

Eine Weile blickten beide schweigend auf das Wasser. Dann stand Isabel auf. »Lass uns einen Spaziergang um den Weiher machen.«

Lenz erhob sich ebenfalls. Er krempelte die Hemdsärmel hoch, denn die Sonne hatte sich inzwischen über die Baumwipfel gewagt, es war warm geworden. »Gerne«, sagte er.

»Es war an einem dieser Abende«, erzählte Isabel, während sie nebeneinander hergingen. »Mir ist wieder einmal die Decke auf den Kopf gefallen. Hatte nur noch geheult, als Walter mich aus den USA anrief und sagte, er habe eine Überraschung für mich: ›Flugticket – Greencard – Job – und Wohnung!‹ Er sagte es in einem Wort, als gehöre alles zusammen. Ein *Rundum-Sorglos-Paket* hat er es genannt. Acht Tage später lag das Päckchen mit den Tickets in meinem Briefkasten. Ich habe meine Zelte abgebrochen und bin los.«

»Einfach so?«

»Klar.« Isabel blieb stehen und sah Lenz an. »Das kannst du dir natürlich nicht vorstellen.«

»Ehrlich gesagt, nein.«

»Eben.« Sie machte ein paar Schritte und zuckte mit den Schultern. »So grundverschieden sind wir beide. Für mich war es der einzige Weg, um alles hinter mir zu lassen. Die Sache mit dem Abort, der Aufenthalt im Burghölzli ...«

»Wie bitte?«, sagte Lenz. Fassungslos lief er ihr nach. »Du hattest einen Abort?«

»Das wusstest du nicht?«, fragte sie und ging weiter.

»Woher auch?«, rief Lenz. Tief erschüttert von dem, was

er soeben erfahren hatte, blieb er stehen. »Walter hat mir nie etwas davon erzählt.«

»Wir wollten Kinder, ein Haus … etwas ganz Normales. Wir hatten Pläne«, rief sie ihm zu.

Einige Meter entfernt voneinander sahen sich beide schweigend an.

Für einen kurzen Moment dachte Lenz daran, dass auch sie beide Pläne gehabt hatten. Nicht unbedingt Kinder, darüber hatten sie nie gesprochen. Aber ein Haus mit Garten, oder wie Isabel es genannt hatte, etwas ganz Normales. Plan B eben. »Ihr hättet es nochmals probieren können«, meinte er nach einer Weile.

»Es ging nicht mehr«, sagte sie. »Weil es Komplikationen gegeben hatte, musste man bei mir die Eileiter entfernen. So ist das eben.«

»Ihr hättet Kinder adoptieren können.«

»Es ist der Lauf der Dinge, Ewald. Lass uns über etwas anderes sprechen.«

Langsam ging Lenz auf sie zu, Schritt für Schritt, und als er Isabel erreicht hatte, umarmte er sie.

»Ich hatte nichts zu verlieren, Ewald – verstehst du? Ich dachte, du hättest dich von mir abgewandt, während ich im Burghölzli war. Und zurückgelassen habe ich darüber hinaus auch nicht viel. Außer ein paar oberflächlichen Bekanntschaften und … nun ja, einen Haufen unbezahlter Rechnungen.«

»Du hättest mich aber doch wenigstens einmal anrufen können.«

»Dich?« Isabel sah ihn verblüfft an. »Du warst weg.«

»Aber ich war da.«

Und wieder spielte sich vor seinem inneren Auge derselbe Film ab, der ihn ein halbes Leben begleitet hatte. »Ich habe dich besucht, Isabel. Immer wieder.« Lenz suchte nach Worten. Aber wie die Bilder in seinem Kopf waren auch die Worte immer dieselben. »Du hast mich kaum beachtet, Isabel. Du warst so abwesend, apathisch – bis Walter kam.«

»Na und?«, sagte sie und tippte ihm mit dem Finger auf die Brust. »Du hättest zu uns kommen sollen.«

»Ich habe dich gesehen, wie du gelacht hast, Isabel. Zusammen mit ihm, und wie ihr euch unterhalten habt.«

»Eben!« Isabel schüttelte den Kopf. Ihre langen weißblonden Haare fielen ihr ins Gesicht. »Vielleicht hätte ich noch mehr gelacht, wenn du dich zu uns gesellt hättest.«

Lenz dachte kurz nach, dann meinte er: »Ich konnte nicht.«

»Wegen Walter?«

Er nickte.

»Weil wir beide Mitleid hatten mit ihm«, sagte sie leise. »Das war es. Ich glaub, ich versteh's jetzt. Du hast ihm die Braut nicht ausspannen wollen und ich ... nun, ich konnte ihn einfach nicht verlassen.«

Langsam setzten sie sich wieder in Gang und gingen weiter, Seite an Seite.

»Ich war gestern wegen einer Sache bei ihm«, sagte sie und blieb unvermittelt stehen. »Deshalb habe ich unsere Verabredung nicht halten können.«

»Du warst bei Walter?«

Sie nickte.

»Und wie geht es ihm?«, wollte Lenz wissen.

»Walter ist tot.«

15

Es ist nur Gold

ZÜRICH, MITTWOCH, 8. AUGUST – 10:05 UHR

Nach seinem Gespräch mit Claudio machte Eschenbach einen Spaziergang. So konnte er in Ruhe nachdenken. Das Gespräch hatte ihm etwas zugesetzt. Außerdem fehlten ihm seine Zigarillos. Im *Tabaklädeli* besserte sich sein Befinden zunehmend. Schon das Schaufenster brachte ihn zum Schmunzeln: Ein maßstabgetreues Modell der *Frauenbadi* war zu sehen. Als Badegäste figurierten dicke Havannazigarren. Sie trugen kleine, handgefertigte Hüte und zeigten sich in den verschiedensten Posen.

»Sie sehen großartig aus«, begrüßte ihn die Verkäuferin hinter dem Tresen.

»Danke, Sie auch.«

»Ist es nicht ein prachtvoller Sommer?«

»Überaus wunderbar.«

»Zwei Packungen Brissagos, wie immer?«

»Eine«, sagte Eschenbach. »Ich war abstinent … fange erst wieder damit an.«

»Gesundheitshalber?«

»Ferienhalber … eine Auszeit.«

»Das ist nicht wahr!«, rief die Verkäuferin. »Erzählen Sie! Davon träume ich schon eine Ewigkeit.«

Am Ende blieb der Kommissar über eine halbe Stunde. Und weil er danach überhaupt keine Lust auf Büro hatte, ging er zu *Sprüngli*, trank einen Espresso und blätterte sich durch den Zeitungswald.

Er musste mit Ivy Köhler reden, das war klar. Widerwillig machte er sich auf den Weg. Im Präsidium sah er, dass die Tür zu ihrem Büro verschlossen war. Er klopfte. Nichts geschah. Offenbar war Köhler weg. Er ging zu Rosas Schreibtisch und fand auch diesen unbesetzt vor. Ein mulmiges Gefühl der Leere umfing ihn. Eschenbach machte die Runde und bemerkte, dass auch an den anderen Arbeitsplätzen im obersten Stock niemand saß.

Der Kommissar wusste nicht, warum, aber auf einmal sah er vor seinem inneren Auge die Schwarz-weiß-Bilder von Nagasaki, nachdem man dort die Atombombe abgeworfen hatte. Menschenleere Straßen, leer gefegte Plätze und Gassen. Grauenhafte Eindrücke. Er versuchte sie zu verscheuchen, dachte an Sonnenstrände, Sonnenuntergang und an Pizza Margherita, an irgendetwas anderes halt. Es gelang nur mäßig.

Kraftlos ging er zu seinem Schreibtisch, ließ sich in den Sessel fallen und signierte – ohne sie wirklich zu lesen – die Dokumente, die ihm seine Sekretärin hingelegt hatte: ESCHENBACH-ESCHENBACH-ESCHENBACH-ESCHENBACH-ESCHENBACH-ESCHENBACH-ESCHENBACH-ESCHENBACH.

Nachdem er mit der ganzen Tortur fertig war, griff er zum Telefon und rief Salvisberg an. Er musste mit jemandem reden.

»Lutz-Gräflin«, sagte eine fröhliche junge Stimme. »Wie kann ich Ihnen helfen?«

Eschenbach brachte keinen Ton heraus. Er räusperte sich. »Salvis – äh … B-berg«, stotterte er.

»Sie möchten Professor Salvisberg sprechen?«

»Ge-nau.«

Sie müsse den Professor suchen, sagte die Stimme, bat um Geduld und parkierte den Anruf in einer Warteschleife, in der ein Klavierkonzert von Rachmaninoff bereits in vollem Gange war. Es schepperte und hämmerte.

»Salvisberg«, raunzte es durch die Leitung.

»Gott sei Dank«, stieß der Kommissar aus.

»Sag mal ...« Der Pathologe hustete. Er war Kettenraucher, einer der letzten einer aussterbenden Spezies.

»Hör mit dem Rauchen auf, Kurt«, sagte Eschenbach. »Ehrlich ... ich hab's auch probiert, es geht.«

»Spinnst du?«

»Nein.«

»Du rufst an, um mir zu sagen, dass ich ...«

»Nein.«

»Hast du aber gerade gesagt.«

»Ich mach mir Sorgen«, begann der Kommissar zögerlich. »Eigentlich bin ich so gut drauf gewesen, nach meiner Auszeit. Ich habe gedacht, nichts könne mir was anhaben. Aber jetzt ...« Eschenbach atmete tief durch. »Jetzt glaube ich, dass mich das alles wieder einholt.«

»Miese Stimmung bei euch«, warf Salvisberg ein. »Ich hab's an deinem Welcome-Apéro gemerkt. Da kannst du dich auf was gefasst machen.«

»Eben«, seufzte der Kommissar. Er erzählte seinem Freund von dem Traum, den er gehabt hatte, und vom Gespräch mit Jagmetti. »Und dann sehe ich plötzlich Bilder von ausgebombten Städten.«

»Oje«, sagte Salvisberg.

»Was heißt denn das schon wieder?«

»Andropause«, grummelte der Pathologe. »Das bedeutet, dass dein Testosteronspiegel sich senkt. Stimmungsschwankungen, Schweißausbrüche und Angstzustände. Du bist in der Abänderung, mein Lieber!«

»Abänderung?«

»Das gibt's auch bei Männern. Das Alter klopft an die Tür.«

»Haha.«

»Lach nur, aber das ist nicht lustig. Wenn du ein paar blaue Pillen brauchst, könnte ich dir ...«

»Kurt«, rief Eschenbach ungeduldig. Er lehnte sich zurück und legte die Füße auf den Tisch. »Wenn's mit dem Vögeln nicht mehr klappt, melde ich mich. Aber im Moment plagen mich wirklich andere Probleme. Ich habe dir diesen Kalender gegeben, den aus der Wohnung des Toten. Erinnerst du dich?«

»Klar. Da ist nichts drauf.«

»Bist du sicher?«, fragte der Kommissar. »Ich meine, hast du ihn untersucht?«

»Ich untersuche Leichen.«

»Kurt!« Eschenbach sog hörbar Luft durch die Nase. »Ihr habt bei euch Mikroskope, Röntgengeräte, was weiß ich. Vielleicht hat da wirklich mal etwas draufgestanden ... wäre ja möglich.«

»Du hoffst auf einen Lotto-Sechser und gibst einen leeren Zettel ab?«

»Ja, so ungefähr.«

Husten. Langes, anhaltendes Husten erklang.

»Bist du noch dran?«

»Ja, verdammt.«

»Tu's mir zuliebe«, sagte Eschenbach. »Bitte ... Und wenn du was findest, gibt's ein Essen.«

»Kann ich wählen?«

»Ja.«

»Es wird dich ruinieren.« Salvisberg lachte heiser. »Finanziell, meine ich.«

Eschenbach grinste. »Von mir aus.« Langsam nahm er die Füße von der Tischplatte, kramte das Goldstück, das er bei Lenz gefunden hatte, aus der Hosentasche und sah es sich an. »Ich kann bezahlen«, meinte er. »Und wenn du nichts findest, dann lädst du mich ein, okay?«

»Spinnst du?«, erwiderte der Pathologe. »In diesem Fall

werde ich dir die Rechnung schicken, und die wird dich gleich zweimal ruinieren.«

»Superdeal«, meinte der Kommissar. Er steckte die Münze wieder ein und erhob sich. »Hast du es bis morgen?«

Salvisberg fluchte, grummelte ein paar unverständliche Worte, dann verabschiedeten sie sich.

Auf dem Weg zum Aufzug begegnete Eschenbach Rosa. Sie trug ein türkisfarbenes Leinenkleid, an ihrer Schulter hing an langen bunten Stoffkordeln eine Strandtasche.

»Da sind Sie ja«, rief Eschenbach.

»Sie haben mich vermisst?«

»Und ob«, meinte er und musterte sie. »Sie sehen aus wie Gina Lollobrigida in einem dieser Filme aus den Fünfzigern.«

»Pah«, machte Rosa. Sie nahm die große Sonnenbrille ab und sah ihn amüsiert an. »Ich bin eine Runde schwimmen gegangen«, meinte sie. »Aber bei der Hitze ist die ganze Erfrischung gleich wieder für die Katz.«

Erst jetzt realisierte der Kommissar, dass Mittagspause war und die Pulte deshalb leer gewesen waren. »Die andern kommen also auch noch«, meinte er erleichtert, mehr zu sich selbst.

Rosa sah ihn wortlos an, setzte die Sonnenbrille wieder auf und schüttelte den Kopf.

Ein paar Minuten später trat der Kommissar ins Freie. Eine Backofenhitze empfing ihn. Eschenbach zog sein Jackett aus und ging die Sihl entlang in Richtung Stauffacher. Schon nach wenigen Metern war er schweißgebadet. Unter einer der Platanen trocknete er sich mit dem Stofftaschentuch die Stirn. Weiter oben, bei der Tramhaltestelle, wartete er im Schatten der Häuser auf den Neuner, stieg ein und fuhr bis zum Bellevue.

»Du lieber Schwan«, begrüßte ihn Urs Pfister, als er das

kleine Uhrengeschäft an der Ecke neben der Kronenhalle betrat. »Dich habe ich schon eine Ewigkeit nicht mehr gesehen.«

»Ich war weg«, sagte Eschenbach.

»Weg ist immer gut.«

Eschenbach nahm die Goldmünze aus der Hosentasche und legte sie vor Pfister auf den kleinen, mit Büchern, Uhrbändern, Schreibzeug und anderem Kram belegten Tresen. »Kennst du dich mit Goldmünzen aus?«

Pfister sagte nichts. Er nahm die Münze, wog sie in der Hand, griff nach seiner Uhrmacherlupe, setzte sie auf und sah sich die Münze an. »Du heiliger Strohsack«, meinte er nach einer Weile.

»Jetzt mach bloß nicht so ein Theater«, sagte Eschenbach. »Es ist Gold, okay. Zwanzig amerikanische Dollar, Jahrgang 1933 – aber eine Weltsensation ist das ja wohl nicht.«

»Hast du eine Ahnung!« Der Fünfundsechzigjährige, der am Bellevue das kleinste, aber tollste Geschäft für gebrauchte Uhren betrieb, pfiff durch die Zähne. »Lass mich das zuerst abklären – da möchte ich ganz sicher sein. Fünf Minuten, okay?«

»Von mir aus«, sagte der Kommissar. Er sah dem Mann mit dem silbernen, nach hinten gekämmten Haar nach, wie er die Ladentür absperrte und dann in sein kleines Kabäuschen verschwand. Pfister war kein Spezialist für Goldmünzen, das wusste Eschenbach. Was den Uhrmacher auszeichnete, war sein schier untrügliches Auge, wenn es darum ging, Echtes von Falschem zu unterscheiden. Als einer der größten Händler von gebrauchten Uhren in der Schweiz musste er zwangsläufig über dieses Talent verfügen. Außerdem war der Mann verschwiegen und hatte Eschenbach schon in einigen Fällen von Schmuck- und Uhrenfälschungen gut beraten.

Die Minuten vergingen. Vor der Ladentür sammelten sich knapp zehn Leute. Sie drückten die Nase an die Scheibe, hinter der eine Auswahl von über tausend Arm- und Taschenuhren ausgestellt war. »Willst du die nicht reinlassen?«, rief Eschenbach.

»Wer ist es denn?«, kam es von hinten.

»Touristen … Chinesen, Japaner, was weiß ich.«

»Nein, um Gottes willen«, rief der Uhrmacher. »Die kommen rein, fragen mir Löcher in den Bauch und schauen sich die Uhren an. Aber kaufen tun die dann doch nichts. Sag, wir sind geschlossen.«

»*We are closed!*«, rief der Kommissar. Unsicher, ob man ihn hinter der Panzerglasscheibe draußen auch hörte, schüttelte er den Kopf, machte abwehrende Handbewegungen. Irgendwie kam er sich albern vor.

Die Chinesen, Japaner, alle lächelten freundlich und winkten Eschenbach zu.

»Du liebe heilige Madonna, jetzt sag bloß …« Pfister stand plötzlich wieder hinter dem Tresen, holte tief Luft und sah Eschenbach besorgt an. »Wo um alles in der Welt hast du die her?«

»Ist sie echt?«

»Woher, will ich wissen.«

»Kann ich nicht sagen.«

»*Bullshit* – mir schon.«

»Urs, nein. Echt nicht. Warum?«

»Warum?« Pfister schüttelte den Kopf. »Wenn du dir nur die geringste Mühe gemacht hättest und wenigstens mal ins Internet geschaut …«

»Ach, das Internet.«

»Ja, genau das meine ich. Du bist ein Ignorant. Dabei ist es so einfach. Abschreiben, was draufsteht, und eingeben. Das müsste sogar für einen Kommissar der Zürcher Polizei zu machen sein.«

»Urs, sag schon. Echt oder falsch – und vor allem, was ist sie wert?«

»Millionen!«

»Was?« Ungläubig sah Eschenbach den Uhrmacher an.

»Wenn die Münze echt ist«, begann Pfister. »Ich kann es dir nicht zu hundert Prozent sagen. Aber wenn sie es ist ...«

»Kein Theater, Urs.«

Pfister holte Luft. »Dann ist es die wertvollste und wohl auch seltenste Münze auf diesem Planeten.«

»Echt?«

Pfister hob die Schultern. »Den 33er-Doppeladler dürfte es eigentlich gar nicht geben. Aber jetzt mal alles der Reihe nach. So, wie die Münze da liegt, ist es eine Prägung nach dem Entwurf des amerikanischen Bildhauers Saint-Gaudens. Mehr oder weniger Dutzendware. Ein Goldvreneli auf Amerikanisch sozusagen. Geprägt wurde sie in dieser Form von 1907 bis 1933. Aber jetzt kommt's. Im Rahmen der 1929 beginnenden Weltwirtschaftskrise ist es zu einer weltweiten Geldentwertung gekommen. Die Leute trauten dem Finanzsystem nicht mehr und fingen an, ihr Papiergeld in Gold zu tauschen. Diese Flucht ins gelbe Metall sollte gestoppt werden. Und zu diesem Zweck hat der damalige Präsident Franklin D. Roosevelt den Banken untersagt, Gold oder aus Gold geprägte Münzen herauszugeben. Weil nun aber der 33er-Doppeladler ...« Pfister, der die Münze immer noch in der offenen Hand hielt, deutete mit dem Kinn darauf. »Also genau eben dieser hier bereits in großer Menge geprägt worden war, entschied man, die ganze Produktion wieder einzuschmelzen.«

»Dann ist es also doch eine Fälschung«, folgerte Eschenbach.

»Jetzt wart doch mal ab«, sagte Pfister ungeduldig. »Weil das Beste kommt erst.«

»Schon gut.«

»Also ... siehst du, jetzt weiß ich schon nicht mehr weiter. Wo war ich stehen geblieben?«

»Sind alle eingeschmolzen worden ...«

»Genau«, sagte Pfister. »Und bitte unterbrich mich nicht mehr. Du bringst mich sonst aus dem Konzept.«

»Klar.«

»Eben. Die haben die eingeschmolzen. Aber auf mysteriöse Weise sind ein paar Münzen dem Schicksal des Schmelzofens entgangen und in private Hände gelangt. Wie viele es genau waren …« Der Uhrmacher zuckte mit den Schultern. »Offiziell geht man von zehn bis fünfzehn Stück aus. Der Geheimdienst hat alles unternommen, um sie wiederzufinden. Schließlich waren die Münzen illegal und ihr Besitz demnach strafbar. Eine hoheitliche Streitsache also. Der Ausbruch des Krieges erschwerte die Suche, und am Ende dauerte es über zwei Jahrzehnte, bis die Double Eagles endlich in den entlegensten Winkeln der Erde aufgespürt und beschlagnahmt worden waren.«

»Dann ist es«, meinte der Kommissar, der zur Konversation auch etwas beitragen wollte, »wie ich vorhin gesagt habe, eine Fälschung.«

»Du hast wirklich keine Geduld«, bemerkte der Uhrmacher. »Weil die Geschichte geht noch weiter …«

Eschenbach schmerzte der Rücken. Aber weil es in dem kleinen Laden von Pfister weder einen Stuhl noch einen Schemel gab, musste er wohl oder übel weiter im Stehen zuhören. »Mach's bitte kurz, Urs«, bat er.

»Nein«, sagte Pfister. »Diese Geschichte ist ein Epos. Und ich sag dir, wenn diese Münze echt ist, dann hast du den heiligen Gral der Numismatik in den Händen.«

»DU hast ihn in den Händen, Urs.«

Der Uhrmacher ging auf Eschenbachs Anspielung nicht ein. Er dachte auch noch nicht daran, ihm die Münze wieder auszuhändigen. Stattdessen fuhr er mit der Geschichte fort, wobei er abermals Eschenbachs Hilfe benötigte.

»Wo war ich stehen geblieben?«

»Urs!«

»Ich bin ein alter Mann und …«

»Die restlichen Münzen sind vom Geheimdienst eingesammelt worden, hast du gesagt. Überall auf der Welt.«

»Genau. Und eine Münze ... von der weiß man, dass sie einen ganz anderen Weg eingeschlagen hat. Sie ist über verschlungene Pfade in die Münzsammlung von König Faruk gelangt. Da war sie dann eine Weile lang ganz offiziell Teil der vielleicht größten Münzsammlung der Welt. Das war ungefähr 1944.«

»Und dann?«, fragte der Kommissar ungeduldig.

»Und dann, und dann«, giftelte Pfister genervt, die Uhrmacherlupe noch immer aufgesetzt. »Könnt ihr Polizisten nicht einfach mal ruhig zuhören, wenn man euch etwas erzählt? Ist das eine *Déformation professionelle*, dass ihr immer fragen müsst und-dann-und-dann-und-dann? Ewig fragen?«

Eschenbach sah in das durch die Lupe vergrößerte Auge seines Gegenübers. Ewig fragen, dachte er. Vielleicht war es genau das, was ihn über all die Jahre so ermüdet hatte. »Okay«, meinte er. »Ich sage nichts mehr, du hast recht.« Und weil er sah, dass Pfister wieder den Faden verloren hatte, gab er ihm noch das Stichwort. »König Faruks Münzsammlung, hast du gesagt. Und wenn ich nicht irre, ist Farouk Anfang der Fünfziger gestürzt worden ...«

»Genau«, sagte Urs Pfister. »Nach dem Sturz des größten Münzsammlers aller Zeiten sind seine Schätze über Auktionen wieder auf den Markt gelangt. So auch der Doppeladler von 1933. Das US-Schatzamt bekommt Wind, dass die Münze versteigert werden soll, und erhebt Einspruch. Und dann geschieht etwas Merkwürdiges.«

An dieser Stelle machte Pfister eine kurze Pause und sah Eschenbach an.

Aber der Kommissar lächelte nur.

»Sehr gut«, sagte der Uhrmacher und grinste. »Weil das Goldstück verschwindet jetzt nämlich spurlos – für fast ein halbes Jahrhundert.« Wieder hielt Pfister inne.

»Komm, Urs«, sagte Eschenbach, dem die Geheimnistuerei Pfisters langsam auf die Nerven ging. »Erzähl's einfach. Ich höre ja zu.«

»Geduld ist die Tugend der Uhrmacherei.«

»Ein halbes Jahrhundert, Urs. Und dann?«

Pfister schüttelte den Kopf. »Na gut. Mitte der Neunzigerjahre taucht der Zwanziger wieder auf. Ein britischer Münzhändler bietet die Rarität im New Yorker Nobelhotel *Waldorf Astoria* zwei Interessenten an. Aber der Gute hat Pech. Die angeblichen Käufer sind Undercoveragenten des amerikanischen Geheimdienstes. Die Münze wird beschlagnahmt und findet wieder dorthin zurück, wo sie geprägt wurde: ins U. S. Mint. Ein langwieriges Verfahren zur nachträglichen Legalisierung der Münze beginnt. Das dauert. Und knapp zehn Jahre später wird sie von Sotheby's für sage und schreibe 7,59 Millionen Dollar versteigert.«

16

Liberty und andere Göttinnen

ZÜRICH, MITTWOCH, 8. AUGUST – 14:43 UHR

»Wie bitte?«, fragte Eschenbach irritiert.

»Sieben Komma fünf neun Millionen«, wiederholte Urs Pfister und grinste breit. »Verstehst du jetzt, weshalb ich schier aus den Latschen gekippt bin, als du mir die gezeigt hast?«

Eschenbach nickte. Noch immer fassungslos, wiederholte er die Zahl wie ein Mantra. »Du lieber Himmel, und das für einen fünflibergroßen Goldtaler.«

Eine Pause entstand.

»Und wer zum Teufel ...« Der Kommissar schluckte die Frage, die er stellen wollte, hinunter und schwieg. Er hatte mit sich selbst eine Wette abgeschlossen, ob es ihm gelänge, Pfister nicht mehr zu unterbrechen. Weil er nur ungern verlor, schon gar nicht gegen sich selbst, kam kein Wort mehr über seine Lippen.

Pfister hielt inne, sagte »Tja ...« und hob – um die Spannung zu erhöhen – für einen Moment die Schultern. Erst als er sicher war, dass der Kommissar still sein würde, fuhr er fort.

»Die Münze hat ein anonymer Unbekannter ersteigert ... Das ist es doch, was du wissen wolltest, oder?«

Eschenbach zählte innerlich auf zehn, und als Pfister noch immer schwieg, meinte er: »Das ist ein Pleonasmus, Urs ... ein weißer Schimmel. Anonyme sind immer Unbekannte.«

»Meinst du?« Der Uhrmacher entledigte sich seiner Lupe und blinzelte dem Kommissar zu. »Ich nehme an, für dich nicht. Du kennst den Besitzer ... also so ganz weiß ist dieser Schimmel nicht.«

Eschenbach konnte sich ein Grinsen nicht verkneifen. »Danke«, sagte er und streckte seine Hand aus.

Nach einem kurzen Zögern gab Pfister ihm das Goldstück zurück.

»War ein Vergnügen«, sagte er. »Und keine Sorge. Der Besitz dieser Münze ist nicht mehr strafbar. Mit dem Zuschlag hat der Bieter auf den Endpreis nämlich noch 20 Dollar drauflegen müssen. Diese entsprechen exakt dem aufgeprägten Nennwert der Münze und sind ans Schatzamt der USA gegangen. Damit haben die Vereinigten Staaten von Amerika erstmals und historisch einmalig den einzigen ›Double Eagle‹ von 1933 als offizielles Zahlungsmittel zugelassen. Aber ich nehme an, dein Unbekannter weiß das.«

»Gut möglich«, meinte der Kommissar.

Pfister zögerte abermals. »Darf ich die Münze noch einmal in die Hand nehmen?«

Eschenbach gab sie ihm.

Der Uhrmacher betrachtete das Goldstück eine Weile ohne Lupe – mit Hingabe und sichtlich gerührt, als hätte er gerade einen Liebesbrief gelesen – und meinte: »Schön ... einfach nur schön.«

»So ist es«, sagte auch der Kommissar, als er die Münze wieder an sich nahm. »Du meinst also, sie ist echt?«

»Ich habe mir vorhin erlaubt, ein Stäubchen als Probe zu nehmen«, meinte Pfister vielsagend. »Im Tausendstel-Gramm-Bereich, wohlverstanden. Keine Sorge.«

»Und wann hast du das Ergebnis?«

Der Uhrmacher stutzte über die Frage, lachte dann aber laut auf. »Ach, nein! Den Goldstaub werde ich mir in Plexiglas einschweißen lassen, das ist nur für mich. Mein Honorar, sozusagen. Und irgendwann werde ich mir die Filmrechte an dieser Geschichte sichern.«

»Urs!«

»Natürlich ist die Münze echt – Herrgott noch mal. Und jetzt mach dich vom Acker!«

Mit schmerzendem Rücken und einem Bärenhunger stellte sich Eschenbach in die Schlange vor dem *Sternengrill*. Zehn Minuten später, mit Bratwurst und einem Bürli in der Hand, suchte er sich am Limmatquai eine Bank und setzte sich. Kauend sah er auf den Fluss. Ein Glasdachboot mit Touristen tuckerte stromaufwärts in Richtung See.

Nahezu sieben Komma sechs Millionen Dollar war das Goldstück wert, das er bei Lenz entdeckt hatte. Versteckt in seiner Tabakdose! Es war zum Verrücktwerden. Woher hatte sein Freund so viel Geld? Lenz hatte fast sein ganzes Leben als Beamter gearbeitet – Lohnklasse XII. Aus einer reichen Familie kam er nicht, und selbst wenn er sparsam lebte – wer konnte davon schon Millionen zur Seite legen? Hatte tatsächlich Lenz die Münze ersteigert? Und überhaupt: Wo war er? Eine Frage nach der anderen zog durch Eschenbachs Hirn. Und weil er auf keine eine Antwort wusste, kamen die Fragen wieder. Ein munteres Karussell, bei dem es einem schwindlig werden konnte. In einem plötzlichen Anfall von Panik kontrollierte der Kommissar, ob die Münze noch in seiner Hosentasche war. Er fand sie, nahm sie heraus und betrachtete eine Weile das glänzende Metall auf seiner Handfläche. LIBERTY – die Seite mit der Freiheitsgöttin lag obenauf. Verwegen, mit vorgestreckter Brust und einem Stab in der Rechten, sah die junge Frau ihn an.

Waren Göttinnen eigentlich immer jung und schön oder gab es auch alte, hässliche? Venus, fiel ihm ein, Hera, Demeter und Aphrodite. Und schon hatte er das Durcheinander, in das er sich immer wieder verstrickte. Das griechisch-römische

Götterchaos. War Venus nicht das römische Pendant zur griechischen Aphrodite – beide also ein und dieselbe? Verführerisch schön, wie es sich für Liebesgöttinnen gehörte. Liberty, das wusste er, entstammte der römischen Göttin Libertas, und sie musste – weil sie schließlich für die Freiheit stand – ebenfalls attraktiv sein.

Die Moiren kamen ihm in den Sinn, jene sagenumwobenen griechischen Göttinnen des Schicksals, die den Lebensfaden spannen. Waren auch sie jung und hübsch? Eschenbach versuchte sich an deren Namen zu erinnern. War nicht Parca eine von ihnen? Aber nein, das war wiederum eine Italienerin – denn schließlich hieß das spinnende Trio in der römischen Version »die Parzen« – eindrücklich besungen von Goethe, Hölderlin und Heine. Parca war die Geburtsgöttin. Aber war sie nicht auch die dritte Parze, die Todbringende – jene, die am Ende den Lebensfaden wieder durchtrennte? Jetzt hatte er die Sache fast beisammen.

Egal, wie die Dritte hieß, sie konnte unmöglich hübsch sein, befand der Kommissar. Vermutlich war sie eine alte, frustrierte Henkerin mit hässlichen Runzeln auf der Stirn. In einem Disneyfilm hätte sie bestimmt schwarz lackierte Fingernägel.

Liberty hingegen strahlte golden unter der Mittagssonne. Aber frei fühlte sich Eschenbach keineswegs. Was wäre, wenn er dieses Sieben-Komma-fünf-neun-Millionen-Dollar-Stück verlieren würde?

Schlüsselbund, Handy, Portemonnaie: Es gab kaum etwas, das er in seinem Leben nicht schon verloren hatte. Dinge, die deutlich größer waren als dieser Doppeladler. Der Kommissar überlegte, ob er am Bahnhof ein Schließfach nehmen sollte, um die Münze sicher zu verwahren. Anstelle des Goldstücks hätte er dann einen Schlüssel. War das besser?

Oder wie wäre es mit einem Bankschließfach? Es gab Leute, die ihren Schmuck darin aufbewahrten. Eschenbach, der sich damit nicht wirklich auskannte, sah auf das Wasser. Ein junger Mann stand mit einem Paddel auf einem Brett und versuchte sein Gleichgewicht zu halten. Das Auf und Ab der Wellen setzte ihm zu. Immer wieder sah es aus, als stürze er.

Auch Eschenbach hatte das Gefühl, keinen Halt mehr zu haben. Seit er wusste, wie viel diese gottverdammte Münze wert war, konnte er keinen klaren Gedanken mehr fassen. Obwohl er sich nie groß mit Geld beschäftigt hatte, stellte er sich nun vor, Millionen in Papierscheinen mit sich herumzuschleppen.

Ungefähr zehn Jahre zuvor hatte er für eine Übergabe einen Koffer mit achthunderttausend Franken durch die halbe Stadt getragen. Die Geldscheine inklusive Koffer wogen damals etwa fünf Kilo.

Schweiß tropfte ihm von der Stirn.

In Gedanken sah er acht schwarze Lederkoffer neben sich auf der Bank liegen. Aufgetürmt – ein dunkles, mächtiges Gespenst. Und wie damals der eine Koffer waren auch sie an sein rechtes Handgelenk gekettet. Fünfunddreißig Kilo waren es bestimmt. Nicht einen einzigen Meter würde er damit zurücklegen können. LIBERTY – von wegen!

Eschenbachs Hand begann zu zittern. Vor seinem geistigen Auge sah der Kommissar, wie ihm das Goldstück langsam durch die Finger glitt, wie es zu Boden fiel und danach hüpfend in immer kleiner werdenden Sprüngen in Richtung Limmat kullerte.

Er schrie auf und schloss die Hand.

»Ist Ihnen nicht gut?«, fragte eine Passantin. Sie stellte ihre zwei Einkaufstaschen vor Eschenbach auf den Boden und sah den Kommissar besorgt an. »Sie sind bleich. Haben Sie auch genug getrunken? Mindestens drei Liter pro Tag, sagen die Ärzte. Besonders in unserem Alter.«

Eschenbach schluckte leer und betrachtete die Frau. Wie eine Göttin sah sie nicht aus. Sie war klein, bestimmt über sechzig und trug auch ohne ihre Einkäufe einiges an Übergewicht mit sich herum. Sie griff in eine ihrer Einkaufstaschen.

»Alles okay bei mir«, sagte der Kommissar.

»Coca-Cola«, sagte sie. Schnaufend zog sie eine 1,5-Liter-Petflasche hervor, die von außen beschlagen war, öffnete sie und streckte sie dem Kommissar entgegen. »Sie sind dehydriert, ich kenne das. Trinken Sie. Die ist kalt.«

Eschenbach hasste Coca-Cola, trank aber trotzdem einen Schluck und bedankte sich mit klebrigem Mund. »Sie haben recht, jetzt geht es mir schon viel besser.« Während er ihr die Flasche zurückgab, bemerkte er, dass sein Gegenüber schwarz lackierte Fingernägel hatte.

»Sehen Sie.« Abermals bückte sich die Frau und zog ein Paket mit Lyoner-Wurst hervor. »Gegessen haben Sie bestimmt auch noch nichts.«

»Doch, doch!« Der Kommissar zeigte ihr den Pappteller mit Serviette und Resten von Senf. Er stand auf und warf die Abfälle in den Behälter neben der Bank. »Es geht mir wirklich prima.«

»Und Dessert?«, rief sie ihm zu. »Ich habe noch Tiramisu und eine Packung mit Crèmeschnitten, sehen Sie?« Den Inhalt der einen Tasche hatte sie bereits auf der Sitzbank ausgebreitet.

»Ich muss wirklich los«, sagte er. »Machen Sie's gut.«

»Sie auch«, meinte die Frau. Und mit einem Blick auf seine linke Hand fragte sie: »Haben Sie sich wehgetan?«

»Wieso meinen Sie?«

»Sie halten Ihren Arm so komisch.«

»Ach, den!« Der Kommissar hob die Faust, die die Münze sicher umschloss. »Ein Tennisarm. Bin aber schon auf dem Weg der Besserung.«

»Sind Sie denn Linkshänder?«

»Doppelhänder«, rief Eschenbach. Er hatte sich bereits einige Schritte von der Frau entfernt, als ihm wieder einfiel, wie es sich mit der dritten Schicksalsgöttin verhielt. Parca trug auch den Namen *Morta*. Sie war für die Geburt und den Tod gleichsam zuständig. Der Kommissar ärgerte sich, dass er nicht gleich auf den Namen gekommen war. Ohne sich noch einmal umzudrehen, machte er sich in Richtung Central davon.

Auf dem Weg ins Büro versuchte Eschenbach Jagmetti zu erreichen. Aber so, wie es schien, war der Bündner wie vom Erdboden verschluckt. Ein paarmal versuchte es der Kommissar auch bei Ivy Köhler. Aber auch sie meldete sich nicht.

»Claudio hat sich den Nachmittag freigenommen«, meinte Rosa, als Eschenbach im Präsidium ankam. Der Schweiß lief ihm den Rücken hinunter.

»Das hätte er mir auch sagen können.«

Rosa zuckte nur mit den Schultern.

»Und Köhler?«, wollte Eschenbach wissen.

Rosa schüttelte den Kopf. »Die habe ich seit heute Morgen nicht mehr gesehen.«

»War sie denn überhaupt da?«

»Und ob.« Rosa nahm die Brille ab, seufzte und meinte: »Habe ich Ihnen das nicht erzählt? Völlig vergessen wahrscheinlich, oder verdrängt, das trifft es eher.« Sie legte ihre Hände in den Schoß, holte tief Luft und meinte: »Als ich heute kurz nach sieben ins Büro gekommen bin, war die Köhler schon da. Sie hatte offenbar eine Besprechung. Zwei Herren waren bei ihr. Ich konnte das sehen, weil die Türe halb offen stand. Also habe ich gedacht, die nehmen bestimmt einen Kaffee. Ist ja nicht abwegig, oder?«

»Absolut nicht«, sagte der Kommissar und schüttelte den Kopf.

»Eben, das dachte ich mir auch. Also bin ich reingegangen. Das heißt, ich habe vorher sogar noch geklopft.« Rosas Lippen wurden schmal, ihr Kinn begann zu zittern. Eschenbach bemerkte, das irgendetwas sie gehörig mitgenommen hatte.

»Und weiter?«

»Die hat mich so was von angepfiffen. Was mir denn einfiele, und ob ich denn sonst nichts zu tun hätte.« Rosa schossen die Tränen ins Gesicht. »Entschuldigen Sie ... und dann hat sie mich verscheucht wie eine lästige Fliege.«

Rosa senkte ihren Blick, nahm ein Päckchen Papiertaschentücher aus der Schublade und schnäuzte sich. »So eine dumme Kuh«, murmelte sie.

»Haben Sie die Leute erkannt?«, wollte Eschenbach wissen.

»Zwei Männer«, schniefte sie. »Keine Ahnung. Ich habe die noch nie bei uns gesehen.«

»Wirklich?«

»Wenn ich es doch sage«, erwiderte Rosa aufbrausend. »Einer war um die vierzig, der andere deutlich älter. Sie trugen Anzüge und Krawatten.«

Ein letztes Mal tupfte sich Rosa mit dem Papiertaschentuch über Augen und Wange, danach zerknüllte sie es und warf es in hohem Bogen in den Papierkorb. »Ich möchte ganz offen mit Ihnen sein. Es hat nichts mit Ihnen zu tun, Sie sind ein großartiger Mensch, aber ...«

»*Aber* ist nie gut«, unterbrach sie der Kommissar.

»Ich muss mir das nicht gefallen lassen«, fuhr sie fort. »Von niemandem, wissen Sie? Und es ist auch nicht so, dass ich nirgends mehr unterkomme ...«

»Frau Mazzoleni!«

»Frau Mazzoleni kündigt«, sagte Rosa energisch. Sie hob ihr Kinn und sah Eschenbach entschlossen an. »Es ist aus und vorbei, Kommissario. *Tempi passati.* Und sagen Sie jetzt nicht, dass ich mir das noch mal überlegen soll.«

»Doch«, sagte er. »Genau das sollten Sie aber tun!«

Rosa schüttelte den Kopf wie ein Kind, das nicht mehr zur Schule will, weil es dort geschlagen, gemobbt und gehänselt wird. »Ich habe lange mit diesem Entscheid gerungen«, murmelte sie. »Wirklich lange. Es hat angefangen, kurz nachdem Sie gegangen sind. Und ehrlich gesagt ...« Rosa holte tief Luft. »Ich habe die Tage bis zu Ihrer Rückkehr gezählt und Kreuze gemacht in meinem Kalender.« Sie kramte in ihrer Tasche nach dem roten Moleskine.

Etwas verlegen sah Eschenbach ihr dabei zu. Er kannte das kleine Büchlein, in das sie ihre Termine einschrieb, nur zu gut.

»Hier, sehen Sie«, sagte Rosa. »Hundertzwölf lange, verschissene Tage.« Sie blätterte in den Monaten Mai, Juni und Juli vorwärts und zurück.

»Es sind gerade einmal drei Tage vergangen, seit ich wieder hier bin«, meinte der Kommissar beschwichtigend. »Jetzt geben Sie mir doch eine Chance.« Eindringlich, ein wenig verzweifelt fast, sah er sie an.

»Ja, natürlich«, sagte Rosa und klappte ihr Büchlein zu. »Alles wird gut. Ich kenne Ihr Credo, das sagen Sie immer. Und ich habe ja auch gedacht, wenn Sie wieder da sind, wird es besser. Aber so ist es ja dann nicht gekommen – im Gegenteil.« Einen kurzen Moment sah sie Eschenbach an, senkte ihren Blick wieder und fuhr fort: »Ihre E-Mails, Kommissario: Haben Sie denn nicht bemerkt, dass da kaum noch etwas reinkommt? Man umgeht Sie, das ist so etwas von offensichtlich. Und ich sage Ihnen noch etwas, und da muss man kein großer Prophet sein: Die Saager wird Ihnen ein hübsches Angebot machen, damit Sie sich frühzeitig pensionieren lassen.«

»Jetzt kommen Sie nicht auch noch damit!«, rief Eschenbach wütend. »Ich bleibe, und basta!«

»Natürlich.« Rosa nahm ihre Brille, setzte sie auf und strich die Haarsträhne, die ihr ins Gesicht gefallen war, hinters Ohr. »Ich weiß, das sagen Sie jetzt mir zuliebe. Aber das müssen Sie nicht. Meine Kündigung liegt auf Ihrem Tisch. Claudio wird auch einen Weg für sich finden. Und Sie? Nehmen Sie das Angebot an, das man Ihnen machen wird. Ich bitte Sie darum.«

Eschenbach schüttelte den Kopf und dachte eine Weile nach. »Haben Sie eigentlich einen Schlüssel zu Köhlers Büro?«

Rosa sah ihn irritiert an.

»Einen Schlüssel, Frau Mazzoleni.«

»Es gibt einen Generalschlüssel, wenn Sie das meinen.«

Rosa zog ein schwarzes Täschchen aus der Schreibtischschublade. »Der sollte eigentlich überall gehen.«

»Dann probieren wir's.« Eschenbach nahm den Passepartout und ging, mit Rosa im Schlepptau, zu Köhlers Büro. Der Schlüssel passte nicht.

»Komisch«, meinte Rosa. »Der geht sonst wirklich überall.«

»Hier nicht«, sagte der Kommissar leicht säuerlich. »Und ehrlich gesagt überrascht mich das auch nicht. Rufen Sie den Schlüsseldienst, Frau Mazzoleni.«

»Echt jetzt?«

Der Kommissar nickte entschlossen.

»Wollen Sie ihr nicht zuerst Bescheid geben, ich meine ...«

»Den Schlüsseldienst«, wiederholte Eschenbach. »Offenbar hat die Dame hier ein neues Schloss anbringen lassen. Das ist mehr als seltsam. Jetzt wollen wir mal schauen, was sie zu verbergen hat.«

17

Der Tod und das Gas

HOCHSCHWARZWALD, DIENSTAG,
7. AUGUST – 10:23 UHR

»Walter ist tot?« Lenz machte einen Schritt zurück und starrte Isabel an, fassungslos über das, was sie ihm gerade erzählt hatte.

Sie nickte.

»Und wann ist das passiert?«

Einen Moment schwieg sie, senkte den Blick und fuhr sich mit der Hand durchs Haar. »Ich hätte dir das gleich erzählen müssen, Ewald. Bitte verzeih mir. Es ist am Montag geschehen. Montag vor einer Woche.«

Lenz schüttelte den Kopf. »Das kann doch nicht sein, Isabel ... Walter und ich haben doch noch miteinander telefoniert, weil ich mich für den Tabak bedanken wollte.«

»Ich weiß«, sagte sie. »Ich habe zugehört, wie ihr miteinander gesprochen habt.«

»Du warst genau dann dort?«

»Ja.«

Lenz suchte nach Worten. »Aber ... wenn du in Zürich gewesen bist? Das macht doch alles keinen Sinn. Ich sollte dir schließlich dieses Päckchen bringen ... nach Freiburg.«

Lenz dachte an das Treffen mit Franziska am Sonntagmorgen. Genaue Anweisungen hatte sie ihm gegeben. Die Route über Koblenz, die Zeitangabe, wann er den Zoll passieren sollte. Dabei hatte er sich noch gewundert, weshalb er eine

Woche warten musste. Auch der dunkelblaue BMW kam ihm wieder in den Sinn.

»Wir hätten uns in Zürich treffen können«, meinte Lenz schließlich.

»Natürlich«, sagte Isabel. »Oder Walter hätte mir das Päckchen auch selbst geben können.«

Das war es also. Nun begriff Lenz endlich, was sich hinter der ganzen scheinbar sinnlosen Aktion verbarg. »Es ist gar nicht um das Päckchen gegangen, nicht wahr?«

»Nicht wirklich.« Isabel lächelte kurz. »Du und ich ... wir hätten uns getroffen, ein paar Nettigkeiten ausgetauscht und uns wieder getrennt.«

»Vielleicht.« Lenz fuhr sich mit den Fingern über den Schnurrbart. Schon die ganze Zeit standen sie in der prallen Sonne. Nun merkte er plötzlich, wie ihm schwindlig wurde. Seine schweißnassen Haare klebten an der Stirn.

»Ist dir nicht gut, Ewald?«

Lenz taumelte.

Isabel ging auf ihn zu, hielt ihn am Arm fest und führte ihn mit kleinen Schritten vom Weg ab ins Gras. Im Schatten einer Kiefer legte sich Lenz lang auf den Boden.

»Es geht schon wieder«, schnaufte er.

»Du musst tief durchatmen, hörst du?« Isabel legte ihm die Hand auf die Stirn, dann nahm sie die Wolldecke, die sie zusammengerollt bei sich getragen hatte, und schob sie ihm unter den Kopf.

Eine Weile lag Lenz mit geschlossenen Augen da. Er konnte den harzigen Duft des Baumes riechen. Ein kühler Windstoß strich über sein Gesicht. »Walter ...«, begann er. »Sag mir, wie ist er gestorben?«

»Ohne Schmerzen jedenfalls«, antwortete Isabel. »Er hat mich darum gebeten, bei ihm zu sein, wenn er stirbt.«

»Wie soll ich das verstehen?«

Eine Pause entstand.

Lenz erinnerte sich daran, dass er Walter im Laufe der Woche noch einmal angerufen, ihn aber nicht erreicht hatte. »Bist du ins Spital mit ihm?«

»Das wollte er nicht«, sagte sie. »Durch seine Krankheit, die Dialyse und die ganzen anderen Behandlungen ... Für Walter waren Krankenhäuser die Hölle. Die Apparaturen und Spritzen, sie waren die Strohhalme, an die er sich geklammert hat, um am Leben zu bleiben. Er hat sich gewünscht, einfach einzuschlafen.«

Lenz schwieg.

»Ich habe ihm ein Medikament gegen Erbrechen gegeben«, fuhr Isabel fort. »Paspertintropfen. Sie beruhigen den Magen. Dann habe ich ihm in einem Glas 15 Gramm Pentobarbital aufgelöst. Es schmecke bitter, hat er gemeint. Dann fragte er noch, ob ich ihm eines seiner *Luxemburgerli* bringen könne, von *Sprüngli*. Er liebte sie. Als ich aus der Küche zurückgekommen bin, hat er bereits tief geschlafen. Und wenig später hat sein Atem ausgesetzt. Es wirkt schnell. Sterben ist einfach, wenn man es will.«

»Du hast ihn sterben lassen«, murmelte Lenz. Das Päckchen, das er Isabel gebracht hatte, kam ihm in den Sinn. In seinem Kopf begann sich alles zu drehen.

»Er hat es so gewollt, Ewald. Seine Niere konnte nicht mehr und auch die anderen Organe ...«

Leicht verzerrt und leise, wie durch Watte, drangen Isabels Worte an sein Ohr.

Mit geschlossenen Augen lag Lenz über eine halbe Stunde regungslos im Schatten der Bäume.

Auf dem Rückweg, den sie schweigend zurücklegten, hatte er Mühe, einen Schritt vor den anderen zu setzen. Isabel ging neben ihm her. Manchmal, wenn er zu straucheln drohte, stützte sie ihn. Bevor der Weg steil nach unten führte, legten sie eine Pause ein und setzten sich auf einen großen Stein. Mit einem Taschentuch trocknete Isabel Ewalds Stirn.

Es dauerte eine Ewigkeit, bis sie zurück im Haus waren. Lenz war völlig erschöpft. Er legte sich in seinem Zimmer aufs Bett und fiel in einen traumlosen Schlaf.

Als Lenz wieder aufwachte, saß Isabel auf dem Bettrand.

»Wie ich sehe, geht es dir besser ... Ich bin froh.«

Lenz sah auf die Uhr. Es war halb vier. »Ich habe den halben Tag verschlafen.«

»Das macht doch nichts«, meinte sie. »Du warst völlig erschöpft.«

Der Tod von Walter kam Lenz wieder in den Sinn. »Kümmert sich jemand um ihn, eine Beerdigung, meine ich. Die ganzen Formalitäten. Das Haus ...« Lenz richtete sich auf. »Aus irgendeinem Grund, den er mir nicht verraten wollte, hat er die Liegenschaft mir überschrieben.«

»Ich weiß«, sagte Isabel. »Aber es ist alles gut, vertrau mir. Es gibt nichts mehr, was wir tun können.«

»Nichts?«

»Vielleicht doch«, sagte Isabel. »Es gibt hier in der Nähe eine prächtige Kirche, wir könnten zusammen hinfahren und in Walters Gedenken eine Kerze anzünden. Was denkst du?«

»Wenn du meinst«, sagte Lenz müde. »Ich habe mir zwar nie etwas aus Gotteshäusern gemacht. Ich mag Mühlen ...« Er sah Isabel an. »Im Gegensatz zu den katholischen Protzbauten haben sie dafür gesorgt, dass die Menschen etwas zu essen bekamen.«

Isabel lächelte schief. »Dann komm mit, ich zeige dir eine.«

Keine zehn Minuten später saßen sie in Isabels Range Rover.

Lenz musste sich festhalten, denn Isabel fuhr mit einigem Karacho über den Waldweg, den er selbst bisher nur im Schritttempo befahren hatte. Äste schlugen gegen die Scheiben und das Dach, und zwischendurch rumpelte es gehörig. Auf der Hauptstraße wurde es ruhiger. Nachdem sie Breitnau erreicht hatten, ging es weiter Richtung Norden. Die Straße wurde enger und mündete in einem steil abfallenden Weg, der sie in ein schluchtartiges Tal führte. »Das Hexenloch«, sagte Isabel mit einem schelmischen Grinsen.

Lenz' Gemüt hellte sich schlagartig auf, als er die zweihundertjährige Mühle erblickte. Wie eine fette Kröte hockte sie am Ufer und schaufelte mit ihren zwei großen Rädern das Wasser aus dem Heubach. HEXENLOCHMÜHLE stand in großen, aus Holz gefertigten Lettern an der Frontfassade. Das ganze Gebäude war in ein vom Wetter gegerbtes Schindelkleid gehüllt, und vor den Fenstern prangten in leuchtendem Grün und Rot Geranien.

Lenz stieg aus und betrachtete die Mühle andächtig. »Sie ist wunderschön«, sagte er nach einer Weile. Er ging ein paar Schritte und richtete sein Augenmerk auf das Wasser, wie es von den mächtigen Speichen des Rades aufgenommen wurde und, nachdem es den höchsten Punkt erreicht hatte, aus dem Kreislauf herausfand, um in einem hohen Bogen, einem Wasserfall gleich, zurück ins Bachbett zu fallen.

»Daran hätte auch Walter seine Freude gehabt«, sagte er, noch immer fasziniert von dem rauschenden Spektakel.

Isabel trat neben ihn und strich ihm liebevoll über die Schulter. »Letztes Jahr habe ich ihn hierher gebracht«, sagte sie. »Zuerst hat er sich gesträubt. Die ganze Fahrt, die Umstände. Du kennst ihn ja. Aber am Ende haben wir es geschafft. Er hat in seinem Rollstuhl gesessen und war genauso fasziniert wie du. Und da hat er zum ersten Mal diese Geschichte erzählt, die ihn so sehr beschäftigte.«

»Erzählst du mir sie?«, fragte Lenz.

»Es geht um einen hochbegabten Mann«, begann Isabel. »Er kommt 1951 gerade dreiundzwanzigjährig nach England. Der Forschung wegen. Er geht ans Cavendish-Laboratorium der Universität Cambridge – an ein ziemlich renommiertes Institut also. Er ist Amerikaner – wobei ich noch immer nicht ganz sicher bin, ob das von besonderer Bedeutung ist. Vermutlich schon. Es wäre vielleicht anders herausgekommen, wenn er Neuseeländer oder Kanadier gewesen wäre. Oder Franzose.«

Isabel machte eine Pause. Geschickt band sie ihr Haar mit ein paar Bewegungen zu einem Knoten.

»Was aber viel wichtiger ist: Der junge Mann ist so unbekümmert wie begabt«, fuhr sie fort. »Heute würde man sagen: *He doesn't give a shit.* Wobei ich ...« Sie schmunzelte. »Also, ich finde es immer wieder erstaunlich, dass dieses ›Ich geb einen Scheiß drauf‹ gerade in Amerika so populär ist, wo man nicht einmal laut furzen kann, ohne zu riskieren, dass man verklagt und sozial geächtet wird.«

»Ich glaube, ich kenne die Geschichte«, sagte Lenz nachdenklich und nickte. Er sah noch immer dem Mühlenrad zu, wie es ohne Unterlass sein Programm abspulte. Was zuerst unten war, kam nach oben, um wieder zu fallen und wieder aufzusteigen. »Der Mann heißt Watson ... James Dewey Watson. Zusammen mit Francis Crick hat er die Struktur der DNA entdeckt und dafür 1962 den Nobelpreis für Medizin bekommen. Ist alles hübsch zusammengefasst in einem Buch ...«

»*Die Doppelhelix.*«

»Richtig.«

»Aber das ist noch gar nicht die eigentliche Geschichte«, sagte Isabel und tippte dabei mit ihrem Zeigefinger auf Lenz' Unterarm. »Jetzt wird's nämlich erst richtig spannend. Watson wird auf ein Podest gehoben. Es folgt eine Professur an der Harvard University und viel Ruhm und Ehre.«

»Ich weiß«, sagte Lenz. »Er wird Walters Mentor. Walter hat mir oft genug von ihm erzählt. Watson sei der einzige Mensch gewesen, der ihn ›Zwerg‹ genannt habe.«

»Und trotzdem hat Walter ihn gemocht.«

»Geradezu vergöttert«, meinte Lenz. »Aber Watson hat in Walter nicht nur den Zwerg gesehen, sondern auch seine herausragenden intellektuellen Fähigkeiten. Das ganze Paket, das so brillant wie schwierig gewesen ist.«

Isabel nickte. »Aber jetzt lass mich die Geschichte zu Ende erzählen. Sie ist es wert, finde ich. Es gab keine wissenschaftliche Akademie, die Watson nicht in ihre Kreise aufnahm. Dazu weitere Auszeichnungen, was weiß ich. Universitäten schmücken sich ja gerne mit ihren Laureaten. Das *Time Magazine* zählt Watson zu den hundert einflussreichsten Persönlichkeiten des 20. Jahrhunderts. Und so geht das eine Weile weiter, bis zu seinem Fall, dem Sturz vom Olymp. Denn Watson, inzwischen alt und hässlich, ist immer noch derselbe. *He doesn't give a shit*. Unbekümmert sagt er, was er glaubt und denkt: Er setzt sich für die Kartierung des menschlichen Genoms ein, befürwortet pränatale Diagnostik, welche den Eltern schon vor der Geburt Auskunft über genetische Defekte des Kindes gibt. Immer wieder löste er damit heftige Kontroversen aus.«

»Kontroversen sind das Wasser auf die Mühlen der Wissenschaft«, sagte Lenz. »Wenn es sie nicht mehr gibt, wird's langweilig und wir drehen uns im Kreis.«

»Vielleicht«, meinte Isabel. »Jedenfalls ist Watson unschlagbar darin, die Gemüter zu erhitzen. In einem Interview, das er 1997 dem *Corriere della Sera* gibt, spricht er sich für das Recht der Frau zur Abtreibung aus ... und zwar dann, wenn aus einer genetischen Analyse des Embryos hervorgehe, dass das Kind homosexuell veranlagt sei.« Isabel hielt einen Moment inne, schüttelte den Kopf und lachte. »Ist das nicht köstlich ... er sagt dies in Italien, wo Schwulsein genauso ein Tabu ist wie die Abtreibung.«

»Eine Doppelhelix von einem Tabubruch«, bemerkte Lenz.

»Zehn Jahre später vertritt er in einem Interview in der *Sunday Times* die Ansicht, dass Schwarze weniger intelligent seien als Weiße ...«

»Das stimmt nicht ganz, Isabel«, warf Lenz ein. »Ich habe das Interview gelesen. Du kennst mein Problem.«

»Dein Gedächtnis.«

Lenz nickte. »Was Watson wirklich kritisiert hat in diesem Interview, war die Sozialpolitik der Weißen in Afrika ... ›*all our social policies are based on the fact that their intelligence is the same as ours – whereas all the testing says not really*‹.«

»Aber das geht gar nicht«, sagte Isabel.

»Und wenn es stimmt?«, fragte Lenz. »Ich bin kein Biologe ... aber die Idee, dass alle gleich sind, ist ein Witz!«

»Es ist politisch unkorrekt – das ist der Punkt. Du kannst es heute nur noch denken, sagen liegt nicht mehr drin. Schon gar nicht öffentlich. Das hat ihn zum Trottel gemacht, verstehst du? Und bei so viel politisch Unkorrektem interessiert es kein Schwein mehr, ob du den Nobelpreis hast. Im Gegenteil. Du bist eine Schande, nur noch ein Furunkel am Arsch der Welt.«

»Und weshalb erzählst du mir das?«

»Weil ich möchte, dass du ihm hilfst. Walter hatte mich darum gebeten, aber die Zeit wird nun knapp. Ich kann das nicht mehr erledigen. Deshalb bitte ich dich darum. Die ganze Universitätsmischpoke hat sich von Watson distanziert, und mit ihr die ganze feine Gesellschaft. Man will ihn nicht mehr in den Gremien haben.«

»Na und?«, fragte Lenz. »Mich verbindet mit Watson nichts, jedenfalls keine Freundschaft. Abgesehen davon ist es dir und mir ähnlich ergangen. Und Walter sowieso. Die Gesellschaft hat uns links liegen gelassen, oder wir sie. Aber zerbrochen sind wir nicht daran.«

»Ein wenig schon«, meinte Isabel. »Aber am Ende hatten wir einander, darauf konnten wir uns verlassen.«

»Und was soll ich tun?«

»Watson braucht Geld.«

»Ich habe keins«, sagte Lenz.

»Walter hat vorgesorgt. Zudem habe ich Kontakte. Vielleicht lässt sich ja der ein oder andere russischer Oligarch für die Idee begeistern. Ich finde, es kann nicht sein, dass aus einem der brillantesten Geister des letzten Jahrhunderts ein Sozialfall wird. Lass uns was aushecken, so wie früher.«

»Okay.« Lenz sah in Isabels vernarbtes Gesicht, das die Abendsonne in weiches Licht hüllte. Lenz erkannte in ihr noch einmal die schöne junge Frau wieder, die ihm vor langer Zeit an der ETH zum ersten Mal begegnet war.

Sie gingen zum Restaurant, das die Besitzer der Mühle betrieben, ließen sich einen Tisch auf der Terrasse geben und besprachen während eines langen Abendessens ihren Plan.

Als sie gegen zehn Uhr zurück ins Haus kamen, brachte Isabel Lenz einen neuen Stapel mit Notizen.

»Magst du noch lesen?«

Er lächelte, als er den Titel sah: GAS – WAS WISSEN WIR DARÜBER?

»Ich werde es mir ansehen«, sagte er.

Das größte je auf unserem Planeten gefundene Gasfeld hat eine Fläche von 10 000 Quadratkilometern und liegt im Persischen Golf. Seine Existenz ist der Öffentlichkeit kaum bekannt. Das Feld wird durch die Landesgrenze zwischen Katar und Iran geteilt. Die Katari nennen ihren Abschnitt North Field, die Iraner ihren South Pars. Das Gas wird also von zwei Seiten abgebaut – die beiden Länder liefern sich ein regelrechtes Wettrennen.

Die Katari exportieren seit 1996 Flüssiggas mithilfe von Tankern, wobei das immer teurer und aufwendiger wird. Eine Pipeline würde eine deutlich höhere und schnellere Ausbeutung erlauben. Die National Iranian Oil Company, die für die Produktion aus dem South-Pars-Feld zuständig ist, geht davon aus, dass sich noch mindestens dreißig Jahre lang aus diesem Feld Erdgas fördern lässt. Es geht also um Milliarden.

Im Jahr 2009, zwei Jahre vor Kriegsausbruch, wird wieder einmal über Pipelines durch syrisches Gebiet verhandelt. Kein Geringerer als Katars Herrscher Scheich Hamad bin Khalifa

Al Thani fliegt in den türkischen Badeort Bodrum. Er trifft dort den damaligen türkischen Ministerpräsidenten und späteren Alleinherrscher Recep Tayyip Erdoğan, um ihm ein Projekt schmackhaft zu machen: Es geht um eine Pipeline von Katar via Saudi-Arabien, Jordanien und durch Syrien hindurch bis in die Türkei, um – unter Umgehung von Russland wohlverstanden – Europa mit Erdgas zu versorgen. Es ist ein Vorschlag, dem Erdoğan nur zustimmen kann. Ein geradezu genialer Plan, der ihm helfen würde, Russland zu isolieren und die Macht der Türkei in Europa auszubauen und ein für alle mal zu festigen. Aber die Rechnung ist ohne den Wirt gemacht. Die Türkei und Katar hätten für das Projekt die Zustimmung Syriens gebraucht. Assad weigert sich aber, das von Katar vorgeschlagene Abkommen zu unterzeichnen, um die Interessen seines russischen Verbündeten zu schützen. Schließlich bezieht Syriens Militär Waffen von Moskau, ebenso haben die Russen Militärstützpunkte in Latakia und Tartus. Assad entscheidet sich erneut für Putin und sichert somit Gazprom den europäischen Markt.

Der Aufruhr ist groß. Denn dies ist nicht nur eine Abfuhr an Katars al-Thani und den aufstrebenden türkischen Machthaber Erdoğan, auch Saudi-Arabien, das mit dem Pipelineprojekt den ewigen Rivalen Iran schwächen will, ist erzürnt. Hier wird ein gewichtiger Stachel gesetzt, der später für den neu aufflammenden Terror von Bedeutung ist. Denn entsprechend weckt nicht der Iran, Syrien oder irgendein anderes Land die terroristischen Kräfte zu neuem Leben, sondern Saudi-Arabien. Von ihrer wahhabitischen Doktrin getragen, beliefern die Saudis fortan die Dschihadisten mit Waffen … zusammen mit den Türken, die aktiv die IS-Rebellen unterstützen und der al-Nusra-Front Hilfe leisten. All dies, um Assad aus dem Weg zu räumen.

Aber die Geschichte um das größte Gasfeld der Welt ist noch nicht zu Ende erzählt. Denn die syrische Regierung durchschaut das Doppelspiel von Katar, Saudi-Arabien und der Türkei. Im Juli 2012 – ein Jahr nach Ausbruch des Krieges – unterzeichnen die Syrer einen Pipeline-Vertrag mit dem Iran. Gegenstand des Vertrags ist eine Pipeline durch Syrien, die das Erdgas vom iranischen Feld South Pars durch Irak und Syrien nach Europa bringt. Es ist die Retourkutsche von Assad an die sunnitischen Länder Saudi-Arabien und Katar. Eine schallende Ohrfeige. Sollten sie Assad nun nicht rechtzeitig stürzen, könnte der schiitische Iran seine Macht am Golf ausbauen. In diesem Fall würde auf dem europäischen Markt iranisches und nicht katarisches Erdgas verkauft werden.

Erzürnt über den Handel zwischen Assad und dem Iran, reist der saudische Prinz Bandar bin Sultan nach Moskau. Er versucht, Putin dazu zu bewegen, Assad fallen zu lassen. Im Gegenzug offeriert er den Russen, dass Saudi-Arabien respektive Katar auch nach dem Sturz von Assad keine Pipeline durch Syrien nach Europa bauen würde.

Putin misstraut den Versprechungen der Saudis und erklärt, dass er weiterhin an der Freundschaft zu Syrien festhalten werde – auch in diesen schwierigen Zeiten.

Aber so weit sind wir noch nicht.

Es gab noch einen zweiten Stapel Notizen. Lenz nahm ihn zur Hand und las weiter. AUFZEICHNUNGEN EINER REBELLIN (OHNE ZIEL) – da war dieser seltsame Titel wieder.

18

In Teufels Küche

ZÜRICH, MITTWOCH, 8. AUGUST – 17:35 UHR

Der Mann vom Schlüsseldienst machte große Augen.

»Das ist Champions League«, meinte er. »Kann ich so nicht öffnen, sorry. Ist ein Hochsicherheitsschloss, Typus D, mit elektronisch-mechanischer Doppelverriegelungsfunktion und Titanzylinder.« Wie der Esel am Berg stand er vor der verriegelten Tür. Um seinem Frust darüber Nachdruck zu verleihen, gab er dem Koffer, den er neben sich gestellt hatte, einen Tritt. »Da kann ich abstinken mit meinem Werkzeug hier.«

»Und jetzt?«, fragte Eschenbach.

»Einen Tresor zu öffnen ist auf jeden Fall einfacher«, sagte der knapp dreißigjährige Schlaks mit dem blonden Wuschelkopf. »Der Trick an diesen Schlössern ist, dass sie mit einem Alarmsystem verbunden sind. Wenn wir da rumfummeln, merkt man das irgendwo.«

Eschenbach und Rosa sahen sich schweigend an.

»Am besten, Sie rufen die Firma, die das installiert hat«, sagte er zu Eschenbach, bevor er sich hinkniete, um sich das Schloss noch einmal von Nahem anzusehen. »Eigentlich verwunderlich, dass man es für normale Büros verwendet. Meines Wissens werden solche Schließsysteme hauptsächlich für hochsensible Datenräume eingesetzt … und im militärischen Bereich natürlich.«

»Da wissen Sie aber ziemlich viel für einen Mann vom Schlüsseldienst«, bemerkte Rosa.

»Danke, Ma'am.« Das Gesicht des jungen Mannes hellte sich auf. »Ist eigentlich auch nur ein Ferienjob.« Langsam erhob er sich und erzählte, dass er an der ETH Ingenieurwissenschaften studiere, im dritten Semester, und dass Schließtechniken inzwischen ein zentrales Thema seien. Der Schlüsseldienst, für den er in der Freizeit arbeite, gehöre seinem Vater. Er würde ihn einmal übernehmen und für die digitale Welt der Zukunft fit machen.

Zu dritt standen sie bald bei einem Espresso an einem Stehtisch in der Nische mit der Kaffeemaschine. Jonas Spoerry referierte über fahrerlose Autos, künstliche Intelligenz und Big Data – als Eschenbach die zündende Idee kam.

»Bestimmt haben Sie sich gefragt, weshalb wir den Schlüsseldienst anheuern, um in unsere eigenen Büros zu kommen«, begann er. »Aber auch wir müssen uns für die Zukunft rüsten. Bei verschiedenen kantonalen Polizeibehörden läuft gerade eine Ausschreibung für moderne Schließsysteme, und wir hier haben die Aufgabe, diese zu testen.«

»Ich verstehe«, meinte Spoerry. Er trank einen Schluck von seinem Espresso. »Überaus raffiniert. So machen es die großen Datenfirmen: Sie nutzen die Hackerszene, um ihre Systemsicherheit zu testen.«

»Genau so«, sagte Eschenbach. Er nickte Rosa zu, die sich an ihrem Espresso beinahe verschluckt hatte.

»Dass ein einfacher Schlüsselservice keinen Erfolg haben würde, war uns eigentlich klar. Jetzt lassen wir mal die Spezialisten ans Werk.« Der Kommissar grinste vielsagend. »So, wie ich Sie einschätze, verstehen Sie einiges mehr von Schlössern ...«

»Ich könnte es probieren«, meinte Spoerry, der sich in Gedanken schon mit dem Problem zu beschäftigen schien. »Allerdings bräuchte ich da noch einiges an technischen Hilfsmitteln.«

»Kein Problem«, sagte Eschenbach. »Wir könnten uns heute Abend treffen ... so um neun Uhr, wenn es Ihnen recht ist.«

»Neun ist perfekt«, antwortete Spoerry. »Ich bringe noch eine Freundin mit. Sie hat ein Start-up für Schließsysteme und ist voll in dem Thema drin.«

Nach dem zweiten Espresso brachten Eschenbach und Rosa Spoerry zum Aufzug und verabschiedeten sich von ihm.

»*Ma no* ...«, meldete sich Rosa auf dem Rückweg zu Eschenbachs Büro. Sie war während des vorangegangenen Gespräches ganz still geworden. »Was ist denn plötzlich in Sie gefahren, das geht doch nicht. Ich meine, Sie können diese jungen Leute nicht für einen Einbruch missbrauchen. Wenn das schiefgeht! Wir kommen in Teufels Küche.«

»Was soll da schon schiefgehen?«, sagte Eschenbach und blieb stehen. »Abgesehen davon stecken wir bereits in Teufels Küche. Sie hatten absolut recht, was meine E-Mails betrifft. Da stimmt wirklich etwas nicht. Heute Morgen hat mir Salvisberg gesagt, er habe mir etwas geschickt, wegen dieser Sache mit dem Kalender, den wir bei Habicht gefunden haben. Und weil ich nichts bekommen habe, hat er es nochmals verschickt.«

»Und hat's geklappt?«, wollte Rosa wissen.

»Eben nicht«, sagte der Kommissar. »Ich habe mir das vorhin angesehen, bevor der Schlüsselservice gekommen ist. Es ist wieder nichts da.«

»Sehen Sie!«

»Ja, und es ist mir auch wirklich schleierhaft, dass niemand hier bemerkt hat, dass irgendwelche Sicherheitsschlösser angebracht wurden. Das muss irgendwer ...«

»Jetzt ist aber genug«, fuhr Rosa gereizt dazwischen. »Ich war die ganze Zeit hier, während Sie weg waren. Das kann ich Ihnen versichern. Und ich hätte es bestimmt bemerkt, wenn da irgendwelche Leute gekommen wären. Aber auch ich muss manchmal aufs Klo.«

»Frau Mazzoleni«, sagte Eschenbach mit einem tiefen Seufzer. »Lassen Sie mich doch bitte ausreden. Weil, das ist genau der Punkt. Wenn Sie es nicht mitbekommen haben, wo Sie doch immer auf dem Laufenden sind … Sie wissen immer, wer gerade mit wem und weshalb.«

»Das tut überhaupt nichts zur Sache.«

Eschenbach, der sich wieder einmal gewaltig in die Nesseln gesetzt hatte, hob die Hände. »So habe ich das nicht gemeint«, schnaufte er. »Was ich sagen will – und jetzt hören Sie mir bitte zu –, ist, dass man an Ihnen nur vorbeikommt, wenn man es plant. Und zwar generalstabsmäßig. Das mit diesem Schloss geht nicht einfach husch, husch in der Mittagspause. Auch nicht, wenn Sie auf dem Klo sind. Da muss jemand genau gewusst haben, wann er kommen kann. Vermutlich war er abends oder in der Nacht hier. Und wenn das so war, dann muss er mit der Gebäudesicherheit gesprochen haben. Wir müssen sogar davon ausgehen, dass Saager davon weiß. Verstehen Sie jetzt, was ich meine? Das hat System, das Ganze.«

»Meinen Sie?« Etwas erleichtert zupfte Rosa an ihrem Kleid.

»Natürlich«, sagte er. »Und was die Sache von heute Abend angeht … Sie wissen von nichts.«

»Das ist immer einfach gesagt«, rief sie ihm hinterher. Denn der Kommissar war bereits in sein Büro gegangen. Er setzte sich an den Schreibtisch und wählte die Nummer von Salvisbergs Sekretariat. Keine Antwort. Der Kommissar landete direkt in der Warteschleife, in der das Rachmaninoffsche Klavierkonzert vor sich hin schepperte. Der russische Komponist würde sich im Grabe umdrehen, dachte der Kommissar.

»Kurt?«, fragte er, als es mitten im Stück plötzlich still wurde.

Schnaufen war zu hören, dann ein lauter Knall. »Scheißtelefon«, kam es vom Professor leise und kurz darauf noch einmal laut. »Forensisches Institut …«

»Ich bin's, Kurt«, warf Eschenbach dazwischen.

»Du schon wieder?«, krächzte es. »Ist dir klar, dass es bald sieben Uhr ist, draußen Hammerwetter bei fünfundzwanzig Grad. Heerscharen von hübschen Frauen tummeln sich an der Seepromenade und die zwei einzigen Arschlöcher, die noch arbeiten, telefonieren gerade miteinander?«

»So ist es, Kurt, genau, wie du sagst.«

»Hast du meine E-Mail jetzt bekommen?«

»Eben nicht, deshalb ...«

»Dann schau im Spam nach und nerv mich nicht.«

»Kurt, es ist etwas komplizierter«, sagte der Kommissar. Er überlegte, wie er es Salvisberg erklären sollte. »Ich erzähl dir das ein andermal. Bitte schicke mir die Datei auf mein Handy. Nicht als E-Mail, sondern SMS oder WhatsApp. Hast du meine Nummer?«

»Du veräppelst mich doch«, rief der Pathologe. »Du bist gar nicht im Büro, sondern liegst irgendwo am Strand. Ich seh dich bildlich vor mir, und ich Trottel bin der Einzige ...«

»Herrgott«, rief Eschenbach. »Ich sitze im Büro. Meine E-Mails werden abgefangen. Schick's einfach, und mach kein Theater. Es ist wichtig, bitte!«

Zehn Minuten später hatte Eschenbach die Datei per WhatsApp. Er studierte sie und verließ kurz darauf das Büro.

Die beiden jungen Schließ- und IT-Spezialisten warteten bereits am Haupteingang, als Eschenbach wieder zurückkam.

Der Kommissar hatte sich zuvor beim Löwenplatz an einem der Stände ein thailändisches Nudelgericht gekauft und war, nachdem er es lustlos in sich hineingestopft hatte, noch eine Weile planlos durch die Straßen gegangen. Nicht nur die jungen Frauen sahen umwerfend aus, auch die jungen Männer waren attraktiver als früher. Jedenfalls kam es Eschenbach so vor.

Anhand von Strukturveränderungen und Mikropartikeln, die Salvisberg auf dem Papier des Kalenders gefunden hatte, waren offenbar zwei Einträge nachweisbar: EWA und ISA. Die Notizen, laut Salvisberg Bleistiftnotizen, waren nachträglich ausradiert worden. Die mit den Einträgen korrespondierenden Jahrestage waren der 14. Oktober und der 10. Juni. Das Datum im Oktober war Ewalds Geburtstag, das wusste Eschenbach. Also stand EWA für Ewald. Aber wer war ISA? Und wer hatte die Einträge entfernt?

Für einen Leiter der Kriminalpolizei des Kantons wäre es der korrekte Weg gewesen, Saager anzurufen und die Geschichte auffliegen zu lassen. Schließlich hielt jemand seine E-Mails zurück, verheimlichte ihm auf diese Weise Ermittlungsergebnisse, brachte Schlösser an – und dies alles hinter seinem Rücken.

Ein Skandal war das!

Aber nun stand dieser Jemand mit Saager in enger Verbindung. Deshalb hätte er sich über die Polizeichefin hinweg direkt an den Polizeipräsidenten – oder noch besser, an den Kantonsrat – wenden müssen. Und die waren Politiker. Sie würden den Ball zurückspielen.

Ein hübsches Pingpongspiel, das Ganze würde auf ihn zurückfallen.

Was sein aktuelles Vorhaben anging, da hatte Rosa natürlich recht. Es war hochgradiger Blödsinn. Er hatte einen gutgläubigen jungen Mann angelogen und verstieß nun gegen jegliche Sitten. Eschenbach schämte sich dafür. Was war nur in ihn gefahren?

Er würde die Sache abblasen, beschloss er. Darüber war er sich nun im Klaren – bis sich erneut diese innere Stimme meldete:

»Hast du nicht gemerkt, dass man dich betrügt, und zwar nach Strich und Faden? Man will dich aufs Altenteil verfrachten. Du bist senil geworden, ein alter, unfähiger Trottel.« Die Stimme war erbarmungslos und traf zielstrebig seinen schwachen Punkt.

»Alles könnte auch ein Missverständnis sein«, gab er zur Antwort.

»Ein Missverständnis?«, höhnte es von innen. »Du merkst aber auch gar nichts. Man lässt dich ins Leere laufen. Wie ein Tattergreis wirst du dastehen, in völliger Unkenntnis der Sache. Und dann wird man über dich lachen und dir zu Recht Inkompetenz vorwerfen.«

Zum Glück hatte die Stimme Inkompetenz und nicht Inkontinenz gesagt, dachte Eschenbach. Wobei, so ganz sicher war er nicht. »Wir leben in einem Rechtsstaat«, antwortete er. »Hast du das vergessen? Auch da gibt es Mittel und Wege ...«

»Man wird dich verleumden, du wirst schon sehen!«

»Eine Verleumdung?« Der Kommissar dachte einen Moment nach, dann lachte er lauthals. Jetzt hatte er die Stimme erkannt, die zu ihm sprach. Sie gehörte Don Basilio, dem Musiklehrer Rosinas aus Rossinis Oper *Der Barbier von Sevilla*. »Die Verleumdung ist ein Lüftchen ...«, sang der finstere Basilio in der achten Szene im ersten Akt. Und weil es Eschenbachs Lieblingsarie war und er sie auswendig konnte, sang er mit:

»La calunnia è un venticello,
un'auretta assai gentile
che insensibile, sottile,
leggermente, dolcemente
incomincia, incomincia a sussurrar.
Piano, piano, terra terra,
sottovoce, sibilando,
va scorrendo, va scorrendo,
va ronzando, va ronzando;
nell' orecchie della gente
s'introduce, s'introduce destramente ...«

»Wir blasen die Übung ab«, sagte er zu Jonas Spoerry, nachdem er ihm und dessen Kollegin zur Begrüßung die Hand geschüttelt hatte.

»Echt jetzt?« Die Enttäuschung stand dem Wuschelkopf ins Gesicht geschrieben.

»Hat es schon jemand geknackt?«, wollte die junge Frau wissen. Sie hatte sich als Kerry Nichols vorgestellt, war groß gewachsen und trug eine Schiebermütze aus kariertem Stoff. Ihre hellblonden Haare hatte sie zu einem Pferdeschwanz zusammengebunden.

»Nein, geknackt hat das noch niemand«, antwortete Eschenbach.

»Geben Sie uns eine Viertelstunde«, bat die junge Frau. Sie sah den Kommissar aus hellen Augen eindringlich an. »Wenn wir es in dieser Zeit nicht schaffen, gehen wir wieder.«

»Eine Viertelstunde?«

»Cool!«, rief Kerry, die Eschenbachs Frage sofort als Aufforderung interpretierte. »Wir schaffen das«, meinte sie zu Jonas, der nun auch wieder Mut schöpfte.

Eschenbach sah die beiden an. Die digitale Generation stand vor ihm, trug Rucksäcke von Mammut, kurze Hosen und Badelatschen. So war das also, dachte er und nickte. »Fünfzehn Minuten und keine Sekunde länger.«

»Aber wir stoppen die Zeit erst, wenn wir oben sind, okay?«

»Okay.«

Keine dreizehn Minuten vergingen, und die Tür zu Ivy Köhlers Büro stand offen.

»Nicht schlecht, oder?« Kerry zwinkerte Eschenbach zu. Ihr Sommersprossengesicht glänzte, mit einer raschen Handbewegung fuhr sie sich über Stirn und Wange. Mit dem Kinn deutete sie auf den 3-D-Drucker, mit dem sie den Schlüssel gefertigt hatten. »Wenn der etwas schneller arbeiten würde, hätten wir es unter zehn Minuten geschafft.«

Eschenbach hob den Daumen. »Und jetzt geht irgendwo ein Alarm los?«, fragte er.

»*Nope*«, meinte Jonas und schüttelte den Kopf. »Keine Kontaktunterbrechung zwischen Bolzen und Zylinder. Das haben wir sichergestellt.«

»*Well done!*«, sagte der Kommissar erleichtert. Während Kerry und Jonas ihre Ausrüstung in den Rucksäcken verstauten, sah er sich in Köhlers Büro um. Die USM-Haller-Schränke waren unverschlossen. In einer der Hängeregistraturen fand er eine Mappe mit dem Kürzel HCL – die chemische Bezeichnung für Salzsäure. Das war äußerst seltsam für eine Polizeiakte. Eschenbach nahm sie an sich.

»Wow«, sagte Jonas. Er stand neben dem Schreibtisch bei den Monitoren und tippte mit dem Finger auf ein metallenes Gerät, das die Größe einer kleinen Schuhschachtel hatte. »Das ist eine SINA-Box.«

Eschenbach sah Jonas an und zuckte mit den Schultern.

»Echt jetzt?«, kam es von Kerry. Sie hockte an der Tür und hatte gerade die letzten technischen Hilfsmittel in einen der beiden Rucksäcke verstaut. »SINA bedeutet Sichere Inter-Netzwerk Architektur«, meinte sie mit Blick zum Kommissar und erhob sich. »Weißt du, um welchen Typus es sich handelt?« Die Frage war an Jonas gerichtet. Nach ein paar Schritten stand sie bei ihm und begutachtete das kleine Gerät.

»Könnt ihr mir sagen, was daran so besonders ist?«, fragte Eschenbach.

»SINA-Boxen werden für die sichere Übertragung von Daten benutzt«, meinte Kerry. »Und zwar im behördlichen und militärischen Umfeld. Und die hier …« Sie deutete auf das kleine Gerät neben den Monitoren. »Ist eine Typus H – bei ihr wird das geheime Verschlüsselungsverfahren Libelle auf einem Kryptoprozessor mit einer zusätzlichen PCI-Steckkarte implementiert.«

Eschenbach verstand nur Bahnhof.

»Die Karte liegt übrigens hier«, meinte Jonas mit einem Grinsen. Er hatte die Schreibunterlage auf dem Tisch angehoben und deutete mit dem Kinn auf das Stück Plastik, das wie eine Bankkarte aussah.

»Dann schauen wir doch mal, ob wir das Ding zum Laufen bringen«, meinte der Kommissar.

»Echt jetzt?«, fragten Kerry und Jonas, wie aus der Pistole geschossen.

19

Rebel Without a Cause

HOCHSCHWARZWALD, MITTWOCH,
8. AUGUST – 07:03 UHR

Gehen wir zurück ins Jahr 2011, nach Dara, in den Süden von Syrien. Dort kommt es im März zu Unruhen. Es sind die Vorboten des Krieges.

Zunächst gelingt den syrischen Sicherheitskräften ein Coup. Ein Lastwagen aus dem Irak geht ihnen ins Netz, beladen mit Waffen, Sprengstoff und Nachtsichtgeräten. Es ist die Stunde null, das ist auch den syrischen Machthabern klar. Denn noch am selben Tag meldet die offizielle Nachrichtenagentur des Landes, die Waffen und Geräte seien dazu bestimmt gewesen, Syriens innere Sicherheit zu gefährden.

Es sollte nicht der einzige Lastwagen mit Kriegsgut sein, der die syrische Grenze passiert. Jener wurde abgefangen, andere erreichen ihr Ziel. Es ist für Syrien geradezu unmöglich, den langen Grenzabschnitt zum Irak und zu Jordanien unter Kontrolle zu bringen.

Demonstrationen beginnen.

Es ist immer dasselbe Spiel. Wir haben es schon in Libyen gesehen: Sogenannte Aufständische, die – von den Geheimdiensten unterstützt – zwischen verfeindeten Gruppen im Land gezielt Stimmung machen.

Der Arabische Frühling wird wieder beschworen – Forderungen nach Demokratie und sozialer Gerechtigkeit werden laut. Dies findet Anklang, nicht nur bei der vernachlässigten sunnitischen Unterschicht. Ein paar gehen auf die Straße. Es sind keine hundert Menschen … ich hätte sie ohne Weiteres zählen können.

Ich war mit einem kleinen Filmteam nach Dara gereist. Wir hatten einen klaren Auftrag. Aber es passierte nichts. Es gab keine Mehrheit, die Assad stürzen wollte. Also haben wir ein paar Jugendliche bezahlt, die Graffitis an die Wand sprayten. Sie haben getan, was wir ihnen aufgetragen haben. »Das Volk will das Regime stürzen«, haben sie geschrieben. Über die sozialen Medien haben wir die Bilder verbreitet. Das hat irgendwie gezündet. Die Proteste wurden intensiver und lauter. In Dara und Latakia wurde es zum ersten Mal chaotisch. Aleppo blieb weiterhin ruhig. Also haben wir ein paar Leute in Busse gepackt und sie nach Aleppo gebracht, wo sie auf den Straßen randaliert und ein paar Feuer gelegt haben.

Die entsprechenden Bilder haben wir an den Fernsehsender Al Jazeera, den TV-Sender Katars, geschickt und eine Facebook-Seite mit dem Titel »Die syrische Revolution 2011« eingerichtet. Darin haben wir zum Aufstand gegen Präsident Assad aufgerufen und das Ende von Unterdrückung und Korruption gefordert.

Der 15. März wurde zum Tag der Wut. Die Bilder gingen um die Welt – auf Facebook und in anderen sozialen Medien. Die Demonstrationen fanden ihre Fortsetzung am 18. März. Dara war destabilisiert. Am 20. März, dem dritten Tag der Unruhen in Dara, gab es Proteste gegen die Inhaftierung der Jugendlichen, die mit ihren Graffitis zum Regime Change *aufgerufen hatten. Ihre Freilassung wurde gefordert.*

Völlig überraschend versprach die Regierung die Freilassung der inhaftierten Schüler. Ein Angebot, das mich innerlich berührt hat … wenn auch nur kurz, denn die Ereignisse, die folgten, waren dramatisch. Rückblickend muss ich sagen, dass es mir von diesem Zeitpunkt an immer schwerer gefallen ist, das zu tun, wofür man mich fürstlich bezahlte.

Baschar al-Assad ist nicht der »neue Hitler«, den wir in der Folge aus ihm gemacht haben. Das ist eine groteske Verharmlosung des Nationalsozialismus, für die ich heute als ehemaliges Mitglied der UNA *geradestehen muss. Der »Schlächter von Damaskus« – was weiß ich, was wir alles kreiert haben, um den Medien den* Regime Change *schmackhaft zu machen.*

Zu diesem Zeitpunkt waren die Karten des Krieges bereits verteilt.

Bewaffnete Aufständische hatten sich längst unter die friedlichen Demonstranten gemischt. Sieben Polizeibeamte wurden getötet, das Hauptquartier der Baath-Partei sowie das Gerichtsgebäude gebrandschatzt.

Die Geister des Krieges waren geweckt, und in der Zeit von März bis August strömten weitere über die Grenze vom Irak nach Syrien: Salafisten, Kämpfer der Moslembruderschaft und der al-Qaida. Diese Dschihadisten hatten es sich zum Ziel gemacht, das säkulare, ungläubige Assad-Regime zu stürzen und einen Gottesstaat zu errichten.

Mit einem Waffenlager in der al-Omari-Moschee in Dara unterstützte Saudi-Arabien die Agents Provocateurs. Als die Polizisten und Soldaten beigesetzt wurden, schossen sie auf die Trauernden. Ein Gemetzel, über das Al Jazeera berichtete, es sei »unklar«, wer auf wen geschossen habe.

Gewissermaßen zeitgleich rief in Saudi-Arabien der Islamist Salafi Sheik Adnan Arour zum heiligen Krieg gegen die liberalen alawitischen Muslime auf: »Bei Allah, wir werden ihre Körper durch den Fleischwolf drehen und ihr Fleisch den Hunden vorwerfen.«

Ein hübsches Video, das uns in die Hände spielte. Hatten wir doch den Auftrag, den Syrien-Krieg als Religionskrieg darzustellen, bei dem die Dschihadisten in Syrien ein Kalifat anstrebten und das Land ethnisch säubern wollten.

Die Gewalt in Syrien eskalierte weiter, und am 11. Juli 2011 – nach vier Monaten innersyrischer Unruhen – erklärte

US-Außenministerin Hillary Clinton, dass der syrische Präsident Assad alle Legitimität als Herrscher verloren habe. Assad sei für Syrien nicht mehr lebensnotwendig, sagte sie in einer flammenden Rede. Er habe sein Wort nicht gehalten und würde trotz der zunehmenden Proteste keine Reformen umsetzen.

Auch ein hübsches Video, das von allen Fernsehstationen ausgestrahlt wurde und das den drei Jahre zuvor von Condoleezza Rice auf der Bilderberger Konferenz geforderten Regime Change *in Syrien in die Öffentlichkeit trug.*

Man hatte bei der NATO gelernt. Der Krieg in Syrien ist kein offener Angriff mit Soldaten und Panzern, wie noch die Invasion von Kuwait 1990. Die Angreifer sind unsichtbar geworden, und für die meisten Beobachter ist unklar, auf welcher Seite die Beteiligten stehen.

Als Lenz aufwachte, lagen die Notizen neben ihm auf dem Laken. Auch seine Hornbrille fand er dort. Er nahm sie auf, stemmte seine Beine über die Bettkante und blieb eine Weile regungslos sitzen.

Er hatte schlecht geschlafen. Miserabel. Immer wieder war er aufgewacht – mit den Bildern des Krieges in seinem Kopf. Im Geiste hatte er sich unweigerlich auf die Seite Assads geschlagen. Der gelernte Augenarzt hatte in London studiert und war, so viel glaubte Lenz zu wissen, alles andere als ein Kriegstreiber. Assad hatte eine säkulare und für die Verhältnisse im Nahen Osten fast schon liberale Linie verfolgt. Er schien weder geld- noch machtgierig und war bei der Bevölkerung beliebt.

Vielleicht war es einfach auch nur ein Reflex, dachte Lenz, dass er sich mit den vermeintlich Schwächeren identifizierte. Das hatte er immer schon getan. Denn schließlich hatte es der syrische Herrscher mit den NATO-Staaten, allen voran den USA, mit Saudi-Arabien, der Türkei und Katar zu tun – einer gigantischen Übermacht also, der er kaum gewachsen zu sein schien. Und dies alles wegen eines Gasfeldes, mit dem man Europa beliefern wollte, wegen Milliardengewinnen, die man sich am Golf bereits ausgerechnet hatte.

Weshalb hatte sich Isabel für diese Kriegshetze einspannen lassen? Diese Frage begleitete Lenz bis unter die Dusche. Und sie war noch immer da, als er angezogen sein Zimmer verließ.

Auf dem Tisch im Esszimmer fand er nur ein einziges Gedeck.

»Frau Hagen hat bereits gefrühstückt«, sagte Gertrud. »Nehmen Sie Kaffee?«

»Ich ... nein, danke«, sagte Lenz. Er ging die paar Schritte bis ins Wohnzimmer, kam zurück, warf einen Blick in die Küche. »Ist sie nicht hier?«

»Ihr Wagen steht in der Garage, keine Sorge. Also weggefahren ist Frau Hagen nicht«, meinte sie mit einem Lächeln. »Gestern hat sie uns ja wirklich einen Schrecken eingejagt. Aber manchmal steht sie sehr früh auf, bereitet sich selbst etwas zu und zieht sich in ihr Arbeitszimmer zurück. Dort möchte sie nicht gestört werden.«

»Ach so.« Lenz überlegte. Er hatte beim besten Willen keinen Appetit, und allein dort sitzen wollte er auch nicht. Zu viele Fragen schwirrten in seinem Kopf herum. »Und das Arbeitszimmer ist wo?«, fragte er.

»Eine Etage höher ...« Gertrud zeigte zögernd zur Treppe. »Wenn Sie wollen, kann ich es Ihnen zeigen.«

»Gerne.«

Sie stiegen die Treppe hoch und folgten einem Gang. Links und rechts fanden sich Türen und Einbauschränke in roh belassenem Kiefernholz.

»Es ist ganz hinten ... einfach geradeaus«, meinte Gertrud.

»Danke«, sagte Lenz.

Die Tür war verschlossen. Lenz klopfte. Als sich nichts regte, drückte er die Messingklinke langsam nach unten.

»Komm nur herein«, rief Isabel. Sie saß hinter einem langen Holztisch und winkte ihm zu.

Das Zimmer war ein riesiger Kubus. An drei Wänden hingen Bilder, dazwischen war ein großer TV-Bildschirm angebracht: Es liefen Nachrichten. Eine der Wände war eine komplette Fensterfront. Lenz bemerkte, dass sie sich hoch oben inmitten von Baumkronen befanden.

»Mein Arbeitsreich ...«, sagte Isabel. »Headoffice gewissermaßen.«

»Headoffice von wem?«, fragte Lenz. »Das einer Kriegstreiberin?«

»Du hast meine letzten Notizen also gelesen.«

Lenz nickte.

»Gut«, sagte sie.

»Das finde ich überhaupt nicht.« Lenz trat einen Schritt auf Isabel zu. »Du hast unschuldige Jugendliche angestiftet, einen Krieg anzuzetteln.«

»Den Krieg haben andere angefangen«, sagte Isabel. »Er war von langer Hand geplant. Eine beschlossene Sache. Das solltest du inzwischen begriffen haben.«

»Du hast sie benutzt wie Werkzeuge.«

»Ich habe sie zu Helden gemacht«, meinte Isabel trotzig.

»Das ist zynisch.«

»Die Welt ist zynisch, Ewald. Hast du das noch nicht bemerkt? Menschen ohne Perspektive vegetieren dahin ... Ich habe sie gesehen. Auf den Straßen und in den Hinterhöfen. Sie müssen sich das Essen zusammenstehlen, kicken lustlos mit Cola-Dosen, weil sie kein Geld haben, sich einen richtigen Ball zu kaufen. Und dies in Ländern, die weiß Gott nicht arm sind.«

»Warum, Isabel? Ich verstehe das nicht.«

»Willst du dich nicht zu mir setzen?«, fragte sie und zuckte mit den Schultern.

Lenz sah auf den Stuhl, der ihr gegenüber am Schreibtisch stand. Zögerlich setzte er sich.

»Ich wollte nicht am Bettelstab enden«, sagte sie leise. »Wie Watson. Vielleicht beantwortet das deine Frage.«

»Andere Leute verdienen ihr Geld beim Roten Kreuz«, meinte Lenz mit hartem Unterton. Er verstand Isabel nicht. Eine Idealistin war sie nie gewesen, aber das hier war etwas ganz anderes. »Und dieses Rundum-Sorglos-Paket, das Walter dir angeboten hat, an der Harvard University. Was ist eigentlich aus dem geworden?«

»Das wäre für immer gewesen«, sagte Isabel und lächelte. »Diese ersten Jahre in den USA waren meine glücklichsten überhaupt.« Einen Moment hing sie ihren Gedanken nach. »Aber es sollte eben nicht sein. Walters Nierenleiden verschlimmerte sich. Ich musste mich zunehmend um ihn kümmern. Und weil wir den größten Teil seiner Therapien privat berappen mussten, gingen uns die Ersparnisse aus.«

»Watson hätte euch helfen können«, warf Lenz ein.

»Das hat er getan, glaub mir. Mehr, als es uns lieb gewesen ist. Am Ende standen wir bei ihm mit mehreren Hunderttausend Dollars in der Kreide. Irgendwann hatte ich keine Kraft mehr.«

Lenz nickte. Sein Blick schweifte zu dem Bildschirm, auf dem das Wetter in Europa angezeigt wurde. Sonnig und warm mit vereinzelten Gewittern. »Ich verstehe«, murmelte er.

»Ich musste mir etwas einfallen lassen«, fuhr Isabel fort. »Also rief ich Jeffrey Archer an. Er war hocherfreut und machte mir ein interessantes Angebot. So, wie es schien, war mir der gute Ruf, den wir uns in Harvard erworben hatten, vorausgeeilt. Wir handelten einen Deal aus. Ich ging zur UNA und baute die Abteilung Alternative Strategien aus. Nach einem Jahr wurde ich zu Archers Stellvertreterin ernannt. Wie es dann weiterging, weißt du ja.«

»Der Plan für den Regimewechsel in Syrien«, folgerte Lenz.

»Das war nur der Anfang«, sagte Isabel. »Weil es Walter immer schlechter ging, suchte ich einen Weg, ihn in die Schweiz zu bringen. Aber keine Krankenkasse nahm ihn auf, nicht mit seiner Vorgeschichte.«

Lenz wurde hellhörig. »Walter hat mir das Geld für das Haus bar ausbezahlt. Ich sollte es in meinem Namen für ihn kaufen, damit er ohne behördliche Registrierung in Zürich leben konnte. Über zwei Millionen waren es. Zumindest finanziell muss es sich gelohnt haben.«

»Irgendwann schon«, meinte Isabel und erzählte weiter. »Der Syrien-Krieg war in vollem Gang, ich hatte mir meine Hände bereits mehr als schmutzig gemacht – und plötzlich stand ich wieder da, mit nichts. Die Kosten von Walters Krankheit stiegen ins Unermessliche. Weißt du, was eine Dialyse kostet? Also begann ich, nebenbei ein paar Geschäfte zu machen.«

»Wie meinst du das?«, fragte Lenz erstaunt.

»Mit Informationen. Walters, dein und mein Thema. Du in deinem Archiv hattest so etwas vermutlich nicht nötig, wir schon. Es ist schon erstaunlich, wie allein man in einem westlichen Land dastehen kann. Aber du hast deine Informationen auch eingesetzt, im Dienst der Polizei«, sagte Isabel und räusperte sich. »Ich habe angefangen, sie an das Assad-Regime zu verkaufen, später auch an die Russen, während ich auf der anderen Seite für die NATO mehr und mehr die Drecksarbeit erledigte. Weißt du eigentlich, dass ein großer Teil der IS-Kämpfer von französischen und britischen Spezialeinheiten trainiert wurde?«

Lenz schüttelte den Kopf. Er wollte etwas sagen, aber Isabel ließ ihn nicht zu Wort kommen.

»Siehst du? In den USA wurde dies mehr und mehr zu einem Streitpunkt. General Michael Flynn und andere hochrangige Offiziere wollten auf keinen Fall, dass Assad durch Fundamentalisten ersetzt wird. Sie hielten es für falsch, dass NATO-Länder radikale islamistische Gruppen wie den IS und al-Nusra unterstützten. Wenn die amerikanische Öffentlichkeit davon Wind bekomme, meinte Flynn, würde es vermutlich einen

Shitstorm geben, den niemand mehr einfangen könne. Die langfristige Strategie inklusive der Einsatzpläne des IS waren auch der Obama-Administration bekannt, stießen dort aber ebenfalls auf erheblichen Widerstand. Irgendwann wurde es auch der NATO zu heikel. Es gab Verhandlungen, und man einigte sich darauf, die UNA von der NATO zu lösen und als private Organisation weiterlaufen zu lassen. Finanziert im Wesentlichen mit Geldern aus Saudi-Arabien und Katar.«

Lenz sah Isabel an, dann nahm er seine Brille ab. »Und wenn ich jetzt eins und eins zusammenzähle, dann muss ich wohl darauf kommen, dass du der Kopf dieser Organisation geworden bist.«

»Es ist eine Geldmaschine, Ewald. Und ja, aus mir ist eine Handlangerin des Krieges geworden.« Isabel machte eine Pause. »Diese muslimische Unterschicht aus Millionen von Menschen in den verschiedensten Ländern: Es bedarf nicht viel, unter ihnen Leute zu finden, die sich rekrutieren und für den Krieg einspannen lassen. Das gibt ihnen Halt und eine Identität. Sogar unter den Christen gibt es Leute, die bereit sind, für irgendeine Gottessache zu kämpfen.«

»Es sind Terroristen«, sagte Lenz.

»Ich mag dieses Wort nicht«, entgegnete ihm Isabel. »Böse, gewalttätige Menschen, die andere enthaupten und sich mit einem Sprengstoffgürtel in die Luft jagen. Ein klares Feindbild. Aber die Realität ist komplexer, Ewald. Ob ein gewalttätiger junger Mann als Terrorist, Dschihadist, Rebell oder Freiheitskämpfer bezeichnet wird, liegt im Auge des Betrachters. Es ist eine Frage der Perspektive.«

»Zum Teufel mit der Perspektive«, sagte Lenz.

»Da irrst du dich. Perspektive ist alles, gerade für Menschen, die eigentlich keine haben. Sie ist der Schlüssel zum Glück. Wenn man ein Ziel hat, geht alles leichter.« Isabel hielt einen Moment inne. Lächelte, nahm das Glas Wasser auf ihrem Tisch und trank. »Ich habe mich oft gefragt, was mein

Ziel gewesen ist. Ich glaube, ich hatte nie wirklich eines … nur Gründe. Aber Gründe sind zu wenig, als dass es am Ende gut wird.«

Lenz dachte darüber nach. Er beobachtete Isabel, wie sie sprach, wie ihre Stimme immer leiser wurde. Schmerzlich wurde ihm bewusst, wie erschöpft und ausgebrannt sie war.

»Vielleicht hat mir deshalb das Wort *Rebell* schon immer am besten gefallen«, sagte sie. »In den NATO-freundlichen Medien, im *Spiegel*, der *Süddeutschen Zeitung*, auch in der *FAZ* oder der *Neuen Zürcher Zeitung* – dort wird es heute fast ausnahmslos verwendet. Das haben wir prima hingekriegt, wenn man bedenkt, dass eigentlich von Dschihadisten oder Terroristen die Rede ist. Und im Weißen Haus gibt es noch immer Leute, die glauben, es gäbe ›gemäßigte‹ Rebellen. Verrückt, oder? Denn eigentlich erinnert das Wort an den Film *Rebel Without a Cause* aus den Fünfzigerjahren, *Denn sie wissen nicht, was sie tun*. Die Geschichte, in der James Dean um Anerkennung und Liebe ringt. Ich habe mir lange überlegt, wie ich den Titel für mich übersetzen würde. *Rebellin (ohne Ziel)* – vielleicht so?«

Lenz schwieg eine Weile. Sein Blick schweifte durch den Raum und er sah abermals auf den Bildschirm. Diesmal stockte ihm der Atem. Ein Hausbrand war zu sehen. Eine dunkle Rauchsäule streckte sich bis weit in den Himmel. Es war der Himmel von Zürich.

20

Eins und eins

ZÜRICH, MITTWOCH, 8. AUGUST – 22:10 UHR

Eschenbach hatte keine großen Überredungskünste gebraucht, um Jonas und Kerry auf das Computersystem in Köhlers Büro anzusetzen. Zum einen war die Neugier der beiden förmlich greifbar, zum anderen waren selbst sie – als Repräsentanten einer neuen digitalen Generation – der Staatsräson ebenso hörig wie die überwiegende Mehrheit ihrer analogen Vorfahren.

»Ich bin der diensthabende Leiter der Kriminalpolizei des Kantons«, hatte Eschenbach ihnen versichert und dabei seinen Dienstausweis auf den Tisch gelegt.

Mehr brauchte es nicht.

Nun starrten alle drei andächtig auf den Monitor.

»Das ist das intereuropäische Netz für Terrorabwehr«, meinte Jonas leise. Er saß auf Köhlers Bürostuhl, und es war ihm anzusehen, dass ihm nicht wohl bei der Sache war. Eschenbach und Kerry, die sich auf die Tischkante gesetzt hatten, sahen sich einen Moment schweigend an.

»Dann suchen wir doch mal«, meinte der Kommissar. »Habicht, Walter. Können Sie das irgendwo eingeben?«

»Klar«, sagte Jonas. Er tippte den Namen ein, und innerhalb von Sekunden erschienen folgende Angaben auf dem Bildschirm:

- HABICHT, WALTER, GEBOREN: 12. AUGUST 1950. TERRORISTISCHE AKTIVITÄT: HOCH. BESONDERE MERKMALE: MIKROSOMIE. ELTERN: UNBEKANNT. KINDERHEIM ZUR SONNE, ERLENBACH, VON 1950 BIS 1968. EINZIGER FAMILIÄRER KONTAKT: HABICHT, IRENE, VERSTORBEN 1961. GYMNASIUM RÄMIBÜEL VON 1964 BIS 1968. MATURA TYPUS C. STUDIUM AN DER ETH VON 1968 BIS 1974. HARVARD UNIVERSITY VON 1974 BIS 1985. WEITERER AUFENTHALT: UNBEKANNT. AKTIVITÄT: UNBEKANNT. (MEHR ...)
- KONTAKTE ZU FOLGENDEN GRUPPEN UND PERSONEN MIT MÖGLICHER TERRORISTISCHER AKTIVITÄT:
  - CRON, ISABEL, GEBOREN: 10. JUNI 1951. AUFENTHALTSORT: UNBEKANNT. (MEHR ...)
  - LENZ, EWALD, GEBOREN: 14. OKTOBER 1951. AUFENTHALTSORT: ZÜRICH. AUFENTHALTSORT NEU: UNBEKANNT. (MEHR ...)
  - KOWALSKI, HANS, GEBOREN: 5. MAI 1970. AUFENTHALTSORT: ST. BLASIEN.
    (MEHR ...)

»Warten Sie«, sagte Eschenbach. Er fotografierte mit seinem Handy den Bildschirm und meinte: »Jetzt gehen Sie mal zu Lenz, Ewald. Auf das ›Mehr‹.«

»Wenn ich da draufklicke …«, sagte Jonas, aber so weit kam er nicht.

»Es hat sich ausgeklickt, meine Herrschaften …«, sagte eine bekannte Stimme. Mit dunkler Jeans, Turnschuhen und einer Heckler & Koch P30 in der Hand stand Ivy Köhler im Türrahmen. »Das ist doch mein Büro, wenn ich das richtig sehe, oder?«

»Du liebe Scheiße«, rief Jonas. Der blonde Wuschelkopf schoss vom Stuhl hoch und hielt die Hände über den Kopf.

»Hinsetzen!«, befahl Köhler.

Eschenbach überlegte einen Moment, dann seufzte er und sagte: »Okay. Die Übung ist abgebrochen ...« Mit einem Blick zu Köhler meinte er: »Die Dame und ich ... wir kennen uns. Sie ist meine Stellvertreterin.«

»Echt jetzt?«, kam es diesmal von Kerry Nichols. Jonas, kreidebleich im Gesicht und die Arme noch immer über dem Kopf, hatte sich wieder in den Bürostuhl fallen lassen. Nicht ein Mucks kam aus seinem weit geöffneten Mund.

»Darf ich vorstellen: Hauptkommissarin Ivy Köhler und ...« Eschenbach grinste, »Mitarbeiterin des Bundes, Gruppe Terrorabwehr, vermute ich.«

Köhler sah Eschenbach verblüfft an. Ein Moment verging, dann senkte sie zögerlich ihre Waffe.

»Und nun schlage ich vor«, sagte der Kommissar in jovialem Ton. »Die jungen Leute geben mir ihre Ausweise. Wir benötigen diese für den Bericht. Natürlich werden wir sie Ihnen baldmöglichst wieder zukommen lassen.«

Hier machte der Kommissar eine kurze Pause. Aber ein »Echt jetzt?«, wie er erwartet hatte, kam nicht. Wie geheißen kramten beide hastig ihre Identitätskarten hervor und reichten sie dem Kommissar.

»Ihr seid wirklich gut«, sagte er. Und an Köhler gerichtet fragte er: »Wussten Sie, dass man knapp zwölf Minuten braucht, um ein Schloss der obersten Sicherheitskategorie zu öffnen? Irgendwie beeindruckend, nicht wahr?«

Köhler schwieg.

»Geben Sie der Dame doch eine Visitenkarte«, meinte der Kommissar zum Schluss. »Ich bin überzeugt, die Leute vom Nachrichtendienst des Bundes ... die Bundespolizei, oder wer immer sonst noch Geheimnisse hat in Bundesbern, sie wären bestimmt froh um Ihre Dienste.«

Nun kam es noch einmal: »Echt jetzt?« Es war diesmal Jonas. Er hatte die Sprache wiedergefunden. Nur Visitenkarten hatten sie beide nicht.

»Wir werden bestimmt welche drucken lassen«, sagte Kerry. »Aber Sie haben ja unsere IDs.«

»Genau. Und jetzt ist Abmarsch«, sagte der Kommissar. Er sah ihnen nach, wie sie sich mit ihren Rucksäcken und Badelatschen in Richtung Aufzug davonmachten.

»Das ist unglaublich«, meinte Ivy Köhler. Sie hatte sich hinter den Schreibtisch gesetzt, starrte eine Weile auf den Bildschirm, bevor sie den Computer mit einem Knopfdruck ausschaltete.

»Wo ist eigentlich Ihr Goldfisch?«, fragte Eschenbach.

»Ach, hören Sie doch auf«, zischte sie. »Und glauben Sie ja nicht, das hätte kein Nachspiel.«

»Ach, wirklich?« Wie Neymar nach einer Schwalbe hob der Kommissar die Hände. »Die Frage ist nur, für wen? Wenn die in Bern spitzbekommen, wie leichtfertig Sie mit Ihrem Kryptodings umgehen ... Die Karte dazu lag unter Ihrer Schreibunterlage. Sehr leichtfertig, finde ich.«

»Scheiße«, flüsterte sie.

»Wir könnten mit offenen Karten spielen«, sagte Eschenbach. »Es wäre doch mindestens einen Versuch wert, oder?«

»Scheiße«, murmelte Köhler noch einmal und starrte vor sich auf die Tischplatte. Eine Weile verging, dann hob sie den Kopf. »Der Goldfisch ist übrigens bei mir zu Hause.«

»Ach so.«

Wieder gab es eine Pause.

»Wie sind Sie eigentlich auf die Sache mit der Terrorabwehr gekommen?«, fragte sie.

»Wenn man eins und eins zusammenzählt«, sagte der Kommissar, »und dazu auch noch über etwas Intuition verfügt.« Er griff sich in den Nacken, bewegte den Kopf hin und her und merkte, wie verspannt und müde er eigentlich war. Die Verleumdungsarie von Don Basilio kam ihm in den Sinn, sein Gefühl, nicht mehr Teil des Ganzen zu sein. In diesem Vakuum aus verlorener Würde und fehlender Zugehörigkeit hatte er die fixe Idee entwickelt, ausgebootet zu werden, war sein Misstrauen entstanden … ein teuflischer Cocktail, der ihn zu diesem radikalen Alleingang angestachelt hatte. Das wurde ihm nun bewusst. Hinzu kam seine ganz persönliche Angst vor dem Alter, die ihn getrieben hatte – auch das musste er sich eingestehen.

Von Intuition keine Spur.

»Zwei Wochen nach dem Anschlag auf *Charlie Hebdo* hat der Schweizer Bundesrat sechs zusätzliche Stellen zur präventiven Terrorbekämpfung geschaffen«, begann Köhler. »Ich bin als eine der Ersten zu dieser Truppe gestoßen. Wir sind dem Nachrichtendienst des Bundes, dem NDB, unterstellt. Unsere Hauptaufgaben sind Nachrichtenbeschaffung und -verarbeitung sowie eine intensivere Beobachtung der dschihadistischen Szene der Schweiz.«

»Sechs Leute sind nicht gerade viel«, bemerkte Eschenbach.

»Klar. Aber es gab die Idee, mit den Staatsschutzstellen der Kantone zusammenzuarbeiten, denen mehr finanzielle Mittel zugesprochen wurden …« Köhler zuckte mit den Achseln. »Das Ganze war von Anfang an ein Papiertiger. Unser Geheimdienst weiß seit Längerem von mehreren al-Qaida-Mitgliedern, die sich bei uns aufhalten. Wir sind bestens informiert. Es sind einflussreiche Leute aus dem Irak und aus Libyen, aus der Generation, die mit dem 2011 getöteten Osama bin Laden in Verbindung stand. Diese Personen verfügen in der Schweiz über einen legalen Aufenthaltsstatus. Aber wir geben unser Wissen über sie und ihre Aktivitäten nicht preis. Auf diese Weise erkaufen wir uns Sicherheit – gewissermaßen Immunität gegen Terroranschläge. Es kommt also nicht von ungefähr, dass es in unserem Land seit Jahren keinen einzigen Anschlag mit terroristischem Hintergrund gegeben hat.«

An dieser Stelle machte Köhler eine Pause und sah Eschenbach an.

Der Kommissar verzog keine Miene. Was er gerade gehört hatte, überraschte ihn nicht wirklich. Dafür war er zu alt, zu abgebrüht vielleicht. Er hatte sich in seinem Leben oft Gedanken gemacht über das kleine Land, in dem er geboren worden war. Wie schaffte es ein kleines Volk von Bauern, in weniger als hundertfünfzig Jahren zu einem der reichsten Länder der Welt zu avancieren?

Natürlich gehörten Stabilität und Zuverlässigkeit zu den zentralen Bausteinen auf diesem Weg. Das Wichtigste hingegen, da machte er sich nichts vor, war die Fähigkeit, sich zu verbünden, ohne dass man sich Feinde schaffte. Und dies wiederum gelang nur, wenn man den einen manchmal etwas anderes erzählte als den anderen. Es mussten ja nicht alle alles wissen. War das dann schon eine Lüge, oder war man einfach nur geschickt? Die beiden jungen Menschen kamen ihm in den Sinn, mit deren Hilfe er in Köhlers Büro gelangt war – und auch das, was er ihnen aufgetischt hatte.

»Sie sind nicht sehr überrascht, oder?«, bemerkte Köhler.

»Ich ... äh, nein.« Aus seinen Gedanken gerissen, schüttelte Eschenbach den Kopf. »Um ehrlich zu sein, nicht wirklich. Was mich mehr verwundert, ist, wie Sie damit umgehen. Wie alt sind Sie? Knapp über dreißig?«

»Fünfunddreißig.«

»Eben. Und ich dachte immer, die Jungen sehen das anders. Sie würden sich empören und kämpfen – für eine bessere Welt.«

»Eine bessere Welt«, wiederholte Köhler. Sie nahm ihre randlose Brille ab und legte sie auf den Tisch. Ein paarmal fuhr sie sich mit den Händen übers Gesicht, dann meinte sie: »Jeden Tag steht irgendwo ein Wahnsinniger auf und will sie besser machen, zu wessen Gunsten auch immer. Lassen wir die Welt doch, wie sie ist, Eschenbach. Und geben wir acht, dass wir nicht zwischen die Fronten geraten. Das ist schnell passiert. Deshalb sind wir vorsichtig.«

Sie stand auf und ging ein paar Schritte.

»Offiziell rechtfertigen wir unsere Passivität mit dem Quellenschutz. Wir argumentieren, dass unser Geheimdienst die Informationen nicht an die Strafverfolgungsbehörde weitergeben kann. Denn sobald die Bundesanwaltschaft ein Strafverfahren eröffnet, müssen wir die Quellen offenlegen. Weil es sich dabei aber meist um befreundete Geheimdienste handelt, ist deren Nennung ein Tabu. Deshalb verzichten wir auf die Weitergabe der Informationen.«

»Echt jetzt?«, fragte der Kommissar.

Ivy Köhler nickte. Ein kurzes Lächeln huschte über ihr schmales Gesicht, so als genösse sie es, doch noch für eine Überraschung gut zu sein. »Ein bisschen Theater gehört dazu«, sagte sie. »Dabei haben unsere deutschen Kollegen das juristische Problem längst gelöst. Um den Quellenschutz zu umgehen, gibt es dort das Behördenzeugnis. Es entbindet die Angehörigen eines Geheimdienstes davon, ihre Quellen gegenüber der Polizei oder der Staatsanwaltschaft zu nennen. So können sie ihr geheimdienstlich erworbenes Wissen weitergeben, ohne ihre Informanten zu gefährden. Aber da müssen wir uns ehrlich fragen, wollen wir das?«

Es war die alte Geschichte vom *Fünfer und dem Weggli* – am besten, man hatte beides und alle Optionen offen. Und wenn man sich hinter Paragrafen verstecken und Geheimnisse für sich behalten konnte, umso besser.

»Sie sagen, wir beherbergen wissentlich Terroristen«, begann nun Eschenbach, dem das Ganze ein wenig zu dick aufgetragen schien. »Wir bieten ihnen geradezu eine Oase der Ruhe, damit sie weitere Aktionen planen können. Dabei spielen wir obendrein die Unwissenden, verstecken uns hinter Bergen von Vorschriften und juristischem Geplänkel? Finden Sie das nicht ein wenig zu viel des Guten?«

»Das ist noch lange nicht alles«, sagte Köhler. »Sie haben doch eine Tochter, nicht wahr?«

»Das tut doch überhaupt nichts zur Sache!«

»Sind Sie sicher?« Köhler nahm wieder an ihrem Schreibtisch Platz, setzte sich die Brille auf und lehnte sich in ihrem Stuhl zurück. »Also, wenn ich ans Gurtenfestival gehe, bin ich froh, dass es dort keine Dschihadisten gibt, die rumballern ...«

»Sind Sie sich da denn sicher?«

»Ja, bin ich. Und wissen Sie, warum das so ist?«

Der Kommissar seufzte.

»Sie glauben ja auch nicht ans Weihnachtskind, Eschenbach. Ich muss Ihnen auch nicht erklären, dass es so gut wie unmöglich ist, einen Anschlag mit rein polizeilichen Mitteln zu verhindern. Schon gar nicht auf dem Gurten. Es ist wie mit der Grippe – man ist machtlos. Und deshalb ist es am besten, Sie lassen sich impfen. Ein Impfstoff in dieser Sache ist die Beziehung der Schweiz zu Saudi-Arabien. Die von den Saudis gelenkte Islamische Weltliga betreibt mit ihrem Geld über dreißig Moscheen in unserem Land. Das Geld liegt auf den Konten unserer Banken. Zudem haben wir der Liga in Genf ihren ersten ausländischen Sitz ermöglicht, wohl wissend, dass der Wahhabismus als Nährboden fundamentalistischer Strömungen dient.«

»Sie spekulieren, dass die nicht in ihr eigenes Nest kacken ...«

»So ist es«, sagte Köhler.

»Und dabei verbünden wir uns mit einem der ...« Eschenbach wusste nicht, welches Attribut er den Saudis geben wollte: *rückständig? fundamentalistisch? gefährlich?* »Das ist ein Pakt mit dem Teufel«, sagte er schließlich. Es war ihm einfach so herausgerutscht.

»Pakt ist vielleicht etwas zu hoch gegriffen«, meinte Köhler. »Aber wir lassen etwas zu, das ist richtig, in einem gewissen Sinne kooperieren wir sogar. Das ist natürlich heikel. Aber bisher waren wir damit erfolgreich. Und es hat weiß Gott auch nicht geschadet, dass wir als Nicht-EU-Land zumindest offiziell keinen Zugang zum Anti-Terror-Netzwerk unserer europäischen Kollegen haben.«

»Und das hier?« Eschenbach deutete auf die Monitore und das SINA-Gerät.

»Eben ... und jetzt wird es spannend«, sagte Köhler. »Anfang Jahr sind die deutschen Behörden mit einem Amtshilfegesuch an uns herangetreten ... in Sachen Habicht.« Ihre Stimme stockte einen kurzen Moment. »Es war mir nie wohl bei der Sache. Wirklich, das können Sie mir glauben.« Köhler sah Eschenbach aus dunklen Augen an. »Ich habe mit Saager mehr als einmal darüber gesprochen. Aber es war dieser Link zu Ewald Lenz, Ihrem Freund ...«

»Lenz ist kein Terrorist«, unterbrach Eschenbach sie heftig.

»Das wissen wir nicht«, sagte Köhler in gefasstem Ton. Sie stand auf, ging auf den Schrank mit den Hängeregistraturen zu und blieb, weil sie die Akte neben Eschenbach auf dem Tisch liegen sah, auf halbem Weg stehen. »Offenbar haben Sie das Dossier schon gefunden.«

Eschenbach nickte.

»Laut den deutschen Behörden ist Habicht einer der wichtigsten Drahtzieher dschihadistisch motivierter Terroraktionen hier in Europa. Er hat ...«

»So ein Blödsinn«, warf Eschenbach dazwischen. »Walter Habicht war kleinwüchsig. Zudem hat er unter einer schweren Niereninsuffizienz gelitten und seine Wohnung kaum verlassen. Wie soll da einer ...?«

»Hören Sie mir doch bitte einen Moment zu«, bat Köhler. Sie nahm die Mappe an sich und bot Eschenbach einen Stuhl an. »Setzen Sie sich doch bitte endlich.«

Widerwillig nahm Eschenbach Platz.

»HCL ...«, begann Köhler. »Ich nehme nicht an, dass Sie schon Gelegenheit hatten, einen Blick in die Akte zu werfen?«

»HCL: die chemische Bezeichnung für Salzsäure?«, warf Eschenbach ein.

Köhler lächelte. »Hier stehen die Buchstaben für Habicht, Cron und Lenz. Die drei lernen sich an der ETH kennen, sind Studenten dort. Wir schreiben das Jahr 1969.«

21

An was denkst du?

HOCHSCHWARZWALD, MITTWOCH,
8. AUGUST – 08:55 UHR

»Das ist das Haus am Kreuzplatz …«, murmelte Lenz, der noch immer gebannt auf den Bildschirm starrte.

»Ich weiß«, sagte Isabel. Sie stand auf, ging um den langen Tisch herum und stellte sich neben ihn. Eine Weile sahen sie sich die Bilder gemeinsam an. »Soll ich den Ton anmachen?«, fragte sie.

Lenz schüttelte den Kopf. »Erklär du es mir«, sagte er leise.

Am Bildschirm erschien Rudolf Matter, der Mediensprecher der Kantonspolizei Zürich. Lenz kannte ihn nur flüchtig. Von den Lippen des Sprechers versuchte er abzulesen, was dieser zu sagen hatte.

»Sie wissen nichts«, grummelte Lenz nach einer Weile. »Überhaupt nichts. Tappen völlig im Dunkeln. Er hat Walter nicht mit einem einzigen Wort erwähnt.«

»Walter war längst nicht mehr in der Wohnung«, sagte Isabel.

»Ach so …« Lenz drehte sich zu Isabel und sah sie an. »Haben deine Leute den Brand gelegt?«

Sie nickte. »Nach Walters Freitod am Montag vor einer Woche habe ich die Wohnung räumen lassen. Die ganzen medizinischen Apparaturen, die wir über die Zeit angeschafft und die ihn mehr oder weniger am Leben erhalten haben. Auch viele Akten, die Computer … das ganze belastende Material eben.«

»Dann wusste Walter also, dass du …?«

»Er war Teil der Organisation«, sagte Isabel. »Mein Backup sozusagen. Walter war ein Genie, wenn es ums Organisieren ging. Er hat die ganzen Transaktionen abgewickelt, die Abläufe geplant. Einmal, als die Deutschen Stunk gemacht haben wegen so einer Lappalie …«

»Ich will das alles gar nicht wissen, Isabel«, unterbrach er sie. Natürlich war Walter brillant gewesen. Das wusste Lenz nur allzu gut. Schließlich hatten sie sich gemeinsam auf die Prüfungen vorbereitet. Mit Walter konnte er Dinge diskutieren, die sonst niemand auch nur ansatzweise begriff. Warum war aus ihm nichts anderes geworden? Er hätte es verdient. Scheißnieren, dachte Lenz und fuhr sich mit der Hand durchs Haar. Er atmete tief durch. »Bitte verschon mich mit weiteren Details. Lass mich Walter so sehen, wie ich ihn sehen möchte.«

»Okay … wie du willst.«

»Ich werde jetzt meine Sachen packen und gehen.«

Isabel hielt Lenz an der Schulter fest. »Du hast mir versprochen, dass du dir meine Geschichte bis zum Schluss anhörst. Weißt du nicht mehr?«

»Doch«, sagte Lenz und nickte langsam. »Das habe ich auch getan. Es ist ein bitteres Ende geworden. Jedenfalls keines, das ich mir gewünscht hätte.«

»Ich weiß«, sagte Isabel. »Und es ist, wie ich es dir vorhergesagt habe. Erinnerst du dich?«

»Ich würde dich hassen, hast du gesagt.«

Sie nickte. »Und, tust du es?«

Lenz schwieg. In seinem Kopf jagte ein Gedanke den anderen. Nicht ein einziger hatte Bestand, weil über allem ein Wirrwarr von Gefühlen tobte.

Am TV-Bildschirm hatte Donald Trump den Pressesprecher abgelöst. Auf ihn folgte der Papst, Erdoğan, dann der deutsche Außenminister und noch ein Fußballer, dessen Name Lenz nicht kannte. Zum Schluss zeigte man wieder die Wetterkarte.

»Wenn ihr alles ausgeräumt habt«, fragte Lenz nach einer Weile. »Warum habt ihr die Hütte noch abgefackelt? Das macht doch überhaupt keinen Sinn.«

»Weil ein paar wichtige Unterlagen fehlten ...«, sagte Isabel. »Das haben meine Leute erst später entdeckt. Informationen über die einzelnen Zellen der Organisation, Namen, das ganze Netzwerk. Deshalb musste ich am Montag so plötzlich weg.«

»Und habt ihr sie gefunden?«

»Nein«, sagte Isabel. »Wir hatten allerdings auch nicht viel Zeit zu suchen. Es ist mir noch immer ein Rätsel, wo Walter sie versteckt hat.«

»Deshalb also der Brand«, murmelte er und seufzte. Lenz dachte an seinen Garten, das Loch, das er gegraben hatte.

»An was denkst du?«

»An nichts«, sagte er und blickte auf. »Na ja, an die Familien, die im Haus gelebt haben. Ich verstehe dich nicht, Isabel. Gerade du solltest eigentlich wissen ...«

»Das tue ich auch«, sagte sie leise. »Ich weiß, was Brandwunden sind und wie sie sich anfühlen. Das darfst du mir glauben. Sie haben mich ein Leben lang begleitet. Die Narben, Verwachsungen und immer wieder Operationen. Aber lassen wir das.« Sie wandte sich von Lenz ab und ging zurück zum Schreibtisch. »Es wundert mich, wie du über mich denkst, nach den Tagen, die wir zusammen verbracht haben.« Isabel öffnete eine Schublade und zog eine Klarsichthülle hervor. »Ich habe mich persönlich um die Evakuierung der Leute gekümmert. In der Nacht auf Dienstag, in der ich unterwegs war. Wir haben sie in ein Haus gebracht, im Aargau. Ich habe die Liegenschaft vor einem halben Jahr gekauft. Hier, das ist sie ...« Isabel warf ihm die Hülle mit den Unterlagen zu. Sie landeten einzeln auf dem Boden. »Du kannst gerne dort vorbeigehen, wenn du magst, und ihnen einen Besuch abstatten. Zudem habe ich ihnen Geld gegeben, viel Geld. Sie werden sich eigene Häuser kaufen können.«

»Du lügst mich jetzt nicht an, oder?«, fragte Lenz unsicher. Er sah die Enttäuschung in Isabels Gesicht. Zögerlich nahm er die Blätter auf und steckte sie zurück in die Klarsichthülle.

»Ich habe dir vielleicht nicht immer alles erzählt«, sagte sie. »Aber angelogen habe ich dich nie.«

Lenz legte die Unterlagen zurück auf den Tisch. Dabei stieß er an einen kleinen Fotorahmen, den Isabel neben dem Computer aufgestellt hatte. Als der Rahmen umkippte, nahm Lenz ihn in die Hand, um sich das Foto darauf anzusehen.

»Lass das«, zischte Isabel und versuchte, es ihm wegzunehmen. »Es ist nichts …«

Lenz betrachtete die runden schneckenförmigen Formen in Schwarz und Weiß, die ineinander übergriffen und in deren Mitte der Kopf eines Embryos deutlich zu erkennen war. »Ein Ultraschallbild«, murmelte er.

»Einen Monat, bevor ich den Abort hatte«, meinte Isabel ungeduldig. »Ich habe es dir erzählt. Bitte gib es mir.«

»Nicht alles hast du mir erzählt«, meinte Lenz nachdenklich und gab ihr das Bild zurück. »Rechts oben steht das Datum. Und ich kann rechnen.«

Eine Pause entstand.

»Warum hast du mir es damals nicht erzählt?«, fragte Lenz in die Stille hinein.

Isabel stellte den Rahmen wieder genau dorthin, wo er gestanden hatte. Sie setzte sich, stützte die Ellbogen auf den Tisch und vergrub ihr Gesicht in den Händen.

»Warum, Isabel?«

Wieder verging eine Weile.

»Du hast keine Kinder gewollt«, sagte sie schließlich, ohne ihn dabei anzusehen.

»Das ist doch nicht wahr«, erwiderte Lenz.

»Doch. Nicht jetzt, hast du gesagt. Zweimal habe ich einen Anlauf genommen und dich darauf angesprochen. Aber du hattest dafür kein Gehör. Ich wollte dich nicht vor vollendete

Tatsachen stellen, wollte behutsam vorgehen. Irgendwann habe ich dann gedacht, es ist wohl besser, ich warte noch etwas zu. Zudem hattest du gefunden, es wäre besser, wenn wir uns nicht mehr so oft sehen. Also habe ich mich in die Arbeit gestürzt – bis zu diesem Brand. Und plötzlich war es zu spät.«

»Zweimal einen Anlauf hast du ...« Fieberhaft versuchte Lenz sich daran zu erinnern. Aber er fand nichts. Ein schreckliches Gefühl stieg in ihm hoch. Zwischen all den Bildern, Zahlen, Daten und Fakten war das Wichtigste verloren gegangen: eine zarte Andeutung, verbunden mit einer stillen Hoffnung.

Übelkeit erfasste Lenz. Er spürte, wie sich alles in ihm verengte, wie er plötzlich keine Luft mehr bekam. »Ich ...«, keuchte er. Ihm wurde schwindelig, als er versuchte sich aufzurichten. Aber es gelang ihm nicht. Stattdessen fiel er kraftlos in sich zusammen.

* * *

Am Abend desselben Tages saß Eschenbach weiterhin in Ivy Köhlers Büro und hörte sich ihre Sicht der Dinge an.

»Habicht, Lenz und Cron«, referierte Köhler. »Sie treffen zufällig aufeinander, freunden sich an und für eine Weile, so scheint es jedenfalls, sind sie unzertrennlich. An der ETH wird man auf sie aufmerksam. Es sind drei hochtalentierte junge Menschen.« An dieser Stelle machte Köhler eine kurze Pause. Mit der flachen Hand strich sie über die Akte und meinte: »Es ist mir noch immer ein Rätsel, weshalb aus keinem von ihnen etwas geworden ist.«

»Jetzt hören Sie doch auf mit dem Quatsch«, sagte Eschenbach. »Aus Ewald ist ein brillanter Informationsdienstler geworden. Es gibt eine Reihe komplexer Fälle, die wir ohne seine Hilfe nicht hätten lösen können.«

»Sie idealisieren ihn«, sagte Köhler. »Lenz war Mitarbeiter im Archiv ...«

»Er hat es geleitet«, polterte Eschenbach.

»Nun gut, von mir aus.« Köhler grinste. »Aber eine Bombenkarriere ist das nun auch wieder nicht. Nicht für einen Mann mit seiner Qualifikation ...«

»Lassen wir diese dämliche Diskussion«, sagte der Kommissar. Er stand auf, tat ein paar Schritte und setzte sich wieder.

»Haben Sie sich beruhigt?«

»Nein.«

»Kann ich trotzdem fortfahren?«

»Lenz ist kein Terrorist«, sagte Eschenbach nun in gemäßigtem Ton. »Völlig egal, was Sie mir noch alles auftischen. Dafür lege ich meine Hand ins Feuer.«

»Ewald Lenz verfügt über einen Intelligenzquotienten von über 150. Es gibt wenige Menschen ...«

»Weiß ich alles«, grummelte der Kommissar. »Aber Intelligenz ist kein Verbrechen, oder?«

Ivy Köhler seufzte, sagte »gut« und erzählte weiter. »Ihr Freund hat an der ETH zwei Semester Quantenphysik und danach Mikrobiologie studiert. Das Letztere hat er mit *summa cum laude* abgeschlossen. Im Anschluss daran schreibt er mit Walter Habicht eine Arbeit, die unter Professoren als genial eingestuft wird. Sie sei vom Besten, das auf dem Gebiet je geschrieben worden sei, hat man mir gesagt. Ich kann das leider nicht beurteilen«, bemerkte Köhler mit einem Schulterzucken. »Ich bin schlichtweg zu dumm dafür.«

»Eben«, sagte Eschenbach. »Und ich kann es auch nicht. Wo liegt also Ihr Problem?«

»Ähnlich ist es bei den beiden anderen, die in den Fachgebieten Elektrodynamik und Biologie brillieren. Während Cron und Lenz eine Assistenzprofessur ausschlagen, unterrichtet Habicht eine Zeit lang an der ETH. Später folgt er einer Berufung an die Harvard University und wandert aus. Cron zieht ihm nach, nachdem sie sich mehr schlecht als recht durchgeschlagen, ein Haus angezündet und später noch über zwei Monate in der Psychiatrischen Klinik verbracht hat. Sie hatte sich offenbar schwere Brandwunden zugezogen und musste sich deswegen immer wieder behandeln lassen.«

»Und Lenz?«, wollte Eschenbach wissen. »Was hat er verbockt?«

»Nichts«, sagte Köhler. »Er hat sich bei der Polizei beworben.«

»Na eben«, rief Eschenbach, lachte und schüttelte den Kopf. »Als ob das ein Verbrechen wäre.«

»So weit, so gut«, sagte Köhler. Ein gezwungenes Lächeln folgte. »Es ist immer schön, etwas zur allgemeinen Erheiterung beizutragen. Es ist ja auch nur die Vorgeschichte zu den dreien. Sie sind alle eigenwillig und ebenso seltsam, finde ich. Auch was Cron und Habicht betrifft, gibt es vorerst nichts Verdächtiges. Sie erarbeiten sich einen hervorragenden Ruf an der Harvard, gelten dort als Wunderkinder der Technologieentwicklung und arbeiten an einem Projekt, aus dem später das Internet hervorgeht.«

»Tja ...« Eschenbach hob das Kinn. »Und jetzt?«

Köhlers Miene wurde ernst, ihr Lächeln verschwand. »Sie wissen genauso gut wie ich, dass wir das alles nicht wüssten, gar nicht recherchiert hätten, wenn es keinen Anlass dafür gäbe. Aber den gibt es. Leider. Ende der Neunziger verschwinden Cron und Habicht von der Bildfläche. Auch in Boston weiß niemand, wohin sie sich zurückgezogen haben. Oder wohin sie gegangen sind. Habicht soll krank gewesen sein. Das ist aber auch alles. Kein Anhaltspunkt sonst. Nichts. Bis im Rahmen des Syrien-Konfliktes erneut der Name Isabel Cron auftaucht. Als Leiterin einer Untergruppe der NATO.«

»Die NATO ist ein offizielles Militärbündnis ...«

»Das weiß ich auch«, sagte Köhler. »Ich habe es nur der Vollständigkeit halber erwähnt. Denn 2013 verlässt Isabel

Cron diese Gruppe. Oder besser gesagt, die Gruppe wird aufgelöst. Es ist die letzte konkrete Spur, die wir von ihr haben.«

»Und danach?«, wollte Eschenbach wissen.

»Nur noch Flickwerk ... einzelne Informationen, allerdings mit hochbrisantem Hintergrund.«

»Werden Sie präziser«, bat Eschenbach.

»Das kann ich leider nicht«, sagte Köhler. »Es sind geheime Informationen – aber was ich sagen kann, es gab konkrete Hinweise, dass sich Habicht in der Schweiz aufhält. Der deutsche Geheimdienst hat sie uns offengelegt, zusammen mit der Bitte um Amtshilfe.«

»Das hatten Sie bereits erwähnt.«

»Eben. Deshalb haben wir bei Ihrem Freund Lenz angesetzt ... eine ziemlich aufwendige Überwachung, die uns am Ende zu dieser Wohnung am Kreuzplatz geführt hat.«

»Sie haben Lenz überwachen lassen?«, fragte Eschenbach erstaunt.

»So ist es.«

»Um Isabel Cron zu finden?«

»Genau.«

»Oder Habicht. Der Sie wiederum zu Cron hätte führen können.«

»Exakt.«

»Das ist doch absurd.« Eschenbach holte tief Luft. »Auf die Gefahr hin, dass ich mich wiederhole: LENZ – IST – KEIN – TERRORIST. Punkt.

»KORREKT.«

»Wie meinen Sie das jetzt?« Der Kommissar hatte sich erhoben, war sich mit beiden Händen durch die Haare gefahren. Nun stand er da und sah Köhler erwartungsvoll an.

»Dass Sie sich wiederholen, meine ich.«

Eschenbach zählte innerlich bis acht und setzte sich wieder. »Sie sind ein sturer Hund, Köhler. Wissen Sie das?«

»Danke.«

»Und Sie machen vermutlich auch nur Ihren Job. Wie wir alle hier.«

»So ist es«, sagte sie. »Schön, wenn wir vernünftig miteinander sprechen können.«

Eschenbach, der innerlich kochte, hatte sich vorgenommen, ruhig zu bleiben. Es hatte keinen Sinn, hier Theater zu machen. Das war ihm klar geworden. Er musste versuchen, mehr über die Sache herauszufinden. »Seit wann lassen Sie Lenz überwachen?«, fragte er.

»Ein halbes Jahr vielleicht«, sagte Köhler.

»Und, ist etwas dabei herausgekommen?

»Ja und nein«, meinte Köhler. »Wir gingen davon aus, dass Lenz und Habicht in Kontakt zueinander standen. Bestätigt hat sich das erst relativ spät.«

»Sie haben sich getroffen?«

»Das wissen wir nicht.« Köhler wiegte den Kopf. »Aber sie haben miteinander telefoniert.«

»Sie haben sein Telefon angezapft?«

Köhler nickte. »Mit Erlaubnis der Bundesanwaltschaft wohlverstanden.«

»Und?« Eschenbach überlegte, wann er das letzte Mal mit Ewald telefoniert und worüber sie gesprochen hatten. Es kam ihm nicht mehr in den Sinn. Trotzdem beschlich ihn ein unangenehmes Gefühl.

»Es ging meistens um belanglose Dinge«, sagte Köhler. »Freundschaftliches Geplauder. Sie wissen schon. Ein paarmal auch um Informationen im Zusammenhang mit laufenden Polizeiermittlungen.«

»Ach, wirklich?«

»Haben Sie sich nie gefragt, woher Ihr Freund seine Informationen bezog?«

Eschenbach zog die Schultern hoch. »Quellenschutz«, sagte er. »Haben Sie mir doch vorhin selbst erklärt, oder?«

»Egal«, sagte Köhler und fuhr fort. »Jedenfalls hat es lange so ausgesehen, als hätten wir nichts. Bis uns völlig unerwartet von einem befreundeten Geheimdienst etwas zugespielt wurde.«

Eschenbach hob die Augenbrauen.

»Es ging um eine Sache, die im Darknet angeboten wurde. Geheimdienstleute hatten sich als Käufer ausgegeben, es hatte erste Verhandlungen gegeben, die aber seitens der Anbieter plötzlich abgebrochen wurden.«

»Sie machen es spannend«, sagte Eschenbach. »Um was geht es?«

»Um Teile eines biologischen Bauplans von Botulinumtoxin Typus H – sagt Ihnen das etwas?«

»Keine Ahnung. Ich bin Jurist, kein Naturwissenschaftler.«

»Aber Walter Habicht war einer. Und im Zusammenhang mit der geplatzten Transaktion ist Walter Habichts Name wieder aufgetaucht.«

22

Strohhalme

ZÜRICH, MITTWOCH, 8. AUGUST – 22:55 UHR

»Ganz generell sind Botulinumtoxine für höhere Lebewesen das mit erheblichem Abstand tödlichste bekannte Gift«, erklärte Köhler. »Im Grunde genommen ist es eine Proteinverbindung, deren Wirkung darauf beruht, die Erregungsübertragung von Nervenzellen zu lähmen. Neben Störungen des vegetativen Nervensystems kommt es zu einer Muskelschwäche bis hin zum Stillstand der Lungenfunktion.«

»Wenn Sie es sagen.«

»Ich habe es mir sagen lassen«, erwiderte Köhler mit ernster Miene. »Es ist genauso wenig mein Fachgebiet wie Ihres.«

»Ich verstehe«, murmelte Eschenbach. Gifte waren ihm schon immer suspekt gewesen. Aber er konnte sich beim besten Willen nicht vorstellen, was sein Freund Ewald damit zu tun haben sollte.

»Es gibt verschiedene Typen dieser Toxine«, erklärte Köhler. »Das bekannteste ist wohl Botox – es wird in der Kosmetik verwendet. Man spritzt es sich in die Haut, um Falten zu eliminieren.«

Auch dazu hatte Eschenbach keinen Beitrag. Er nickte nur.

»Für alle diese Botulinumtoxine hat man im Laufe der Zeit ein Antiserum gefunden. Anders bei diesem Typus H. Er ist erst seit ein paar Jahren bekannt. 2013 wurde er in den USA in der Stuhlprobe eines Kindes gefunden. Nachdem man die

DNA-Struktur entschlüsselt hatte, entschied man sich, die Ergebnisse geheim zu halten, bis ein Antiserum entwickelt wäre.«

»Und dieses Antiserum gibt es vermutlich noch immer nicht«, folgerte Eschenbach.

»Genau so ist es. Sie können sich vorstellen, was es bedeutet, wenn dieses Gift in falsche Hände gerät.«

Der Kommissar nickte. »Und wo ist dieses Toxin jetzt?«

»Das ist der Punkt«, sagte Köhler. »Aufgrund eines Telefongespräches, das wir abgehört haben, gehen wir davon aus, dass Ihr Freund Lenz es hat.«

»Sie spinnen doch?«

»Hören Sie es sich selbst an«, konterte Köhler. Sie rollte mit dem Stuhl hinter den Computer und begann auf der Tastatur herumzutippen. »Ich spiele Ihnen die Sequenz gerne ab ...«

Eschenbach wartete.

»Es ist ein Telefonat, einen Moment noch ...« Ein paarmal klickte sie auf die Maus.

»... Jetzt mach mal halblang. Ich lebe in einem Krankenhaus, muss ich dir nicht erzählen. Es geht nur um etwas Kleines. Ein Päckchen. Ich wäre froh, wenn du für mich einen Botendienst erledigen könntest.«

»Kein Problem. Wohin soll das Päckchen gehen?«

»Nach Freiburg im Breisgau. Meinst du, das geht?«

»Klar geht das.«

»Sie hören ihn tatsächlich ab«, murmelte der Kommissar. Er hatte die Stimme von Ewald eindeutig wiedererkannt.

»Hab ich Ihnen doch gesagt, oder?«

»Ich weiß«, sagte Eschenbach. »Es ist trotzdem befremdlich.«

Mit einem Mausklick stoppte sie die Tonaufnahme. »Das Haus am Kreuzplatz gehört übrigens Ihrem Freund. Aber ich nehme an, das wissen Sie inzwischen.«

»Eigentum ist in unserem Land keine Schande.«

»Ach, kommen Sie …«, sagte Köhler und sah ihn an. »Wir wissen beide ganz genau, dass die finanziellen Mittel von Herrn Lenz bei Weitem nicht ausreichen, um ein Mehrfamilienhaus zu kaufen. Aber hören Sie sich das Gespräch zu Ende an.«

Mit einem Mausklick ging es weiter.

»Es ist für Isabel. Ich weiß, dass du … Ich wäre dir wirklich sehr dankbar.«

»Isabel?«

»Ja.«

»Ich weiß nicht … Isabel und ich haben uns eine Ewigkeit nicht mehr gesehen.«

»Über vierzig Jahre.«

Eine Pause entstand.

»Sag mal: Kaust du gerade Fingernägel oder knackt es in der Leitung?«

»Hier wechseln die beiden auf Signal«, sagte Köhler und beendete die Aufnahme. »Das ist eine abhörsichere End-to-End-Verschlüsselungstechnologie.«

»Aber dieses Botulinum, von dem Sie mir erzählt haben«, meinte Eschenbach leicht säuerlich. »Es wird nicht mit einer einzigen Silbe erwähnt. Wie kommen Sie überhaupt …?«

»Es ist eine Hypothese, von der wir nun einmal ausgehen müssen.«

»Ach so.« Enerviert schüttelte der Kommissar den Kopf. »Mich dünkt, Sie klammern sich an jeden Strohhalm.«

Köhler grinste. »Wir arbeiten mit den Informationen, die wir haben … füllen nach und nach die Lücken und fügen zusammen. Aber was erzähle ich Ihnen da? Sie wissen ja auch, wie's geht.«

»Sie hätten Habicht einfach verhaften können«, erwiderte Eschenbach.

»Wir hatten zu diesem Zeitpunkt keine Ahnung, wo er sich aufhält«, sagte Köhler. »Eigentlich bis zuletzt nicht. Erst durch diesen Zufallsfund ... aber da war Habicht bereits seit Tagen tot. Zudem war alles aus der Wohnung geräumt worden, was uns hätte weiterhelfen können. Aber das haben Sie später ja auch bemerkt.«

»Allerdings«, sagte der Kommissar. »Und es hätte mir und meinen Kollegen viel Ärger erspart, wenn Sie uns gleich zu Beginn reinen Wein eingeschenkt hätten.«

»Sie sind befangen, Eschenbach.« Köhler seufzte. »Lenz ist Ihr Freund. Ist das denn so schwer zu verstehen? Zudem wollten wir so wenig Aufsehen wie möglich. In der Hoffnung, es tut sich noch etwas.«

»Und der Brand?«, fragte der Kommissar. »Waren das auch Ihre Leute?«

»Um Gottes willen, mitnichten!«, rief Köhler. »Sie denken doch nicht etwa, wir zünden Häuser an.«

»Wer war es denn?«

»Vermutlich dieselben Leute, die vorher schon sauber gemacht hatten«, meinte Köhler. »Wir wissen es noch nicht. Aber es gibt eine interessante Spur. Man hat die Mieter offenbar vorher gewarnt. Zum Zeitpunkt des Brandes befand sich keine Menschenseele mehr im Haus.«

»Seltsam«, sagte Eschenbach. »Und wer geht der Sache nach?«

»Herr Jagmetti.«

»Ach, tatsächlich?« Erstaunt hob er die Augenbrauen. »Ich dachte, Sie hätten ihn kaltgestellt.«

»Jetzt schauen Sie mich nicht so an.« Köhler schüttelte den Kopf. »Jagmetti steht Ihnen viel zu nahe ... das war anfangs der Grund. Aber dann dachte ich, bevor er uns noch abspringt ...«

»Wegen Ihnen!«

»Okay, es war ein Fehler«, sagte sie kleinlaut. »Ich geb's ja gerne zu.«

»Ach, wirklich?«

»Ja, tu ich. Weil der Mann ist gut ... wirklich gut.« Sie nickte anerkennend. »Ohne ihn wären Sie vermutlich ...«

»Am Arsch«, beendete Eschenbach den Satz. »Es ist, wie Sie's sagen.«

Köhler überlegte kurz. »Ich hätte jetzt *aufgeschmissen* gesagt.« Sie lächelte. »Und was mich angeht ... Ich bin spätestens in zwei Wochen wieder weg hier. Dann haben Sie Ihre Ruhe. Freuen Sie sich!«

Eschenbach blickte in die dunklen Augen dieser kleinen, unscheinbaren Frau, die ihm seit einer Weile gegenübersaß. Er hatte sich in ihr getäuscht. Nun sah er es ein. Es steckte weit mehr in Ivy Köhler, als er vermutet hatte.

Ohne seinem Blick auszuweichen, fuhr Köhler fort: »Dieses Telefonat, das ich Ihnen vorhin abgespielt habe ... es lieferte übrigens eine erste Bestätigung, dass Isabel Cron tatsächlich aktiv ist. Die Nadel im Heuhaufen gewissermaßen. Ein Glückstreffer.«

»Isabel könnte auch Müller oder Huber heißen.«

»Könnte, hätte und würde ...« Köhler schmunzelte. »Sie meinen, wo Habicht so ein *social animal* ist? Sie klammern sich auch an jeden Strohhalm, nicht wahr?«

Der Kommissar schwieg.

»Der Konjunktiv ist die Basis jeder geheimdienstlichen Arbeit, das ist nun mal so.« Köhler machte eine Pause und sah kurz auf die Uhr. »Seit diesem Telefonat hat die deutsche Terrorabwehr im Raum Freiburg ihre Präsenz verstärkt. Mit Erfolg übrigens, wie mir die Kollegen vor drei Stunden mitgeteilt haben. Offenbar ist ihnen ein enger Mitarbeiter von Cron ins Netz gegangen. Gebiet Hochschwarzwald. Mehr darf ich Ihnen nicht sagen. Die Deutschen gehen davon aus, dass es sich um eine größere Sache handelt.«

Eschenbach seufzte. »Und Lenz ... können Sie mir wenigstens verraten, wo er ist?«

»Vermutlich untergetaucht«, sagte sie. »Aber auch nach ihm wird gefahndet – und wir werden ihn finden, das garantiere ich Ihnen.«

»Lenz ist kein …« Eschenbach brach den Satz ab. Es hatte keinen Sinn. Der Jagdeifer stand Köhler förmlich ins Gesicht geschrieben. Ihre Meinung war längst gemacht.

»Ich habe leider noch ein Meeting«, sagte Köhler. »Es wäre mir recht, wenn wir unser Gespräch hier beenden könnten.«

»Ein Meeting, mitten in der Nacht?«

»Wir arbeiten im Moment rund um die Uhr, Herr Eschenbach.« Sie lächelte müde. »Aber ich glaube, Sie kennen das auch.«

Sie standen auf. Ivy Köhler fuhr den Computer runter, dann schloss sie ihr Büro sorgfältig ab, und während sie gemeinsam zum Aufzug gingen, fiel Eschenbach noch eine Frage ein.

»Wenn das Päckchen so wichtig ist, weshalb haben Sie es bei Lenz nicht einfach abgefangen?«

»Wir hatten dafür von der Bundesanwaltschaft keine Erlaubnis«, sagte Köhler in ruhigem Ton. »Weder für einen Zugriff noch für eine Hausdurchsuchung. Leider. Die Verdachtsmomente waren denen zu schwach, was weiß ich. Und wie Sie sehen …« Köhler blieb einen Moment stehen, ein kurzes Schulterzucken folgte. »Ich kämpfe gegen dieselben Mühlen wie Sie auch.«

»Allerdings«, sagte der Kommissar, der sich ein klein wenig darüber freute.

Sie hatten das Präsidium bereits verlassen und waren ein paar Schritte gegangen, als sich Köhler noch einmal Eschenbach zuwandte. »Und fragen Sie mich jetzt bitte nicht, weshalb wir Lenz nicht einfach nach Freiburg gefolgt sind.«

Eschenbach grinste. »Ehrlich gesagt, die Frage ist mir gerade durch den Kopf gegangen. Die berühmte letzte Frage.«

Ivy Köhler schüttelte den Kopf, dann fing sie zu lachen an.

Eschenbach wunderte sich. Es war das erste und einzige

Mal, dass er Köhler so sah. Sie prustete drauflos, nahm daraufhin ihre Brille ab und trocknete mit der Hand die Tränen. »Es ist der größte Witz meiner Karriere. Weil, natürlich sind wir ihm gefolgt. Zwei meiner Leute. Und am Zoll in Koblenz …« Noch einmal lachte sie. »Wissen Sie, was dort passiert ist? Sie sind aufgehalten worden, wie Drogendealer in einem schlechten Film. Man hat sie gefilzt und den Wagen auseinandergenommen. Und weil man ihnen auch noch die Handys weggenommen hat, konnten sie weder mir noch den deutschen Kollegen Bescheid geben. Ein einziger Schlamassel. Aber eben: hätte, könnte und wäre …«

Nun lachte auch der Kommissar.

»Machen Sie's gut, Eschenbach«, sagte Ivy Köhler und reichte ihm die Hand. Ein fester Händedruck folgte.

»Sie auch«, sagte er.

23

Au clair de la lune

HOCHSCHWARZWALD, MITTWOCH,
8. AUGUST – 10:10 UHR

Lenz sah in das rundliche, leicht gerötete Gesicht von Gertrud und registrierte, dass er ausgestreckt auf dem Holzboden lag.

»Er ist wieder da«, rief Gertrud. Sie hielt ein kleines Sauerstoffgerät in der Hand, das sie nun beiseitelegte.

Isabel kam herbeigeeilt und kniete sich neben Lenz. Ihre langen Haare fielen auf sein Gesicht. Hastig strich Isabel sie zurück.

»Ist ja schon gut«, murmelte Lenz. »Unkraut vergeht nicht.«

»Wir dachten zuerst, du hättest einen Herzanfall«, sagte Isabel. Zärtlich legte sie ihm eine Hand auf die Stirn. »Aber es ist, Gott sei Dank, nur der Kreislauf. Und wie du siehst, sind wir bestens ausgerüstet.«

Gertrud nickte. »Sauerstoff ist in solchen Fällen das Wichtigste. Dann habe ich Ihnen noch eine Spritze gegeben …« Mit einer geübten Handbewegung klebte sie ein kleines Pflaster auf die Einstichstelle. »Ihr Blutdruck war nämlich völlig im Keller.«

Lenz richtete sich auf.

»Bitte langsam«, sagte Gertrud.

Isabel half ihm.

»Danke«, sagte Lenz. »Auch Ihnen …« Er gab Gertrud die Hand. »Sie kochen nicht nur, sondern …«

»Meine Köchin ist ausgebildete Krankenschwester«, sagte Isabel.

»Mit Diplom«, meinte Gertrud, während sie das Sauerstoffgerät und ein paar andere Utensilien in ihren Ärztekoffer packte.

Lenz erfuhr, dass Gertrud über zwanzig Jahre lang Walter versorgt hatte. Erst als mit Franziska jemand Jüngeres gefunden war, der sich um Walter und seine immer komplizierter werdenden medizinischen Probleme kümmerte, hatte Gertrud ihre Leidenschaft für das Kochen entdeckt.

Sie plauderten noch eine Weile. Während die ansonsten eher wortkarge Gertrud nun doch die eine oder andere Anekdote zum Besten gab, entdeckte Lenz bei Isabel eine Angespanntheit, die vor seinem Anfall noch nicht da gewesen war.

Gertrud verabschiedete sich, und Isabel bat Lenz, sich noch einmal hinzusetzen.

»Es tut mir leid wegen dem Foto vorhin …«, sagte sie. »Es war nie meine Absicht, dass du es erfährst.«

»Ich weiß«, gab Lenz zur Antwort. »Aber glaub mir, es ist gut so. Es ist ein Teil unserer gemeinsamen Geschichte. Danach bist du deinen Weg gegangen und ich den meinen. Es sind Wege, die unterschiedlicher nicht sein könnten. Lassen wir es dabei bewenden. Es gibt immer Gründe für dieses und jenes. Aber wie du einmal so schön gesagt hast: Gründe sind keine Ziele … keine verlässlichen Leuchttürme. Sie irrlichtern nur, lassen uns einmal in diese und einmal in jene Richtung gehen. Und plötzlich erlöschen sie, und rundherum ist es dunkel.«

Isabel schwieg eine Weile. »Du möchtest gehen.«

»Ja«, sagte Lenz.

»Gut.« Isabel lächelte schief. »Kommen und gehen zur richtigen Zeit, das ist dein Geheimnis, nicht wahr?« Einen Moment überlegte sie. »Ich habe gerade vorhin erfahren, dass man Hans verhaftet hat. Es beunruhigt mich etwas, es scheint, dass sich das Netz um mich herum langsam zuzieht …«

»Dann bleibt uns wohl nicht mehr viel Zeit«, sagte Ewald. »Was wirst du tun?«

»Ich habe jedenfalls nicht vor, ins Gefängnis zu gehen«, meinte sie und strich sich mit der Hand durchs Haar. »Nicht das auch noch. Und schon gar nicht in meinem Alter. Ich habe vorgesorgt.«

»Wie meinst du das?« Lenz kam plötzlich das Pentobarbital in den Sinn. »Du hast doch nicht etwa vor, dich auch ...«

»Ewald, jetzt hör mir genau zu«, unterbrach sie ihn und sah ihm dabei in die Augen. »Es gibt etwas, auf das die beim Nachrichtendienst total scharf sind: Botulinumtoxin, und zwar ein spezieller Typus. Lass es dir kurz erklären.«

Lenz hörte aufmerksam zu. Botuline waren Bakterien, *Bacillus botulinus*, als Biologe waren sie ihm ein Begriff. Der Name kam aus dem Lateinischen: *Botulus* bedeutete Wurst – man hatte die Mikroorganismen vor über hundert Jahren in verdorbenen Wurstwaren entdeckt. Sie führten zu einer Lebensmittelvergiftung, die mittlerweile aber ohne Probleme behandelt werden konnte, außer beim Typus H.

»Kein Antiserum?«, fragte Lenz.

»Nein.« Isabel hielt einen Moment inne. »Deshalb ist dieses Gift so wertvoll, verstehst du? Walter war an den Bauplan gekommen, frag mich nicht wie. Und eigentlich hatten wir auch vor, die Information zu verkaufen.«

»An den Geheimdienst?«

»An den Meistbietenden«, sagte Isabel.

»Ich verstehe dich nicht.« Lenz schüttelte den Kopf. »Wenn das in die falschen Hände gerät ... Es wäre verheerend. Wie konntest du nur?«

»Ja, wie konnte ich? Das habe ich mich hinterher oft gefragt in meinem Leben. Aber nun ist es zu spät für Grundsatzdiskussionen.«

Eine Pause entstand.

»Der Deal ist geplatzt, du kannst dich also beruhigen«,

fuhr sie fort. »Wir sind nicht vorsichtig genug gewesen. Ein fataler Fehler … aber hinterher ist man immer klüger.«

»Und wo sind die Informationen jetzt?«, wollte Lenz wissen.

»Bei mir«, sagte sie. »Oder besser gesagt … Eigentlich sind sie bei dir.«

Ungläubig starrte er Isabel an.

»Ein Mikrochip – er ist in der rechten Ferse deiner Wanderschuhe eingelassen.« Ihr schiefes Lächeln folgte.

»In meinen Wanderschuhen?«, fragte Lenz fassungslos.

Sie nickte. »Bewahre wirklich brisantes Material nie bei dir selbst auf. Grundregel eins der Geheimhaltung.« Isabel erhob sich. »Also bitte lass mir die Dinger hier. Es ist meine Verhandlungsbasis, um mit dem Geheimdienst reden zu können.«

Auch Lenz stand auf. Noch immer war er in Gedanken bei dem, was Isabel ihm gerade erzählt hatte.

Sie gingen zur Tür.

»Ich bin mir zwar nicht ganz sicher«, sagte Isabel. »Aber es könnte sein, dass man auch dich verhaften wird.«

»Und was wird man mir vorwerfen?« Fragend sah er sie an.

»Dass du mit den falschen Leuten befreundet warst.« Isabel zuckte mit den Schultern. »Aber das wird nicht reichen, glaub mir. Und es tut mir leid, solltest du tatsächlich wegen mir noch Probleme bekommen. Ich kann dir ein paar Tipps geben, wie du dich am besten verhältst.«

Nachdenklich folgte Lenz Isabel in die Garage, danach gingen sie noch einmal zum Teich, an dem sie am ersten Tag gefrühstückt hatten. Vielleicht lag es an der Spritze, die ihm Gertrud zur Belebung seines Kreislaufs gegeben hatte, oder an den neuen Wanderschuhen, die er auf Drängen von Isabel – und mit einem seltsamen Gefühl – diesmal angezogen hatte: Jedenfalls meisterte er den Weg ohne größere Beschwerden, den Berg hinauf – und dann auch wieder hinunter.

Sie verabredeten sich für sieben Uhr, bis dahin wollte sich Lenz in seinem Zimmer ausruhen und Isabel noch einige Dinge erledigen.

»Weißt du noch, Ewald, wo wir uns zum ersten Mal getroffen haben?«

»ETH Mensa«, sagte Lenz. »Letzter Tisch ganz hinten. Walter und ich saßen dort. Es war unser Platz ... eigentlich war nicht vorgesehen, dass da noch jemand dazukommt.«

»Ich konnte einfach nicht anders«, sagte Isabel und lud sich noch etwas Gemüsegratin auf den Teller. »Ich war neugierig: Was waren das bloß für skurrile Typen, wie von einem anderen Stern? Und als ich mich zu euch gesetzt habe, hat keiner von euch ein Wort gesagt.«

»Doch«, sagte Lenz. »Ein verirrter Engel ... das hat Walter gesagt.«

»Ich hab's jedenfalls nicht gehört.«

Es wurde eine gelöste Unterhaltung, die sie während des ganzen Abendessens nicht abreißen ließen. Weder der tote gemeinsame Freund, das verlorene Kind noch der Syrien-Krieg oder Isabels Aktivitäten kamen mehr zur Sprache. Keines der schwierigen Themen wurde angeschnitten. Es schien, als bestünde eine stille Übereinkunft darüber, die Schatten der Vergangenheit für einen Moment auszublenden, ihnen an dem Tisch, an dem sie aßen, keinen Platz einzuräumen.

Auch Gertrud war nicht da, Isabel hatte ihr für den Abend freigegeben.

»Deine glücklichste Zeit«, sagte Lenz. »Erzähl mir davon, du hattest sie bei einem unserer Gespräche kurz erwähnt.«

»Tatsächlich?«

»Deine Zeit an der Harvard University, meine ich.«

»Es ging dabei um ARPANET, den eigentlichen Vorläufer des Internets«, begann Isabel. »Das *Advanced Research Projects Agency Network*, wie es mit vollem Namen hieß, war ein

Computernetzwerk, das am MIT für die Amerikanische Luftwaffe entwickelt worden war.«

Interessiert hörte Lenz zu.

»Es war eine der frühesten Ideen, mehrere Computeranwender miteinander zu verbinden, und zwar über Telefonleitungen«, erklärte Isabel. »Was zuerst nur für das Verteidigungsministerium gedacht war, weckte schnell das Interesse der führenden Universitäten. Mit Stanford, der UCLA, Utah und Santa Barbara waren es vor allem die Unis an der Westküste, die das Heft in die Hand nahmen. Harvard hatte man aus irgendeinem Grund außen vor gelassen. Das ärgerte Watson maßlos. Denn schließlich war seine Uni nicht nur eine der feinsten Adressen der Forschung, sondern auch die älteste Universität der USA – und er deren intellektuelles Aushängeschild.

Mit Walter hatte Watson jemanden zur Hand, der zwar auch ein ganz guter Biologe war, sich aber dank seiner herausragenden Intelligenz für eine Aufgabe in der Computerwissenschaft geradezu aufdrängte.«

»Und auf diesen Zug bist du aufgesprungen«, folgerte Lenz.

»Allerdings.« Isabel lachte. »Und was für ein Zug das gewesen ist, das brauche ich dir nicht zu erklären.«

»Er fährt bis heute ...«

»Und in die Zukunft«, meinte sie. »Bald schon hatten Walter und ich die ersten Erfolge. Wir wurden angehört, unsere Ideen ernst genommen. Anfang der Achtzigerjahre haben wir TCP/IP eingesetzt – ich erspare dir die Details, aber so ist das erste Subnetz des späteren Internets entstanden.«

Sie waren mit dem Essen längst fertig. Lenz hatte sich in der Zwischenzeit seine Bruyèrepfeife gestopft, die er nun – ohne sie anzuzünden – von einer Hand in die andere wechseln ließ.

»Wir können uns noch eine Weile draußen auf die Veranda setzen«, sagte Isabel.

»Gerne.« Lenz nahm den Rotwein mit, den sie zum Essen getrunken hatte. Ein Château Margaux von 1975, wie er auf dem Etikett las.

»Es ist das Jahr, in dem unser Kind geboren worden wäre«, sagte Isabel. Sie hatte eine große Kerze auf den Tisch gestellt. Beide setzten sie sich hin.

Lenz nickte. »Eigentlich eine Schande, dass ich nichts davon probiert habe.«

Sie schwiegen eine Weile. Es war noch immer warm, ein angenehmer Geruch von Tannenharz lag in der Luft. Hätten sie tatsächlich ein Kind gehabt, überlegte Lenz, was würde er ihm über seine Mutter erzählen? Während er darüber nachdachte, ging ihm noch einmal durch den Kopf, wie Isabel und er sich in Freiburg begegnet waren, nach über vierzig Jahren. Die letzten Tage im Schwarzwald, die gemeinsamen Spaziergänge um den Weiher, wenn die Sonne morgens ihren Weg durch die Äste suchte und am Abend hinter dicht bewaldeten Kuppen wieder unterging. Es gab viele hübsche Geschichten. Auch über Isabel. Es würde ihm bestimmt noch einiges mehr einfallen, dessen war er sich sicher.

»Wusstest du, dass Hemingway seine Tochter Margaux hat taufen lassen, weil er diesen Wein so liebte?« Isabel stand auf. Langsam ging sie zur alten Hollywoodschaukel, die auf der anderen Seite der Veranda stand, und setzte sich hin. Sie trank den letzten Schluck aus und stellte das Weinglas auf den Boden.

»Ich hab's irgendwo einmal gelesen«, sagte Lenz.

»Du hast alles immer irgendwo einmal gelesen«, meinte sie. Lächelnd streckte sie Ewald die Hand entgegen. »Kommst du noch einen Moment zu mir?«

Lenz setzte sich neben sie. Während die Schaukel leicht hin und her wippte, begann Isabel leise ein Lied zu summen:

»Au clair de la lune,
Mon ami Pierrot,
Prête-moi ta plume
Pour écrire un mot.
Ma chandelle est morte,
Je n'ai plus de feu;
Ouvre-moi ta porte,
Pour l'amour de Dieu.«

Die Worte waren traurig, die Melodie heiter. Es war ein seltsames Gemisch, dachte Lenz. Und trotzdem mochte er dieses französische Schlaflied sehr. Als Isabel ihn bat, in der Küche die Friandises zu holen, stand er auf und tat es.

Als er zurück auf die Veranda kam, hielt Isabel ein anderes Glas in den Händen. Sie hatte es bereits leer getrunken, nun verzog sie den Mund zu einer Grimasse. »Es schmeckt wirklich bitter, wie Walter gesagt hat. Scheußliches Zeug. Bitte gib mir ein *Luxemburgerli.*« Isabel steckte es sich in den Mund und schloss die Augen.

Lenz hatte sofort begriffen, was geschehen war. Er setzte sich neben Isabel und nahm sie in die Arme. Nur wenige Minuten vergingen, bis Isabel eingeschlafen war und ihr letzter langer Atemzug, einem Seufzer gleich, in die warme Nachtluft entwich. Tränen liefen Lenz über die Wangen. Fast eine Stunde saß er regungslos da und starrte ins dunkle Geäst der Bäume.

Der Mond war aufgegangen. Über einem der Hügel im Westen, wie eingestanzt in den nachtblauen Himmel, stand die dünne Sichel des zunehmenden Mondes. *Hilal* war die arabische Bezeichnung dafür, benannt nach der Mondgottheit des Volkes Thamud.

24

Ein Freund, ein lieber Freund

ZÜRICH, MITTWOCH, 8. AUGUST – 23:55 UHR

Eschenbach traute seinen Augen nicht.

Eine knappe halbe Stunde war er durch das nächtliche Zürich zurück zu seiner Wohnung gegangen. Die Luft hatte sich nur wenig abgekühlt, es war noch immer sommerlich warm. Und jetzt, kaum einen Steinwurf von seinem Hauseingang entfernt, in einer schmalen Gasse, sah er den dunklen BMW mit Berner Kennzeichen. Ließ Köhler ihn nun tatsächlich auch überwachen?

Der Kommissar entschied sich für einen Frontalangriff. Entschlossen ging er auf das Fahrzeug zu. Zwei Männer saßen im Wagen. Offenbar hatten sie ihn im Blickfeld, denn die Tür auf der Beifahrerseite öffnete sich. Ein groß gewachsener Mittvierziger stieg aus. Er wartete, bis Eschenbach vor ihm stand. Dann streckte er seine Hand aus.

»Hansueli Rohrbach, Nachrichtendienst des Bundes.«

»Fahrverbot, Parkverbot, Halteverbot«, sagte Eschenbach. »Was zum Teufel tun Sie hier?«

Rohrbach hob die Brauen. »Wir halten ein Auge auf Sie … Hat Ihnen das Frau Köhler vorhin nicht gesagt?«

»Das ist doch widersinnig …« Eschenbach schüttelte den Kopf. »Ich werde jetzt eine Runde schlafen gehen. Aber wenn Sie wollen, Sie können mich morgen um acht gerne abholen und ins Büro fahren.«

»Wir warten hier ...« Rohrbach grinste. »Weil Auftrag ist Auftrag. Aber natürlich nehmen wir Sie morgen gerne mit. *Anytime.*«

Der Kommissar wusste nicht, was er sagen sollte. Zwei Beamte, die ihn beim Schlafen überwachten. Und das alles auf Kosten der Staatskasse. So ein Blödsinn. Er wollte sich schon verabschieden, da fiel ihm noch etwas ein. »Ach ja«, sagte er. »Sind Sie und Ihr Kollege nicht zufällig die beiden Topagenten, die am letzten Sonntag in Koblenz ...?«

»*Shit happens*«, unterbrach ihn Rohrbach.

»Allerdings«, sagte der Kommissar. »Dann geben Sie sich jetzt aber Mühe.« Eschenbach machte auf dem Absatz kehrt und ging. Während er den kurzen Weg zu seiner Wohnung zurücklegte, winkte er den Kollegen noch einmal zu.

Die Haustür fiel hinter Eschenbach ins Schloss, als sich sein Handy meldete. Es war Rosa.

»Kommissario, bitte entschuldigen Sie, es ist spät, aber ...« Rosas Stimme klang aufgeregt. »Ewald hat mich angerufen, gerade vorhin. Er hat gesagt ...«

»Stopp«, rief der Kommissar. »Sagen Sie jetzt nichts, Frau Mazzoleni. Ich erkläre Ihnen das nachher.«

»*Ma, Ewald mi ha detto ...*«

Eschenbach beendete das Gespräch auf der Stelle. Er überlegte kurz, dann rief er Rosa zurück. »Frau Mazzoleni, ich sage Ihnen jetzt etwas, und Sie hören nur zu, ja?«

»*Ma volevo dire que ...*«

»Zuhören, verdammt!« Der Kommissar erschrak über die Härte in seiner Stimme. Aber es musste sein. Zuhören war für Rosa schwierig, insbesondere dann, wenn sie, weil sie sich aufregte, ins Italienische verfiel. »Mein Telefon wird vermutlich abgehört, Frau Mazzoleni. Sagen Sie also nichts ... nur ja oder nein.«

»*Santa Maria!*«

»*SI o NO*, okay?«

»Okay ... *vol dire SI.*«

»Kennen Sie meinen Freund, den Anwalt? – Nur ja oder nein!«

»*SI.*«

»Wissen Sie, wo er wohnt?«

»*SI.*«

»Dann nehmen Sie ein Taxi und fahren Sie hin. Das Haus hat eine Tiefgarage. Dort warten Sie bitte auf mich.«

»Okay.«

»Und Frau Mazzoleni ...«

»*SI.*«

»Vergewissern Sie sich, dass Ihnen niemand nachfährt. Und falls es so wäre, rufen Sie mich an, okay?«

»*Madonna mia!*«

Nach dem Telefonat öffnete Eschenbach die Haustür und trat wieder nach draußen. Er blickte kurz zu der Gasse, wo der Wagen mit den Beamten stand, und machte sich dann in die entgegengesetzte Richtung davon. Eschenbach lief durch In Gassen hinunter bis zur Storchengasse, bog nach rechts und wenig später nach links in die Kämbelgasse. Ein letzter Spurt bis zur Limmat. Dort hielt er einen Moment inne, verschnaufte und horchte in die Nacht. Wenn die Männer ihm folgten, würde er es nun hören. Die Kämbelgasse war ein Schlauch, es war unmöglich, sie mit einem Personenwagen zu passieren. Aber er vernahm weder Schritte noch sonst ein Geräusch. Einigermaßen beruhigt ging er den Fluss entlang und überquerte die Münsterbrücke.

Er hätte Christian gerne vorgewarnt. So einfach mitten in der Nacht bei Freunden aufzukreuzen war nur etwas für äußerste Notfälle. Aber ein solcher lag ja schließlich auch vor.

Christian Pollack hielt seinen lose gebundenen Bademantel mit beiden Händen fest und sah Eschenbach mit großen Augen an. »Mein lieber Freund ...«

»Ich hoffe, ich störe nicht«, sagte der Kommissar. Er hatte denselben Satz zwei Minuten zuvor schon der Sprechanlage anvertraut, nachdem er mehrere Male bei COP auf die Klingel gedrückt hatte. COP – typisch Christian. Das O stand für seinen Mittelnamen. Eschenbach hatte seinen Freund oft wegen dessen Namensschild auf den Arm genommen.

»Wie könntest du stören?«, sagte Christian Oswald Pollack. Er fuhr sich mit der Hand durch die nassen Haare. Ein etwas müdes Grinsen folgte. »Ich komme gerade aus der Dusche. Morgen steht ein wichtiges *Signing* an. Die Verkäufer machen mich wahnsinnig. In zwanzig Minuten wollen sie mich wieder in einer Telefonkonferenz haben. Dann ist vorhin noch eine Bekannte vorbeigekommen – um die muss ich mich ebenfalls kümmern. Und gegessen habe ich auch noch nichts. Aber bitte, komm rein in die gute Stube.«

Die »gute Stube« war ein teuer eingerichtetes 270 Quadratmeter großes Penthouse im Seefeld. Um das ganze Apartment herum zog sich eine kunstvoll begrünte Dachterrasse, von der man einen herrlichen Blick auf den See und den gegenüberliegenden Üetliberg hatte.

»Rosa kommt auch gleich«, sagte der Kommissar. Sie standen im breiten Flur zwischen zwei chinesischen Vasen und einem Bronzebuddha, der friedlich von einem Sockel lächelte. Der Kommissar versuchte, in ein paar Sätzen seine Notlage darzulegen. Es gelang ihm nicht wirklich gut. »Die Sache ist ziemlich kompliziert, Christian. Ich kann es dir später ausführlicher erklären. Aber jetzt müssen wir handeln. Vielleicht weiß Rosa, wo Ewald sich aufhält. Dann könnten wir ihn warnen … einen kleinen Vorsprung herausholen.«

»Schlechte Idee«, warf Christian ein. Der Anwalt überlegte kurz, dann meinte er: »Sag ihm, er soll sich den Behörden stellen. Und zwar sofort. Erhobenen Hauptes und aus freien Stücken, verstehst du? Das ist immer am besten. Ich kann ihm einen Strafverteidiger organisieren – einen wirklich guten. Der soll sich um die Sache kümmern. Und wenn Lenz nichts verbockt hat, nichts Schlimmes jedenfalls, dann kommt er auch wieder frei.«

»Wenn du meinst ...« Der Kommissar wiegte den Kopf. »Aber dann müssen wir ihm das sagen.«

Hinter Christians Rücken huschte eine schlanke junge Frau, in ein dunkelgraues Badetuch eingehüllt, von einem Zimmer ins andere.

»Dein Besuch«, murmelte Eschenbach. Er sah an Christian vorbei und hob das Kinn. »Spielst du immer noch in der Jugendabteilung?«

»Elodie ist achtundzwanzig.«

»Eben.«

»Meine Assistentin«, meinte Christian, ohne den geringsten Anflug von Verlegenheit. »Eine hervorragende angehende Juristin übrigens.«

»Natürlich.« Eschenbach nickte. Franka, Giuseppa, Lea, Claudia, Tatjana und selbstverständlich auch diese Elodie: Die Welt war gesegnet mit hervorragenden angehenden Juristinnen. Aber was konnte er schon dagegen vorbringen? Christian war ein Freund – und die waren im Gegensatz zu den flüchtigen Affären des Anwalts eher selten.

Rosa seufzte erleichtert, als Eschenbach endlich in der Tiefgarage stand. Sie trug einen hellgrauen Flanelltrainingsanzug. »Kommissario, ich bin sicher, es ist mir niemand gefolgt.« Es war ihr erster vollständiger Satz. Die beiden umarmten sich.

»Wissen Sie, wo Ewald ist?«

»*Sì, sì* ...« Rosa nickte.

»Dann schießen Sie los!« Der Kommissar grinste. »Hier hört uns niemand.«

»Ach so ...« Rosa verbannte die dunkle Haarsträhne, die ihr ins Gesicht gefallen war, hinters Ohr. »Ich habe sofort ein Taxi gerufen, wie Sie's gesagt haben. Und das ist so schnell gekommen ... ich habe gar keine Zeit mehr gehabt, mich umzuziehen.«

»Frau Mazzoleni.« Eschenbach holte Luft. »Hellgrau steht Ihnen wunderbar. Aber Ewald, wo ist er?«

»Nur ein Hausanzug ...«, murmelte sie. »*Ma Ewald* ... er hat mich angerufen.« Sie sah kurz auf ihr Handy. »Das war exakt um sieben nach zwölf. Er kommt zurück, hat er gesagt.«

»Von wo und mit was ...« Eschenbach wurde ungeduldig. »Es pressiert, Frau Mazzoleni. Wir müssen ihn irgendwo abfangen. Und zwar, bevor er zu Hause ankommt. Am besten, wir rufen ihn gleich an.«

Rosa schüttelte den Kopf. »Hab's schon versucht. Es ist eine Festnetznummer in Deutschland. Aber es nimmt niemand ab. Und Handy ...«

»Ich weiß.«

»Dabei habe ich ihm letztes Jahr eines geschenkt. Aber nicht einmal eingerichtet hat er es.«

»Ja, eben!«

»Er wird verhaftet, oder?«

»Wie kommen Sie darauf?« Eschenbach verdrehte die Augen. »Aber jetzt erzählen Sie doch wenigstens einmal, was er Ihnen gesagt hat.«

Eschenbachs Sekretärin nahm einen Anlauf. Ohne Punkt und Komma schoss es aus ihr heraus: »*Rosa cara* hat er gesagt mach dir keine Sorgen es tut mir leid dass ich mich nicht gemeldet habe ich fahre gleich los bin noch im Schwarzwald und es könnte sein dass man mich an der Grenze ...« Hier stockte ihr atemlos vorgetragener Erzählstrang.

»Verhaftet?« Eschenbach hob die Augenbrauen.

Rosa nickte. »Er hat doch nichts verbrochen, oder?«

»Ich weiß es nicht, Frau Mazzoleni. Und sonst: Hat er gesagt, welchen Grenzübergang er nimmt? Fährt er mit dem Auto?«

Sie nickte abermals. »Und jetzt hat es noch zu regnen angefangen«, meinte sie. »Es ist mitten in der Nacht. Ewald ist kein guter Autofahrer, er fährt nie, wenn es dunkel …«

»Grenzübergang, Frau Mazzoleni, wo?«

»Das hat er nicht gesagt …« Rosa schniefte. Eine Träne kullerte ihr über die Wange. »Aber ich hab's gegoogelt, während ich im Taxi gesessen bin. Entweder es ist bei Bad Zurzach oder Koblenz …«

»Koblenz«, sagte Eschenbach, dem Köhlers Geschichte mit den Agenten wieder einfiel. Vermutlich würde Lenz denselben Weg wählen, den er schon bei der Hinfahrt genommen hatte. Der Kommissar blickte auf seine Uhr. »Wenn er bereits vor über einer halben Stunde losgefahren ist, wird's knapp. Aber wir können es versuchen.«

»Und ich soll auch Ihnen Bescheid geben, hat er gesagt.«

»Schon gut.« Eschenbach ging auf den schwarzen Maserati Quattroporte zu, der auf einem der Parkplätze stand. »Christian hat mir seine Autoschlüssel gegeben. Steigen Sie ein, Frau Mazzoleni. Los geht's!«

* * *

Nachdem Lenz mit Rosa telefoniert hatte, war er in sein Zimmer gegangen. Es gab nicht viel zu packen. Seine alten Kleider nahm er unter den Arm, die Bruyèrepfeife steckte er sich in die Hosentasche. In der Garage öffnete er das Tor, stieg in seinen Saab und fuhr los.

»Hallo, Ewald«, sagte eine vertraute Stimme im Innern des Wagens.

Lenz zuckte zusammen. Er war noch keine hundert Meter gefahren. Mit voller Wucht trat er auf die Bremse. Obwohl er langsam unterwegs war, schlitterte der Saab auf dem Waldweg und blieb, kurz bevor es eine Böschung hinunterging, stehen. Die Lichtkegel der Scheinwerfer leuchteten ins dicke Geäst der Bäume.

»Hoffentlich habe ich dich jetzt nicht erschreckt«, fuhr die hohe, etwas unangenehm klingende Stimme von Walter Habicht fort. Sie kam aus den Boxen der Anlage, registrierte Lenz nun, nachdem er einen Blick in den Fond des Wagens geworfen hatte.

»Ich stelle mir gerade dein Gesicht vor ...« Eine kurze Pause folgte. »Es muss bestimmt seltsam sein, jemanden sprechen zu hören, von dem man weiß, dass er bereits seit einigen Tagen tot ist. Nun gut, ich bin es. Das weißt du ja ... Und Isabel ist es inzwischen auch. Das nehme ich zumindest an. Sonst würdest du mich jetzt nicht hören. Vermutlich bist du auf dem Heimweg. Isabel wollte dir das Band für die Rückfahrt in deinen Kassettenrekorder schieben. Ich kann mir nicht vorstellen, dass sie sich von ihrem Vorhaben hat abbringen lassen. Wenn's um Planung geht, ist Isabel kaum zu übertreffen ... eine Meisterin in der Kunst des Steuerns.«

Manipulation wäre das treffendere Wort, dachte Lenz.

»Erinnerst du dich noch, als wir in unserem kleinen Studierzimmer am Hönggerberg das Thema der Macy-Konferenzen diskutiert haben? ›*Circular causal and feedback mechanisms in biological and social systems*‹. Es war ein Meilenstein der Forschung. Man hatte die Gemeinsamkeiten und Schnittstellen verschiedener Disziplinen erkannt: Themen wie menschliches Verhalten, Nachrichtenübertragung, Regelung, Entscheidungs- und Spieltheorie. Norbert Wiener hat dem Zusammenspiel einen Namen gegeben: *Kybernetik*, hergeleitet von dem griechischen Wort *kybernétes* – Steuermann. In memoria Isabel würde ich es heute mit *Steuerfrau* übersetzen.«

Vorsichtig drehte Lenz am Lenkrad und brachte den Wagen wieder in die Mitte des Waldweges. Behutsam fuhr er weiter. Es war ihm längst klar geworden, dass sein Ausflug nach Freiburg – die Übergabe des Päckchens, Isabels Beichte und ihr Freitod – von langer Hand geplant war. Und wie bei jedem, dem bewusst wurde, dass er manipuliert worden war, hatte sich auch bei Lenz zuerst Unbehagen und schließlich Wut breitgemacht. Doch schon Minuten nach Isabels Tod, als sie friedlich in seinen Armen gelegen hatte, war diese Wut einer stillen Trauer gewichen.

»Isabel und ich wussten, dass es nicht mehr lange gut gehen würde«, fuhr Walters Stimme fort. »Man war uns dicht auf den Fersen. Es war nur noch eine Frage der Zeit. Wir hätten unsere Zelte wieder abbrechen und irgendwo anders aufschlagen müssen. In meinem Fall ein ziemlich schwieriges Unterfangen.« Räuspern erklang. Eine kurze Pause folgte. »Als sich die entsprechenden Anzeichen verdichteten, haben wir spaßeshalber begonnen, uns Morgenstern vorzusagen: *Ich bin so dumm, du bist so dumm, wir wollen sterben gehen, kumm*!« Ein kurzes Lachen war zu hören. »Du kennst es bestimmt. Aber im Gegensatz zu den beiden finsteren Eseln in diesem hübschen Gedicht wollten wir den Plan tatsächlich umsetzen. In Freiheit sterben, gewissermaßen. Alles andere war für uns keine Option. Mir war es recht – mein Körper war sowieso daran, seinen Dienst aufzugeben. Und bei Isabel war es die Angst, alles aufgeben zu müssen. Vor allem ihre Unabhängigkeit. Sich in die Gewalt anderer zu begeben ... ihr Trauma. Das wollte sie nicht.«

Lenz hatte den steilen Teil des Weges passiert, er kam nun besser voran. Plötzlich kamen ihm die Wanderschuhe in den Sinn. Die *Verhandlungsbasis*, von der Isabel gesprochen hatte. Er hatte sie vergessen einzupacken. Wenn er nun tatsächlich verhaftet werden würde?

»Ich weiß nicht, ob man dich unbehelligt lässt, mein Freund«, sprach Habicht weiter. »Aber die Kassette, die Franziska dir gebracht hat, enthält so einiges, was die Terrorabwehr interessiert. Einfach, damit du's weißt. Und was Isabel angeht, sei ihr nicht böse. Es war nicht ihre Idee, dich noch einmal zu treffen. Eigentlich wollte sie mit mir zusammen aus dem Leben gehen. Aber weil sie über all die Jahre immer wieder nach dir gefragt hat und ich dir nie etwas sagen durfte ...

Ich habe einfach gedacht, es wäre schön, wenn ihr noch einmal zusammenkommt. Damit sich alles rundet. Verstehst du? Denn ich wusste schon, dass du dich damals aus Rücksicht mir gegenüber aus dem Staub gemacht hast. Und dass Isabel und du einander mehr bedeutet habt, als jeder von euch mir gegenüber zugeben wollte.«

Die Stimme verstummte. Lenz hatte inzwischen die Hauptstraße erreicht. Er horchte auf. Ein Klicken folgte. So, wie es schien, war das Band zu Ende. Ein leichter Regen setzte ein. Lenz betätigte den Scheibenwischer und hing einen Moment seinen Gedanken nach. Er würde Walter vermissen.

»Mein lieber Freund …«

Die Stimme war wieder da. Das Gerät spielte nun die zweite Seite der Kassette ab.

»Ich weiß nicht, wohin man kommt, wenn man tot ist. Auch als Biologe ist mir das immer ein Rätsel geblieben. Was ich aber weiß, ist, dass mir die Diskussionen mit dir fehlen werden. Wir haben uns immer verstanden. Ist dir das auch aufgefallen? Ich glaube, es liegt daran, dass wir anders sind.

Wenn ich am Pausenhof einer Schule vorbeigehe, was heute selten mehr vorkommt, schaue ich, ob irgendwo ein Kind alleine herumsteht. Ich finde immer eines. Abseits verdrückt es eine Banane oder ein Sandwichbrot und gehört nicht dazu. Warum? …«

Lenz folgte den Gedanken von Walter, vorgetragen mit dieser seltsamen Stimme, an die er sich schon vor langer Zeit gewöhnt hatte. Der Regen war stärker geworden. Die Scheibenwischer des Saab liefen auf Hochtouren. Konzentriert blickte Lenz durch die Windschutzscheibe auf die nasse Fahrbahn und folgte langsam den weit gezogenen Kurven, die ihn zur Schweizer Grenze führten.

25

Herr: Es ist Zeit

ZÜRICH, DONNERSTAG, 9. AUGUST – 00:58 UHR

Christians schwarzer Maserati Quattroporte Sport hielt, was er versprach. Es fehlte nur noch, dass man damit fliegen konnte, dachte Eschenbach. Durch seinen ockerfarbenen Volvo 850 (Baujahr 1995) war er an eine gemächliche Fahrweise gewöhnt. Er hatte deshalb einige Mühe, den mit über 400 PS ausgestatteten Boliden auf der Straße zu halten.

Zudem regnete es heftig. Ein Umstand, dem Eschenbach in dieser Situation durchaus etwas Positives abgewinnen konnte. Der Kommissar dachte daran, dass Lenz mit seinem alten Saab nur sehr langsam vorankommen würde, zumal der Alte ein noch schlechterer Autofahrer war als er selbst.

Rosa suchte den Haltegriff oberhalb des Fensters auf der Beifahrerseite. Aber den gab es längst nicht mehr. Schon gar nicht in derartigen Italo-Karossen. Also hielt sie sich mit beiden Händen am Gurt fest, der sich über ihren Oberkörper spannte. »Jetzt könnten wir Claudio gut gebrauchen«, meinte sie mit einem kurzen Blick zur Seite. Sie hatten mit dem Hinterrad gerade einen Bordstein touchiert.

»Wir schaffen das auch ohne ihn«, grummelte der Kommissar. Obwohl, derselbe Gedanke war ihm auch gerade gekommen. Claudio Jagmetti war ein begnadeter Autofahrer. Ein *Schmalarsch-Pilot* – wie er sich selbst bezeichnete. Immer mit Vollgas in die Kurve, ganz nach dem Motto: Auf zwei Rädern geht es auch. Eschenbach kam das Poster im Büro des Bündners in den Sinn: *Jo Siffert – Live fast, die young.* Claudio verehrte die Schweizer Rennfahrerlegende, die 1971 in Brands Hatch tragisch ums Leben gekommen war.

»Es hat geblitzt«, meinte Rosa.

»Schon gut«, sagte Eschenbach. Genau wie Rosa sah er, dass dies nicht die Himmelsgewalt, sondern lediglich ein Blechpolizist gewesen war. »Da müssen wir jetzt durch, Frau Mazzoleni.« Im Andenken an Jo Siffert drückte er das Gaspedal noch weiter durch. Bis nach Brands Hatch mussten sie zum Glück nicht – nur nach Koblenz. Und für *die young* war es eh zu spät. Mit 150 km/h bretterte Eschenbach durch den halb leeren Milchbucktunnel. Ein wahres Blitzlichtgewitter brach über sie herein.

»Jetzt wieder!«, rief Rosa und hielt sich beide Hände vors Gesicht.

»Wenn wir Glück haben, können wir Ewald noch auf der deutschen Seite abfangen.« Eschenbach trocknete sich mit dem Ärmel den Schweiß von der Stirn. »Ich meine, bevor er die Grenze zur Schweiz überquert.«

»Wenn wir überhaupt ankommen«, flüsterte Rosa. Durch ihre Finger hindurch blickte sie auf die Lichter, die wie bei »Raumschiff Enterprise« links und rechts an ihnen vorbeisausten.

Die Uhr auf dem futuristischen Armaturenbrett des Maserati zeigte 01:28 an, als sie durch das Städtchen Koblenz in Richtung Rheinbrücke fuhren. Sie hatten die Strecke, für die man normalerweise fünfundvierzig Minuten brauchte, in weniger als einer halben Stunde zurückgelegt. Und dies bei strömendem Regen. Beim Zollhaus auf der Schweizer Seite war ihre rasante Fahrt zu Ende. Ein Polizeibeamter winkte sie mit einer Leuchtkelle zur Seite.

»Polizeikorporal Häfliger«, sagte der Mann. Er trug eine

orangefarbene Pelerine und war ungefähr in Eschenbachs Alter. »Wir machen eine Routinekontrolle, bitte zeigen Sie uns Ihre Papiere.«

Der Kommissar kramte seinen Dienstausweis hervor, nannte Namen und Dienstgrad.

»Ein Kollege aus Zürich, soso …« Nachdem der Beamte den Ausweis begutachtet hatte, musterte er nun auch den Wagen. »Dicker Schlitten, was?«

»Jetzt hätte ich gerne wieder meinen Volvo«, murmelte Eschenbach vor sich hin. Und an den Polizisten gerichtet fragte er: »Wir müssen weiter … Ist das möglich?«

»Nö«, sagte der Mann. »Vorerst alles dicht. Anweisungen von oben. Umkehren bitte.«

Eschenbach überlegte. Jetzt Theater machen hatte keinen Sinn. Wie vieles in der Schweiz war auch die Polizei kantonal geregelt. Und Koblenz befand sich nun einmal auf aargauischem Boden. Man ließ sich dort ungern dreinreden, schon gar nicht von Zürcher Kommissaren, die zweihunderttausend Franken teure Autos fuhren. »Dann halt«, sagte Eschenbach, nickte dem Beamten zu und ließ die Scheibe mit einem leisen Surren hochfahren. »Gottverdammte Scheiße«, grummelte er, während er den Wagen wendete.

»Was machen wir jetzt?«, fragte Rosa und sah ihn dabei erwartungsvoll an.

»Jetzt probieren wir es zu Fuß. Wir müssen Ewald unbedingt dazu bringen, dass er sich stellt. Aus freien Stücken. Die werden ihn hier sonst rauspflücken, das ist so gut wie sicher. Und dann steht es eins zu null für die anderen.«

Eschenbach nahm die erste Gelegenheit zum Parken wahr und stellte den Maserati vor die Raiffeisen-Bank. Nachdem er sich erfolglos nach einem Regenschirm umgesehen hatte, meinte er zu Rosa: »Sie warten im Wagen.«

»Kommt überhaupt nicht infrage.«

Sie stiegen aus. Es goss wie aus Kübeln aus dem finsteren

Nachthimmel. Schon nach wenigen Metern war Rosas heller Flanellanzug völlig durchnässt. Wie ein dunkler Sack hing er an ihr.

»Da sagt einer, Regen macht schön ...«, seufzte sie und streifte sich die klitschnassen Haare aus dem Gesicht. Die Wimperntusche lief ihr über beide Wangen. Auch Eschenbach konnte an sich keine trockene Stelle mehr ausmachen. »Scheiße«, fluchte er. Dann legte er einen Arm um Rosas Schultern, zur Tarnung, wie er betonte. Und wie ein altes Liebespaar gingen sie strammen Schrittes am Zollhaus vorbei auf die Brücke zu, die auf die deutsche Seite führte.

Ungefähr zehn Beamte machte der Kommissar aus. Zwei von ihnen waren damit beschäftigt, anfahrende Autos anzuhalten. Der Rest stand unter dem Vordach im Trockenen, rauchte und schwatzte. Einer rief ihnen zu: »Scheißwetter, was?«

»Kann man laut sagen ...« Eschenbachs gemurmelte Antwort ging im Lärm des prasselnden Regens unter. Als sie den Rhein bereits zu drei Viertel überquert hatten, erhellte sich auf einen Schlag der Himmel. Ein gewaltiger Donner folgte. Es krachte wie aus hundert Kanonen. Eschenbach merkte, wie Rosa zu zittern begann, obwohl es nicht wirklich kalt war. »Wir sind gleich drüben«, sagte er.

Sie biss sich auf die Lippen und nickte.

Eine halbe Minute später durchfuhren gleich mehrere Blitze die tief hängenden Wolken. Für Sekunden erblickte Eschenbach den silbernen Saab seines Freundes in dem grellen Licht. »Ewald«, schrie er durch den Regen.

Es wurde wieder dunkel, und unmittelbar darauf antwortete der Himmel. Ein ohrenbetäubender Donner legte sich über alles.

Der Kommissar nahm Rosa bei der Hand und rannte los. Ein paar Meter waren es noch. Aber die beiden kamen zu spät. Sie wurden gerade noch Zeugen, wie Lenz, flankiert von zwei deutschen Beamten, zu einem Polizeifahrzeug gebracht wurde.

Als Ewald seine beiden Freunde erblickte, hellte sich sein Gesicht auf. Es schien, als wollte er ihnen noch etwas zurufen. Aber einer der Begleiter hatte sich bereits vor ihn gestellt, während der andere den Kopf von Lenz nach unten drückte. Gemeinsam schoben sie den Alten in den Fond des Polizeiwagens.

»Arschlöcher«, zischte Eschenbach.

Die Heizung des Maserati lief schon eine Weile auf Hochtouren. Noch immer zitterte Rosa am ganzen Leib. Über die Freisprechanlage telefonierte Eschenbach mit Christan Pollack.

»Wenn sich die Person bei der Einvernahme mit einer sofortigen Auslieferung einverstanden erklärt«, dozierte Pollack, »dann wird bei uns ein vereinfachtes Verfahren durchgeführt. Das Bundesamt für Justiz kann in diesem Fall unverzüglich die Auslieferung bewilligen und den Vollzug veranlassen. Eine vereinfachte Auslieferung kann innerhalb weniger Tage vollzogen werden.«

»Das ist in der Schweiz so«, sagte der Kommissar. Er hatte aufmerksam zugehört. »Aber Lenz ist in Deutschland.«

»Hast du gesagt«, meinte Pollack.

»Eben.« Der Kommissar, der früher auch einmal Jura studiert hatte, nickte. So war es mit den Juristen. Sie sagten einem gern ausführlich, was sie wussten. Aber das hieß nicht, dass es auch das war, was man wissen wollte.

»Ich kläre es ab«, meinte Pollack. »Und wenn es dir recht ist, kann ich morgen früh Andrea Erb fragen, ob sie den Fall übernimmt.«

»Gerne«, sagte Eschenbach. Er kannte den Namen. Erb war keine von Christians angehenden Juristinnen. Die Frau war siebenundfünfzig und knallhart. Ein *tough cookie*, wie die Amerikaner sagten. Und sie galt als Koryphäe auf dem Gebiet der Strafverteidigung. »Sehr gerne sogar.«

Es kommt nicht von ungefähr, dass die Geheimdienste das Wort *geheim* in ihrem Namen tragen. Weder über die Verhaftung von Ewald Lenz noch über die am darauffolgenden Tag in der Nähe des Schluchsees gefundene Leiche Sonja Hagens (den Behörden bekannt als die international Gesuchte Isabel Cron) wurde in den Medien berichtet. Dem Kommissar war es recht so. Andrea Erb hatte ihn noch vor dem Wochenende wegen seines Freundes Ewald kontaktiert. Es komme schon gut, meinte Erb. Schließlich gebe es eine Reihe entlastender Fakten. Mehr konnte (oder durfte) sie ihm nicht sagen.

Dass alles im Leben gut kommt, war eine Lebensmaxime des Kommissars. Trotzdem machte er sich Sorgen um Ewald. Am Samstag überwand er sich und rief Saager auf deren privater Nummer an.

»Was fragen Sie mich?«, meinte seine Chefin. »Mir sagt man genauso wenig wie Ihnen. Glauben Sie mir. Ich habe da auch nichts zu melden … nicht mehr als Sie. Wir beide spielen in einer Liga weiter unten, finden Sie sich damit ab, Eschenbach. Wir sind Regionalliga Ost – Zürich, wenn Sie so wollen. Aber das ist auch schön. Weil hier sagen wir, wo's langgeht. Hier sind wir top. Und das ist immerhin besser, als im großen Spiel der Mächtigen nur eine kleine Nummer zu sein …«

Saager sprach noch eine Weile weiter, und Eschenbach hörte ihr zu. Vor seinem geistigen Auge sah er die Chefin auf einem Liegestuhl in der prallen Sonne. Von Kopf bis Fuß eingeölt – ganz ohne Hut. Dafür mit einer Piña Colada in der Hand. Was sie sagte, war nicht falsch, fand er. Und seine Laune heiterte sich zunehmend auf. Die Kripo Zürich war sein Königreich. Und wenn dort in ein paar Wochen wieder Normalität einkehrte, war es durchaus zum Aushalten.

»Ist das nicht ein prächtiger Sommer?«, schwärmte Saager. »Und einen See haben wir ja auch noch … Gehen Sie schwimmen, Eschenbach. Das entspannt. Und bleiben Sie uns noch eine Weile erhalten.«

Famous last words, dachte der Kommissar. Sie verabschiedeten sich.

Am Nachmittag besuchte er Rosa. Sie lag mit einer schweren Erkältung im Bett – ganz unpässlich, wie sie meinte. Trotzdem freute sie sich über den Blumenstrauß, den Eschenbach ihr vorbeibrachte. Als er in der Küche nach einer Vase Ausschau hielt, fiel sein Blick auf den Geburtstagskalender, den Rosa mit Magneten am Eisschrank befestigt hatte. Eschenbach zählte die Einträge. Bei dreißig hörte er auf. Sein Name stand auch da, Claudio fand er ebenfalls. Und natürlich Ewald.

Bei Walter Habicht waren es am Ende zwei Einträge gewesen, erinnerte sich der Kommissar. ISA für Isabel und EWA für Ewald. Zwei waren nicht viel für ein ganzes Leben.

In einem hellblauen Kleid, das sie sich in der Eile übergezogen hatte, und mit etwas Make-up im Gesicht kam Rosa wenig später ebenfalls in die Küche. »Die Vasen sind hier«, sagte sie. Und nachdem sie die Blumen in eine hineingestellt und beiden einen Espresso gemacht hatte, setzten sie sich an den kleinen Bistrotisch.

»Ewald wird freikommen, glauben Sie mir«, sagte Eschenbach.

»Hat das sein Anwalt auch gemeint?«

»Anwältin, genau.«

»Was genau ...« Rosa musste niesen. Sie nahm ein Kleenex und drückte es sich auf die Nase. Fragend sah sie Eschenbach an. »Ich meine, was genau hat diese Anwältin gesagt?«

»Dass alles gut kommt.«

»Pah!«, machte Rosa. Abermals musste sie niesen. »Das sagen Sie immer, Kommissario.«

»Weil es so ist, Frau Mazzoleni.«

Am Abend spielte Eschenbach mit seinen Freunden Karten. Christian lud ein – um ein Haar hätte der Kommissar den Termin vergessen. Zum Glück hatte Gregor ihn vorher noch angerufen. Auch Gabriel, der Vierte im Bunde, war aus den Ferien zurück und schwärmte von der ligurischen Küste. Zu viert saßen sie auf Christians Terrasse, tranken Champagner – bei Christian gab es immer etwas zu feiern – und aßen von den Antipasti, die Gabriel mitgebracht hatte. Ein wolkenloser, lauer Sommerabend.

»Konzentrier dich endlich auf das Spiel und zähl die Trümpfe«, meinte Gregor. Und recht hatte er. Denn Eschenbach war in Gedanken ganz woanders. Zum Glück, so verlangten es die Regeln, wurden die Partner einander zugelost. Jemand *musste* also mit Eschenbach spielen. Freiwillig hätte dies an diesem Abend keiner getan.

»Mit etwas Fortüne klappt es noch diese Woche«, meinte Erb, als Eschenbach sie gleich am Montag früh anrief. »Etwas Geduld brauchen wir jetzt. Ich melde mich bei Ihnen, sobald sich etwas Entscheidendes tut.«

Geduld – eine überschätzte Tugend, dachte der Kommissar. Im Tonfall der Juristin klang die Bitte mit, er möge sie nicht täglich mit Anrufen nerven.

»Alles klar.«

Drei weitere Tage vergingen mit Bangen, Hoffen und einem weiteren Anruf bei Erb mit nahezu identischem Ergebnis: Sie beschwor die Geduld.

Einmal dachte Eschenbach daran, sich an Ivy Köhler zu wenden. Aber weil sie sich nicht mehr im Büro blicken ließ und er ihre Handynummer nicht hatte, blieb es beim Gedanken. Und auch dieser half wenig.

Am Donnerstagmorgen war Eschenbach spät dran. Er hatte schlecht geschlafen. Miserabel gelaunt war er aufgestanden und deshalb – weil er sich in diesem Zustand niemandem zumuten wollte – noch bei *Sprüngli* für einen Kaffee vorbeigegangen. Kurz vor zehn Uhr betrat er das Präsidium. Er fuhr mit dem Aufzug in den obersten Stock und vernahm bereits auf dem Flur, dass der Herbst eingekehrt war. Laut und deutlich – aber viel zu früh: Denn es war erst der 16. August.

Herr: Es ist Zeit. Der Sommer war sehr groß.
Leg deinen Schatten auf die Sonnenuhren,
und auf den Fluren lass die Winde los.

»Lenz«, rief Eschenbach in Richtung Rosas Arbeitsplatz. Denn von dort kam die Stimme. Der Kommissar hatte sie sofort erkannt.

»Rilke«, meinte Rosa etwas verstört. Sie sah den beiden Männern zu, wie sie einander in die Arme fielen. Eine Weile verging. Dann sagte Rosa den Namen des deutschen Dichters noch einmal. Sie zeigte Eschenbach das kleine Büchlein. »Gedichte – hat Ewald mir mitgebracht. Aus dem Schwarzwald. Ist das nicht wunderbar?«

Auch wenn Rilkes Lyrik es verdient hätte: Gewürdigt wurde sie an diesem Morgen nicht mehr. Zu groß war der Sommer gewesen, zu lang die Geschichte, die sich währenddessen ereignet hatte.

Epilog

ZÜRICH, SAMSTAG, 8. DEZEMBER – 20:18 UHR

Das meiste war erzählt, als Lenz und Eschenbach sich knapp vier Monate später die Abendsendung von *BBC News* ansahen. Ein berührender Moment, in dem Alisher Usmanov die zuvor anonym ersteigerte Nobelpreismedaille dem einstigen Besitzer James Watson öffentlich wieder zurückgab.

Und doch waren ein paar Fragen offen geblieben.

»Eigentlich hat sich Watson selbst demoliert«, meinte Eschenbach. »Was du mir von ihm erzählt hast, seine Aussagen und Interviews ... Es sind Provokationen.«

»Ich glaube nicht, dass Watson ein Provokateur ist«, sagte Lenz. »Er ist in erster Linie Biologe. Ein ernsthafter Mensch, hat Walter mir erzählt. Und als Wissenschaftler glaubst du nun einmal an das, was du erforscht hast. Nimm Charles Darwin. Er war ein tiefgläubiger Mensch. Und trotzdem hat er mit seinem Werk *Über die Entstehung der Arten* das ganze Christentum vor den Kopf gestoßen.«

»Vielleicht ist es ein Zeitphänomen.« Eschenbach überlegte. »Aber wenn du auf diese Weise gegen den Strom schwimmst, musst du damit rechnen, dass du aus dem System fällst.«

»Nicht unbedingt«, widersprach Lenz. »Stell dir vor, Watson wäre Politiker. Republikaner zum Beispiel. Da wäre rein gar nichts passiert. Man hätte ihn sogar noch für das Amt des Präsidenten vorgeschlagen.«

»Eine Frage des Standpunkts also.«

»Auch nicht.« Lenz schüttelte den Kopf. »Watsons Problem war seine Wirkungsstätte.«

»Harvard also.«

»Harvard, Stanford … egal.« Lenz rieb sich das Kinn. »Du könntest auch die ETH oder eine x-beliebige andere Uni in Europa nehmen. Es sind Sammelbecken westlich geprägter Intellektueller. Und die haben nun einmal alle dasselbe Problem. Sie glauben an den Multikulturalismus. Sie pflegen ihn wie eine Weltanschauung.«

Eschenbach kam nicht mehr mit. Er nahm ein Stück Käse, trank einen Schluck des Tessiner Merlots und meinte schließlich: »Du bist zu gescheit für diese Welt, Ewald. Erklär's mir bitte.«

Lenz schmunzelte und nahm Anlauf. »Der Multikulturalismus hat viele Anhänger. Gerade in den gebildeten Kreisen der USA und Europas. Bei Leuten wie dir.«

»Wie ich?«

»Exakt.« Lenz grinste. »Der zentrale Punkt dieser Weltanschauung ist die Vorstellung, dass alle Kulturen gleichwertig sind.«

»Kann ich unterschreiben«, sagte Eschenbach.

»Genau.« Lenz nickte. »Aber jetzt erkläre mir doch bitte, weshalb die westliche Welt für den Rest der Zivilisation seit Jahrzehnten so attraktiv ist. Millionen von Migranten aus nicht westlichen Kulturen kommen zu uns – umgekehrt ist das aber nicht der Fall. Wieso?«

»Weil die sich zurückholen wollen, was wir ihnen genommen haben«, argumentierte der Kommissar. »Seit Jahrhunderten hat der Westen mit seinem militärisch und ökonomisch orientierten Imperialismus andere Kulturen an den Rand der Weltgeschichte gedrückt und ausgebeutet. Jetzt bekommen wir die Rechnung präsentiert.«

»Genau«, meinte Lenz. »Dieses Schuldeingeständnis ist

typisch für den Multikulturalismus. Und wer die Opfer dieser vermeintlich bösen, patriarchalen Lebensform sind, ist auch ausgemacht: unter anderem ethnische Randgruppen, Frauen, Menschen mit nicht weißer Hautfarbe und solche mit nicht heterosexueller Orientierung.«

»Ja, und? Wo ist der springende Punkt?«

»Warte«, sagte Lenz. »Wir sind noch bei den Opfern. Diese werden regelmäßig von Politikern, Soziologen, Historikern, Journalisten und Kulturschaffenden fast jeglicher Couleur dazu benutzt, die westliche Kultur anzuprangern – und zwar im Namen einer politischen Korrektheit. Die Täter sind auch klar: weiße Rassisten, Faschisten, Sexisten.«

»Aber genau so ist es doch.«

»So ist es allerdings«, sagte auch Lenz. »Der intellektuelle Westen zelebriert eine kulturelle Selbstverachtung und idealisiert fremde Kulturen und Ethnien. Das ist pervers. Und was noch schlimmer ist: Auf diesem Altar der Selbstverachtung opfert er neuerdings auch noch seine brillantesten Köpfe. Leute wie James Watson.«

Eschenbach dachte darüber nach.

»Hast du dir auch schon einmal überlegt, dass die Attraktivität des Westens auf Errungenschaften beruht, für die man sich nicht zu schämen braucht?« Lenz kam in Fahrt. »Ein kritischer Blick auf die Geschichte zeigt, dass vornehmlich in den christlich geprägten Regionen so etwas wie die Menschenrechte entstehen konnten, und damit auch ein hohes Maß an Freiheit und Selbstverantwortung. In diesem Klima konnte der Mensch schöpferisch werden. Das ist der zentrale Punkt. Er hat bahnbrechende Erfindungen gemacht. Die Industrialisierung ist daraus hervorgegangen, und mit ihr ein Massenwohlstand, wie ihn die Welt noch nie erlebt hat. Die Dominanz des Westens, wie wir sie heute kennen, ist die Frucht geistiger Entfaltungsmöglichkeit und schöpferischer Freiheit.«

Eschenbach nickte. Er dachte an seine Auszeit, wie er sich

von vielen alten Mustern gelöst hatte und auf neue Gedanken gekommen war. Auch sein Gespräch mit Saager kam ihm in den Sinn.

»Leider stellen wir uns gerade selbst ein Bein«, meinte Lenz. »James Watson hat sich nicht selbst demoliert – um nochmals auf deine Bemerkung zurückzukommen. Die westliche Gesellschaft, insbesondere die vermeintlich Intellektuellen stoßen ihr Erbe vom Sockel, und das mit einer kleingeistigen Vehemenz ohnegleichen.«

Eschenbach war nachdenklich geworden. Der Käse war aufgegessen, die Flasche Merlot beinahe leer getrunken. »Ich seh's«, sagte er und lächelte Lenz zu. »Was hast du eigentlich bei uns im Archiv gemacht?«

Ewald sah ihn verblüfft an. »Wie meinst du das jetzt?«

»So, wie ich es sage.« Der Kommissar grinste. »Du hättest Professor werden können. Biologie, Physik, Geschichte ... was weiß ich. Du bist einer der gescheitesten Menschen, die ich kenne.«

»Archiv war super«, sagte Lenz, hob die Schultern und lächelte ebenfalls. »Ich konnte der sein, der ich bin. Niemand hat mir reingeredet. Und wenn du jemanden brauchst – ich stehe zur Verfügung.«

»Du bist pensioniert«, sagte Eschenbach. »Genieße deine Rente – du hast sie dir redlich verdient.«

»Tja ...« Lenz schwieg eine Weile. Er fuhr sich mit den Fingern über den Schnurrbart, zögerte – schließlich gab er sich einen Ruck. »Ich bin ziemlich pleite. Muss dir ja nichts vormachen.« Er erzählte Eschenbach, dass er sich seine Pension hatte ausbezahlen lassen. Alles habe er in die Mühle gesteckt. Die Idee war, dass er von den Mieteinnahmen aus dem Haus am Kreuzplatz leben konnte, das war mit Habicht so abgemacht gewesen. Aber diese fielen nun weg. Und abgesehen davon hatte man ihm den Besitz des Grundstücks wegen unrechtmäßigen Erwerbs (Geld mit terroristischem Hintergrund et cetera) abgesprochen. Hinzu kam eine höhere Geldstrafe, die er deswegen abstottern musste.

»Ich verstehe«, sagte der Kommissar. Er hatte etwas in dieser Richtung vermutet. Nun stand er auf und ging in die Küche. Er zog das Goldstück aus der Dose mit den Kaffeebohnen hervor. Ein besseres Versteck war ihm nicht eingefallen. »LIBERTY – *Twenty Dollars*, sagt dir das etwas?«

Lenz hob die Augenbrauen. Nachdem Eschenbach ihm die Münze überreicht und er sie eingehend betrachtet hatte, pfiff Lenz leise durch die Zähne. »Doppeladler von 1933 – du lieber Himmel. Woher hast du die?«

»Das wollte ich eigentlich dich fragen.«

»Mich?«

Verwundert zuckte Eschenbach mit den Schultern. »Sie war in deiner Tabakdose.«

»In meiner ...« Lenz schüttelte den Kopf. Dann sah er vor seinem geistigen Auge Franziska, wie sie den Tabak in die Dose gefüllt hatte. *Nun sind die Vorräte wieder auf Höchststand*, waren ihre Worte gewesen. »Jetzt verstehe ich«, murmelte der Alte und erklärte es dem Kommissar. »Das war an jenem Morgen, als Walters Assistentin mir auch die Kassette vorbeigebracht hat.«

»Du hast das Ding noch nie gesehen?«, fragte Eschenbach.

»Ich schwör's dir.« Noch immer blickte Lenz fassungslos auf das Goldstück in seiner Hand.

»Nimm's«, sagte der Kommissar. »Es gehört dir.«

»Bist du verrückt?« Lenz zuckte der Schnurrbart. »Weißt du überhaupt, wie wertvoll das Ding ist? Es ist eine Legende.«

»Allerdings«, sagte Eschenbach. »Deine finanziellen Sorgen bist du jedenfalls los. Ich hätte dir die Münze gerne früher gegeben. Aber ich wollte warten, bis ich sicher bin, dass man dich nicht mehr überwacht. Du kannst sie ja anonym versteigern lassen. Ich denke, du weißt, wie so etwas geht.«

Lenz reagierte nicht.

»Und was diese Kassette betrifft ...«

Nun blickte der Alte auf.

»Sie enthält offenbar ziemlich brisantes Material. Namen, Kontonummern ... ein ganzes Netzwerk dschihadistischer Zellen wird da offengelegt. Ich nehme an, du bist der anonyme Absender, der Ivy Köhler das Paket geschickt hat. Ich soll dir übrigens einen Gruß ausrichten.«

»Danke«, sagte Lenz. »Dumm ist die Kleine nicht. Aber vermutlich bist du nicht unglücklich, dass du sie los bist. Und die Informationen: Ich bin gespannt, was die damit machen. Am Ende führen die NATO-Staaten den Krieg in Syrien, mit großer finanzieller Hilfe der Saudis und Katars. Viel passieren wird vermutlich nicht.«

Auch das Botulinumtoxin kam zur Sprache. »Der Bauplan zu diesem Typus H-Dings«, sagte Eschenbach. »Köhler ist davon ausgegangen, dass du ihn hast. Interessanterweise war er aber nicht in dem Päckchen. Behauptet sie jedenfalls.« Der Kommissar sah Lenz eindringlich an.

»Das ist wirklich Teufelszeug.«

»Du hast ihn also tatsächlich?«, fragte Eschenbach erstaunt.

»*Bacillus botulinus*«, meinte Lenz. »Kleine, böse Lebewesen. Ich hab die entsorgt. Ist besser so, glaub mir.«

»Und wo?«

»Das willst du nicht wirklich wissen, oder?«

»Und ob«, sagte der Kommissar.

»Sind in meinem Biotop.«

»In deinem Seerosenteich?« Eschenbach lachte schallend. »Jeden Scheiß kannst du mir auch nicht erzählen. Aber egal. Ist vielleicht auch besser, wenn ich's nicht weiß.«

Es war spät geworden. Lenz und Eschenbach standen im Flur und verabschiedeten sich. Der Alte hatte seinen Mantel schon angezogen, als ihn der Kommissar noch einmal mit einer Frage konfrontierte:

»Was war eigentlich in dem Päckchen, das du Isabel Cron nach Freiburg gebracht hast? Du hast es mir nie gesagt.«

»*Luxemburgerli*«, sagte Lenz. »Von *Sprüngli*, wieso?«

Kopfschüttelnd sah Eschenbach dem Alten zu, wie er im Treppenhaus die hölzernen Stufen hinunterstieg. Dann schloss er die Wohnungstür. Es war kurz vor Mitternacht. Eschenbach sah auf die Uhr. Er rechnete kurz nach, dann griff er zum Handy. Eine gute Zeit, Kathrin anzurufen. In der folgenden Woche würde sie zurückkommen. Eschenbach wollte sie fragen, wie es ihr ging.

* * *

Eine halbe Stunde später trat Lenz in seine Wohnung in der Mühle. Er musste es nun endlich tun, dachte er. Zwar hatte er die Wanderschuhe im Schwarzwald vergessen einzupacken, dafür hatte Isabel daran gedacht und sie ihm in den Kofferraum des Saab gelegt. Erst viel später, nach seiner Entlassung, hatte Lenz sie entdeckt. Sie standen noch immer in der Garderobe beim Eingang auf dem Boden. Dort, wo er sie hingestellt hatte.

Aus einer Werkzeugkiste entnahm Lenz ein scharfes Messer und machte sich ans Werk. Es ging nicht lange, bis er den Chip im rechten Absatz fand. Einen Moment betrachtete er die Micro-Speicherkarte in seiner Hand. Sie war nicht größer als ein Daumennagel. Erstaunlich eigentlich, fand er, wie wenig Platz Informationen heutzutage einnahmen. Der Alte zog seine Stiefel an und ging in den Garten. Erste Schneeflocken tanzten vom Himmel. Lenz spürte sie im Gesicht. Als er den kleinen Teich erreicht hatte, fiel ihm die Libelle wieder ein, die er mit Isabel beobachtet hatte. Dann warf er das kleine Plastikstück ins Wasser. Er hatte seinen Freund nicht belogen.

Zufrieden ging er zurück ins Haus. Die Wahrheit – sofern sie sehr unwahrscheinlich erscheint – glaubt einem niemand. Sie ist besser als jede Lüge.

Dank

Ich danke meiner wundervollen und langjährigen Lektorin Katrin Fieber. Sie hat mich mit großer Erfahrung, mit ihrem Wissen und mit viel Feingefühl während der Entstehung des Romans begleitet.

Ein großes Dankeschön geht an Astrid Roth sowie an meine lieben Freunde Gabriel Herrera und Daniele Hendry für die Durchsicht des Manuskripts, ihre wertvollen Kommentare und Anregungen.

Allen im Hause Ullstein danke ich für ihr großartiges Engagement bei der Veröffentlichung meiner Bücher – und für die literarische Heimat, die sie mir bieten.

Der Familie Eilo danke ich für ihre Gastfreundschaft, dafür, dass sie mir mit vielen Geschichten und hervorragendem Essen die feine syrische Lebensart nähergebracht haben.

Ein ganz besonderer Dank gebührt meiner Lebenspartnerin Alexandra Kratz. Die Diskussionen mit ihr, ihre Ideen und Anregungen sowie ihre liebevolle Art, mich zu unterstützen, haben wesentlich zur Entstehung des Romans beigetragen.

Last but not least danke ich meiner Frau Caroline, meinem Sohn Nicola, meiner Familie und meinen Freunden. Sie waren da, wenn ich sie brauchte, haben mir geholfen, mich inspiriert und mit Freundschaft und Liebe beseelt.

Bemerkungen des Autors

Es ist mir wichtig zu betonen, dass es sich beim vorliegenden Roman um reine Fiktion handelt. Alle agierenden Personen und Institutionen sowie deren Verbindung zueinander sind frei erfunden. Dies gilt insbesondere auch für die UNA, die im Roman als Unterorganisation der NATO fungiert. Sie existiert nicht.

Ausgenommen davon sind öffentlich bekannte Personen sowie deren Äußerungen und Handlungen, die im Zusammenhang mit dem Syrien-Konflikt genannt werden. Hier beziehe ich mich auf Quellen, die im Buch des Historikers Daniele Ganser *Illegale Kriege – Wie die NATO-Länder die UNO sabotieren* offengelegt werden.

Ebenso nicht erfunden ist die Geschichte bzw. Existenz des Doppeladlers von 1933. Und was die Versteigerung der Nobelpreismedaille von James Watson angeht, so hat sich auch diese tatsächlich zugetragen. Der russische Oligarch Alisher Usmanov hat die Medaille 2014 anonym ersteigert, sich kurz darauf öffentlich dazu geäußert und sie dem finanziell angeschlagenen Nobelpreisträger wieder zurückgegeben. Eine rührende Geschichte, die mich unter anderem zu diesem Roman inspiriert hat.

Manchmal ist die Realität noch verrückter als meine Fantasie.

Quellen

S. 13, 181 u. a. – Betreffend der Lebensgeschichte von James Dewey Watson beziehe ich mich auf Angaben in Wikipedia sowie auf die dort zitierten Interviews von Watson im *Corriere della Sera* (1997) und *The Sunday Times* (2007). Ebenso Teil meiner Recherchen ist das Buch *Die Doppelhelix* von James D. Watson, erstmals auf Deutsch erschienen bei Rowohlt, Reinbek 1969. Informationen zur Ersteigerung von Watsons Nobelpreismedaille durch den russischen Milliardär Alisher Usmanov habe ich einem Artikel in *The Guardian* von 9. Dezember 2014 entnommen.

S. 112 – »Klavierkonzert Nr. 1« von Johannes Brahms: Glenn Gould/Leonard Bernstein. Aufnahme vom 6. April 1962.

S. 145–147, 185–187, 198–201 und 205–207. Die hypothetische Betrachtung zur Entstehung und Entwicklung des Syrien-Konfliktes, wie sie im Roman unter dem Titel *Aufzeichnungen einer Rebellin (ohne Ziel)* wiedergegeben wird, lehnt sich stark – und in Teilen auch wortgetreu – an die Ausführungen von Daniele Ganser in seinem Buch *Illegale Kriege – Wie die NATO-Länder die UNO sabotieren. Eine Chronik von Kuba bis Syrien*, Orell Füssli Verlag, Zürich, 6. Auflage 2017, S. 284 ff. an.

S. 162 ff. – Die Geschichte des amerikanischen Doppeladlers von 1933, wie im Roman wiedergegeben, findet sich in: *Deutsches Münzenmagazin*, Ausgabe Juli/August 2002.

S. 194 – »Der Barbier von Sevilla« von Gioachino Rossini, Verleumdungsarie, *La calunnia è un venticello*.

S. 212 f. – Grundlage der Diskussion zwischen Ivy Köhler und Eschenbach ist der Artikel von Marcel Gyr, »Terroristen nutzen die Schweiz als sichere Basis«, erschienen in der *Neuen Zürcher Zeitung* vom 22. November 2017.

S. 242 – *Au clair de la lune*. Altes französisches Volks- und Kinderlied.

S. 261 – *Herbsttag*: Rainer Maria Rilke, *Das Buch der Bilder* in: Sämtliche Werke, Insel Verlag Frankfurt a. Main, 1980.

S. 263 f. – Dem Dialog zwischen Lenz und Eschenbach liegt ein Artikel von Giuseppe Gracia zugrunde: »Kulturelle Selbstverachtung«, erschienen im *Blick* am 20. August 2018.

Der internetbasierten Enzyklopädie Wikipedia verdanke ich zudem Informationen zu folgenden Themen: Herkunft der *Luxemburgerli* sowie Angaben zu *Pentobarbital*, dessen Geschichte und Verwendung (S. 41). Ebenso die historischen Abhandlungen zu Damaskus und Syrien, wie sie auf Seite 104 f. wiedergegeben werden, und die Geschichte zu ARPANET auf Seite 239 f.